文学百年

名家散文自选集

高山之巅

白阿莹／著

CNS | 湖南人民出版社 · 长沙　民主与建设出版社 · 北京

图书在版编目（CIP）数据

高山之巅 / 白阿莹著. — 长沙：湖南人民出版社，2023.2
（文学百年：名家散文自选集）
ISBN 978-7-5561-2820-4

Ⅰ. ①高… Ⅱ. ①白… Ⅲ. ①散文集 — 中国 — 当代 Ⅳ. ①I267

中国版本图书馆CIP数据核字（2022）第010254号

GAOSHAN ZHI DIAN
高山之巅

主　　编　李继勇
著　　者　白阿莹
责任编辑　谭　乐　廖晓莹

出版发行　湖南人民出版社［http://www.hnppp.com］
　　　　　　民主与建设出版社
地　　址　长沙市营盘东路3号
邮　　编　410005

印　　刷　三河市冠宏印刷装订有限公司
版　　次　2023年2月第1版
印　　次　2023年2月第1次印刷
开　　本　880 mm × 1300 mm　1/32
印　　张　10.5
字　　数　181千字
书　　号　ISBN 978-7-5561-2820-4
定　　价　49.80元

营销电话：0731-82683348（如发现印装质量问题请与出版社调换）

高山之巅

目录

第一辑 · 汲古得之

第二辑・高山仰之

第三辑・大音壮之

第四辑 · 春风拂之

第五辑 · 少年浪之

第一辑·汲古得之

法门寺之佛

诸佛子等，谁能护法，当发大愿，令得久住。

——摘自《妙法莲华经》

我已经记不清最早是哪一年踏进过那个青砖铺地的古禅院的，只记得那座被杂乱的土坯农舍包裹的塔寺，没有巍峨辉煌的大雄宝殿，也没有多少青衣布衫的僧侣，就是那座被奉为圣物的古塔，也可以毫无顾忌地依偎在塔下吃食玩耍，还可以随意拉住小沙弥聊聊禅院里的念经生涯。

几乎毫无例外，每次小沙弥都会像煞有介事地告诉你，塔下藏有一座地宫，却没人敢进去探秘，因为地宫里游动着几十条口吐红芯的青蛇，大家一听便毛骨悚然，匆匆咽下几口干馍就离开了破窗烂垣的大院。走出好久了，回望那座耸立在斜阳里的古塔，依然会隐隐感觉藏在塔下的青蛇蠢蠢欲动。后来我常常担忧，整日里与青蛇为邻是需要胆量的，我不禁对生活在寺里的和尚们和寺外的百姓们报以敬佩，也把疑虑投向古风荡漾的十三层塔刹。

后来，在一个风雨交加的晚上，那座古塔突然从中劈裂塌下一半来，而另一半却岿然屹立，恰似一把宝剑直刺云天。很快便有消息传来，人们在重修宝塔时发现了藏满宝物的地宫，于是全世界的目光一下子聚焦过来。这的确是一个难以用言辞形容的二十世纪的伟大发现，二千四百九十九件国宝级文物整齐亮相，尤其是那传承有序的真身佛指舍利让亿万信徒激动得泪流满面，也给我们的世界带来迷人的遐想，从此这个古老而又残破的寺院重新焕发出了久违的精彩。

经过仔细清理，人们惊异地发现，那唐代迎送佛指舍利的仪式，竟然在地下默默地继续了一千多年。那是唐高宗等八位皇帝率领的一支支流光溢彩的迎请佛指的队伍，人们捧着一个个盛着艺术瑰宝的箱函，拥向供奉“护国真身佛指舍利”的永久圣地，最后由唐僖宗下旨永久封存地宫。于是这座深藏不露的地宫完全按佛教密宗的仪轨布置起来，里边有被奉为佛界圣物的金银礼器，有如今已难见真容的秘瓷茶具，还有来自古罗马精美的琉璃器皿，更有皇妃们供奉的锦绣衣裙，统统都翔实刻碑立册，放置在古塔下神秘的地宫里，然后长长甬道遍撒铜钱，地宫门便被两块青石结结实实地封闭起来。

正是那道“圣明”的封塔御旨，让这些国宝得以在一千多年后完美地呈现给二十世纪以后的人们。然而，也就是从地宫封闭的那一刻起，各种各样的眼神便瞄上了那里，磨难和危机也就悄然而生了。

那座高高耸立的法门寺古塔目睹了周原的麦青秋黄，也见证了渭河两岸的风烟沧桑。可能今天已经很少有人知晓，这里在东汉时建造的阿育王塔早已查无形貌，当年唐高宗在法门寺修造的是四层四角的木塔，以后历代皇帝顶礼膜拜的也就是那座古柏木塔。可惜木质结构还是没能经受住数百年来的风雨磨砺，明嘉靖年间发生的关中大地震，使那座已经腐朽的木塔在地裂声中松垮扭曲，终于没能挺过淫雨肆虐的寒暑塌落成墟。只是没想到关中人会有这样的胸襟，当地百姓刚刚安顿好生活，两位乡绅党万良和杨禹臣便召集族人集资重修法门寺宝塔。如今已不知究竟是谁设计了这座八棱十三层的青砖宝塔，当时的期盼可能就是屹立在庙庑中间，永久守护佛门的袅袅香火。

可是重建宝塔着实不易，两位乡绅身先士卒，不但献出了全家多年的积蓄，还想方设法出门招募。这里我无意去追索有位苦行僧自残肩胛穿上铁链沿街乞捐，也无法全面展示当年重建的艰繁，唯一让我特别感兴趣的是，明代的重建是在唐塔原址上进行的，因此地基必须要处理得更为坚实才能承重砖塔。所以，文物专家屡屡推断，修塔的工匠们当时一定发现了藏埋塔下的地宫，那地宫的入口和拱顶必然会剥露到人们面前。而且当时距离皇家最后的礼佛大典仅仅过去了七百多年，那两位乡绅如果想揭开古塔下的秘密易如反掌。但是我们发现，那些供养在地宫里的宝物从来没有被扰动过，依旧是严格的密宗格局，这足以证明万历年间重建砖塔时，地宫没人敢揭也没人进去，想想这该是多大的慈悲胸怀啊！

更加耐人寻味的是，那明代勒刻的有关重建宝塔的四通石碑和众多砖刻，洋洋洒洒两三千字，记载了重修宝塔的艰辛过程，连谁捐过几升麦谷几块方砖都记载得清晰翔实，却没有关于地宫的只言片语。我在那几通明碑前沉默良久，忽然明白了，当时人们一定知道地宫的供奉物价值连城，但没有一个乡人工匠动过邪念。而且为了避免以后有人搜寻盗掘，有意在重建宝塔的碑文中“遗漏”了发现塔下地宫的情形，使得地宫在以后的岁月中历经多次狼烟四起、兵燹匪患而没有招致黑手，为后代留下了人类文明的顶级珍品，也让现代人能够直观地感受到大唐的魅力。

这绝对是一个伟大的“遗漏”！

但是，当时间跌跌撞撞地扑进二十世纪，地宫珍宝圣物又经历了两次惊心动魄的危机，那惊险程度让所有的知情者倒吸了一口气。那是20世纪30年代末，中华大地烽火连天，日寇飞机已经多次深入法门寺上空盘旋。然而，就是在这个动荡的年代，一位将军来陕西赈灾，他姓朱字子桥，对积淀着传统文化的古刹一往情深，即使在颠沛流离的岁月，依然走到哪里都要进寺拜佛，终于他走进了古风浓郁的扶风县。但是，当他把目光久久停留在法门寺斑驳的山门上，这座盛唐时七千僧侣的佛门圣地，此时此刻只剩一座歪扭的青砖古塔和一个残垣断壁的二进院落了，而且寻遍古刹角落竟无一僧人值守香火，这让走南闯北的将军不禁怆然泪下。他挺身而出号召各界人士慷慨解囊，修复颓败的佛像和塔刹。但这又谈何容易啊？手头的资金拮据，只有麾下三千将士。于是朱将军调来一个连负责寺院的维修，一群身上沾满硝烟的士兵开始了修复渭河北岸古刹的“战略工程”。

这些在前线听惯了枪炮声的战士们，又听到沉稳悠扬的晨钟暮鼓，心灵便像接受了和平与慈善的洗礼，他们砌好了残墙，补好了漏房，又搬开塔边石板灌下灰浆，试图以此阻止古塔继续倾斜。然而，几天以后在塔基忙碌的士兵忽然一阵惊呼，原来他们发现了一个石砌的洞口，犹如张开的幽深喉咙，可窥一条石板铺就的阶梯缓缓伸向漆黑的塔底。有胆大的想下去看看，战战兢兢走到一半听到脚下哗哗乱响，便吓得连滚带爬回到地面。朱子桥闻讯后当即赶到塔下，他手持电筒深入塔底细细观察，就见迎面一道石门，从那门缝朝里窥望，隐约可见影影绰绰的黄斑，似有硕大的佛案支在里面。他顿时明白了，那年唐僖宗敬奉的几千件绝世珍宝和那护国真身舍利就在这道石门的后面，只要撬开就会是一个惊世的发现。但是，这位深明大义的将军果断地返回地面，他明白这些宝物足以让贪婪的冒险家发动一场战争了，而现在日本人就在黄河对岸觊觎徘徊，随时可能踏进关中决战。况且在这兵荒马乱之时，要保住老祖宗留下的这些宝物，需要大量的军警夙夜护卫，国难当头我们的战士更应该坚守在抗日的战场上！

朱子桥毫不犹豫地做出了一个决定，立即封存地宫，宝塔维修只补裂缝，不再向地下延伸。为了避免不测，朱子桥请来一尊石佛压在地宫口的石板上，还搞了一个简单的安奉仪式，与参与维修的官兵面对佛陀发下毒誓，今生今世绝不把地宫秘密透露给任何人，声声誓言久久撞击着古老禅院的垣壁。同时朱子桥又专意让部下放出谎来：法门寺塔下地宫游动着一层青蛇，揭开石板就会有青蛇飞出咬人，任谁听了都会心悸胆寒。以至于在以后很长的时间里，宝塔下隐藏青蛇的传言在周原上不胫而走；以至于多年后法门寺宝塔又迎来一次重修，当地百姓依然担忧塔基下会蹿出红芯抖动的青蛇来。这大概称得上是最为灵验的护宝咒语了，神奇地把邪恶挡在了法门寺的残墙之外。

这绝对是一个伟大的“谎言”。

在那个视一切传统文化为“四旧”的年月，挖开法门寺塔下地宫，把里边所谓的礼佛器物扔出来砸毁了，无疑会成为当时最具“革命性”的举动。于是在一个阳光昏懒的日子，一群“小将”手持镢头铁锨集聚到法门寺。他们首先捣毁了大雄宝殿的佛像，又撕烂了藏经阁里的佛典，最后把目光投向正阴郁地注视着他们的青砖宝塔。他们当然不知道地宫口在哪里，一群人扩散在塔基周围，抡起各种工具开始了“声势浩大”的掘地行动。当时凋残的法门寺只剩下两位僧人了，有位良卿法师是为住持，他想上前告诫激情万丈的“小将”们：挖掘地宫将会吞下恶果，给黎民百姓带来灾难。

但那些造反的“小将”们哪里听得进这般忠告，他们挥镢刨地的劲头更足了，破“四旧”的声浪直逼岌岌可危的塔刹，这是一个多么令人沮丧和难堪的时刻啊！当时，能不能说是千钧一发，我今天已难以考证了。且听突然有人尖叫起来，只见良卿法师把一团被褥抱到大殿后门，自己端坐其上，默言心语，然后淡定地把两瓶液体从头浇下，“小将”们马上闻到了煤油气味，但大家不知道这位一身青衣的老和尚究竟想干什么。忽然，老和尚点燃了一根火柴，只听“轰”的一声，火苗四蹿，立刻燃遍了法师全身，也染红了法门寺的角落和上空，整个世界在那一刻似乎都停止了呼吸。

至今让目睹者难忘而又叹服的是，良卿法师在熊熊烈火中竟然双手合十神态安详，直到火焰把他烧成炭人，依然保持着坐禅涅槃的姿势，传说当时真有鹂鸟飞天直上云霄呢。“小将”们哪里见过这般情形，不知是谁惊呼一声，一伙人撒腿跑出了法门寺山门。毫无疑问是良卿法师驱走了地宫珍宝的又一次劫难，难以想象如果那些“小将”们当时掘开地宫，用镢头砸烂那些精美绝伦的“封建残余”，捣碎凝结着信徒梦想的真身佛指舍利，多少辉煌和秘密将会随着“小将”们的亢奋而毁于一旦，会给今天留下多少扼腕长叹的遗憾。但这一切的一切，都让良卿法师用肉身化解了，他用生命捍卫了国家宝藏和佛界尊严。

这绝对是一个伟大的“涅槃”。

当中华大地终于迎来改革开放，人心思变，百业待兴，国家重修法门寺宝塔，使得那些稀世国宝和真身舍利轰然面世。那位佛学造诣深厚的赵朴初先生闻讯赶到塔下，感叹有生之年能瞻拜到真身舍利欣慰无比，惊呼这将是盛世来临的吉兆。而那些稀世珍宝更叫人们大开眼界，有位毕生研究古瓷的老专家只用手摸了一下秘瓷果盘，就激动得泪如雨下，连呼此生足矣。随后人们投入巨资对法门寺进行扩建，按佛法僧三界进行规划，形成了一个恢宏的佛教文化景区，此乃佛门祥瑞国之幸事矣。

如今，我们已经可以平心静气地回首往昔了。我站在修葺一新的宝塔下，望着古香古色的珍宝馆，突然眼前豁然开朗。其实法门寺这个唐朝皇家的外道场，从封闭地宫的那一刻起就不断会有黑手企图染指，连做梦都想把国宝盗掘出来据为己有，但是古寺经历了一千多年的风雨砥砺，凋敝到只剩下一塔一院，荒凉到没有一个僧侣，地宫依然能够安然无恙。这归根结底是这里的百姓护宝之心古已风行，那几近天真的“遗漏”和“谎言”，黎民百姓绝对心知肚明，只是良心驱使不愿揭穿罢了。所以，法门寺能有今天的辉煌，绝对是有真“佛”在佑护，而这个真“佛”，就是世代劳作在这片土地上的百姓，那乡绅那将军那法师正是他们虔诚的代表！

正是他们守护了中华文明生生不息！

2015年1月17日于新城

发表于2015年第5期《人民文学》

城郭之祭

在西安生活着很多痴迷汉朝的人，他们时常穿着汉服招摇过市，时常又集聚在一起吟诵汉赋。还有些人对汉朝的嗜好深入骨髓里了，常常会跑进那片花团锦簇的汉长安城里，喊几声秦腔，唱几句民谣，洒一串泪水，直闹得人心里酸酸的，才三步一回头，慢慢离开这片魂牵梦萦的地方。

他们，就是曾经生活在遗址区里的百姓们。

这些已经搬离的老百姓别看没有什么文凭，但汉朝的故事知道得比教授还多。那天他们带我去看整理出来的遗址，一进入那片弥漫着历史气息的土地，忽然见到一大片婀娜多姿的虞美人，那花儿亭亭玉立头鬓相磨，宛如一张张娇美的笑脸，用妩媚把喜好觅古的人簇拥起来，真似坠入了甜腻的温柔之乡。顺着花径指引，我们看到平坦坦的花地凸起一处高台，倔强地仰起头来雄视四方。一条木质的廊道将人们带到土台顶部，上面已铺好一层厚实的木板，原来这就是汉长安城遗址未央宫前殿。但那巍峨挺阔的殿堂早已不见踪影了，只剩下人们精心清理出来的一方方土台，昭示着这里曾经的辉煌，当然也还可以从许多汉赋中一窥昔日的壮丽巍峨。我想，脚下这块厚厚的土基，是一定见证过宏大世面的。那年汉武帝为大将军卫青饯行，旌旗蔽野，号角震天，二十万雄师誓将匈奴赶到阴山以北；又为年青的勇士霍去病壮行，刀光剑影，英姿飒爽，只四百铁骑就敢直插敌营，把大汉威名远播漠北；也是在这座大殿里，汉武帝为平定西南大小藩国，决策在长安城西南引沣河之水，围堰一个三万亩的水面，谓之昆明湖，专事训练汉家水军，从此把大汉的管辖范围扩展到西南海疆。

但遗址人告诉我当年汉武帝征西有成，还是要归功于一个持汉节出使西域的汉中人。在这未央宫门前，汉武帝曾为张骞出使西域举行过壮行仪式，但这个仪式远没有征伐大漠隆重，出行的队伍也只有一百多随从，二百多匹战马，汉武帝期望能够联络遥远的月氏国，共同对付匈奴经久的骚扰。但这个简单的仪式还是被史家记录下来，十三年后当张骞再返长安，只剩下一名随从，汉节也稀疏得髦毛难觅，但他带回了西域的风物别情。

遗址人自信地告诉我，那时班师回朝的各路英雄，是一定会受赏于前殿廊下的，也一定会在庆功宴上喝得酒酣耳热，即使宫女侍卫碎步匆匆，也搬之不及珍藏的美酒。盛大的伎乐也一定从殿里排到殿外，歌舞升平，香艳十里。那年月好大喜功，值得畅饮的壮举实在是太多了，只是不知道这厚厚的土台是否还散发着当年渗入地下的酒香，不知道宽宽的廊道能否听到当年羯鼓的回响。饶有趣味的是，张骞后来随军出征接应不力，官爵被剥，但汉武帝惦念西域的地理风物，依旧会唤来张骞商讨对策，显出了一代天骄的胸怀与胆略。后来，张骞再次出使西域，执意把友谊的种子播撒到草原戈壁，从此沿着这条曲曲折折的道路，胡菜胡瓜胡糖涌入长安，繁荣了长安城里的东市和西市。后来的史家便把张骞出使西域誉为“凿空”，西方人千年之后才从这次壮举中发现了丝绸之路的奥秘。

我们从那前殿土台下来，南走好一阵儿，一条高高的土塄横在面前，若不是遗址人介绍，绝想不到这会是汉长安城的南城墙。跃上高高的废墟，抬眼四望，尽是现代的水泥建筑，高高低低地拥堵住人们的视线。然而，遗址人又指着远处说，那南城墙外还有处“社稷”遗址的，后来这个词演绎成国家的代称了。其实在汉代，就是祭土神和五谷的殿堂，隋唐以后其功能又被天坛和地坛取代了。再远处还有“辟雍”和“明堂”遗址，那是祭祖先和祭五帝的地方，如今已被压在沉重的水泥板下了。想那张骞出征之前，是一定要赶到这几处地方祭拜的，祭天地祭祖宗祭平安，从此便把国家社稷和宗族教谕深藏心里，不论旷野遇险，还是路途苍茫，长安明月便挂在心境中央不离不弃了。

然而，那位遗址人告诉我一个刚刚过去的秘密，绝对的匪夷所思，那张骞的壮举二千多年后，几乎被人淡化得视为平庸了。有人居然在丝绸之路的申遗报告中，将起点长安变成了“起始段”，这三个极具创意的方块字不动声色地模糊了汉长安城的作用，也让裸露的未央宫一脸无奈。似乎丝绸之路从哪儿起步竟成了一堆乱麻，从哪儿抽出丝来都顺理成章。其实，历史就是由一系列的标志性事件来演进的，黄金商道无疑是张骞从长安起步的。但是这个尴尬的呼唤并没有多少人注意，终于从北京传来一个洪大的声音，于是在迪拜召开的世界申遗大会上，专家们一致要求把丝绸之路的起点改为“长安”，使得这个由国人自己酿造的混浊最终在丝绸之路的另一端澄清了！

但这片土地曾经的主人至今仍耿耿于怀，他指北边那片边沿清晰的花海，竟是后宫之所在，当年歌舞升平，花团锦簇，应该是为日常了。我想，那成千上万的嫔妃们怜爱的笑脸是不是会顺着花径爬上来，也在为还原历史而欢欣呢？这当然是一个幼稚而浪漫的猜想，但我从遗址人滔滔不绝的叙述中，感觉对汉长安城最为关注的不仅仅是考古人，还有千百年来在这片土地上繁衍生息的百姓们。

其实汉长安城早在东汉就成了百姓们的居住地了，已经形成了七个偌大的村落。遗憾的是为了凸显汉长安城的壮阔，一排排错落的民居在推土机的轰鸣声中荡然无存了。遗址人向我形象地介绍着那个刻骨铭心的无奈，屋檐倒了，坟地平了，田园消失了，很多人对这个过程有着痛楚的记忆。他们如今居住在远远近近的安置房里，却常常会在进城途中，鬼使神差地绕道这里，踩着破碎的童年记忆，漫无目的地呼吸一点曾经熟悉的气息，走着走着眼泪便情不自禁地落下来，落到苦涩的嘴里。是啊，祖先在这里，根脉在这里，一千多年的村落在这里！我忍不住替他们抱怨，汉长安城的确不是孤立的宫苑，是城与郭的联合体，我们可不能只关注皇家的宫殿、别院和风物，那气韵生动的民居同样存储着丰厚的历史信息，如果当初把这七个村落的祠堂、照壁、木桥和村规小心存下来，不是可以更完整地记述汉长安城的沧桑脉络吗?

终于，那遗址人把我领到一棵茂盛的榆树前说，这是他们村子唯一的纪念了。现在消失了的七个村落尚存七棵老树，村人们常常会不约而同集聚到平坦的“村落”里，围拢在古朴的树冠下，抚摸着树上的枝杈和皱裂，向孩子们讲述已经“粉碎”的家事和村史。而且，在清明那天很多人会来到老树下，用粉笔绕着老树画个圈，然后点燃一叠麻纸，再点燃三支香烟，恭敬于树下，以寄托并不遥远的思念。是的，那皇家的明堂和辟雍不见了，而老百姓心中的明堂和辟雍还在，就是这七棵枝繁叶茂的老树啊，他们在这里祭天祭祖，也祭奠永远逝去的村落……

2015年4月23日 于新城

发表于2016年第6期《人民文学》

乐游原之下

乐游原上清秋节，咸阳古道音尘绝。

——李白《忆秦娥·箫声咽》

一

谁也不会想到乐游原厚厚的黄土下会发生这般奇诡的穿越。

那唐朝人绝对想不到玄宗皇帝当年宠爱的武惠妃，自从躺进一尊精美的石椁后，不见天日地经历了一千三百多年，终于寂静被打破了，有人凿破墓道钻了进来，一趟又一趟把墓室里的宝物偷了出去。后来，连重达二十八吨的石椁也被一群人抬出了安息地，大概乘坐一辆轰轰作响的车辆，辗转十多日，到了昔日曾经荒蛮的海边，又上了一条轰轰颠簸的渔船，又经历了十多天，到了一个唐朝人绝对陌生的海岸。

这是一条被称作“美利坚合众国”的海防线，沉重的石椁从此被藏匿起来，锁进一处幽深的仓库，漆黑得与墓穴没有两样。当然，隔三岔五也会有人来察看石椁的纹饰，嘴里会发出叽里咕噜的声音。

也许是为了满足虚荣，也许是为了炫耀财富，石椁终于被主人作为当年最成功的收藏，被放置到扑扑闪闪的镁光灯前，羞羞答答地向外界披露了石椁的艺术价值。但这位曾经当过警察的收藏家，刻意回避了这尊皇家石椁的发掘地在中国西安，当然也回避了这是开元年间武惠妃的石椁。皇妃的石椁居然会漂洋过海来到异国他乡，成了一个白皮肤蓝眼睛的囊中之物，这着实吸引了收藏大腕们的眼球，大家惊呼这般美艳的石椁一定隐藏着令人放开畅想的故事。

而武惠妃绝对没想过，在她身后一千三百多年后，居然还会成为人们热议的焦点，又一次“成功”地吸引了舆论的目光。据说这位声名远播的宠妃，是武则天的亲侄女，从小在后宫长大，姿色美艳，能歌善舞，唐玄宗甫一登基便纳为婕妤，后来又晋为惠妃，地位着实显赫。但她没有后来的杨贵妃纯情超然，史传为争取儿子的尊位，竟构陷太子三兄弟于非命。不过，在今天看来惠妃似乎良心未泯，作孽以后整日烧香拜佛，驱鬼做法，惶恐不安，却最终也未能摆脱魔魇的缠绕，年纪轻轻就遁入黄泉了。但唐玄宗似乎没有深究其恶，反而追赠她为“贞顺皇后”，那座高大的土丘也就尊为敬陵了。

至今也不知道敬陵何时被盗洞穿透，只知道那位收藏家发现中国警方抓捕了他的合伙人，扣押了储存了许多秘密的计算机，便郁闷地又用布幔把石椁严严实实覆盖起来，再也不许任何人近前欣赏，宏大的宝物不知道会带来什么样的报答。

可是，尽管收藏人小心了许多，中国警方还是风尘仆仆追索而来，找到香港，又找到美国，好像经历了许多回合谈判，收藏家被迫来到西安南郊的陵区一探究竟。可谓一抔黄土，一团愁绪，深深的洞穴显然狠狠地攫住了他的灵魂，那文物人的一句话更让他内心震荡：收藏家可能以为自己得到了一件宝物，而放在这里将承载一段历史！

笨重的石椁终于又乘车坐船，踏上了熟悉的“皇天后土”。当然这儿经历了一千三百多年的风雨洗礼，尽管桃花依旧，但人们的服饰已难觅大唐的蛛丝马迹，城池楼阁也已发生了彻头彻尾的变化，只有迎接的面孔似曾相识。真没想到这个世界会变得这般不可思议，连那唐朝随便埋于地下的三彩明器现在都成了抢手的宝贝，价格竟然昂贵得吓人。而那凝结着惠妃与玄宗情谊的石椁更是获得了意想不到的赞叹，居然还被冠以顶级艺术品的称号，连唯恐避之不及的晦气也被人忘到了九霄云外。

这尊凝结着中国盛唐时期绘画、雕刻、建筑艺术之大成的石椁，放在哪个国家都会被奉为稀世珍宝的。仔细打量，这方石椁犹如一座“豪华”石屋，有门有柱有檐有脊，四周满满的彩绘浮雕，不但有众多麒麟环绕，保护着皇后的天堂，还有缠枝莲花相牵，意在把佛韵引来；不但有壮士勇擒雄狮，张扬着世间正义，还有雍容仕女持花，似在等待主人召唤。而那石椁里边则站立一圈身披盛装的宫娥，大概都是惠妃当年裙边的童男玉女，一个个刻画得丰腴圆润，衣褶飘逸，展现了开元年间人物画的最高水平，如此的华丽精彩，怎一个绝字了得？

不过极具讽刺意味的是，那位把石椁从沉寂的土穴挖出来又运出去的人，已经终结了发财的美梦，被关进了秦岭脚下一处四面铁网的囹圄。国宝与他的再次相遇是在一个簇拥着中国警察的环境，盗掘者戴着脚镣手铐面对曾经为他带来“财富”的宝物，禁不住惊讶警方神通广大，竟能把出境多年的宝物追讨回来，不由得为自己的命运长吁短叹。

其实，这就是在太岁头上动土的代价！

但是案情并没有就此停住，警方在盗墓者计算机里又发现了一块块精美的墓室壁画，懊恼的是却没有因此得到任何有价值的线索，江洋大盗对自己计算机储存的宝物怎么都不愿开口，甚至妄称这是栽赃陷害。显然，追回石椁只能说仅仅完成了一半任务，人们也看得清楚这盗墓人绝对知晓这些壁画的价值，才矢口否认壁画与敬陵有关，当然也否认与自己的关联。

茫茫乐游原，壁画又在哪里？

二

其实，那几幅美轮美奂的壁画就藏在离敬陵只有一公里的地方。

当那件吸引了众多摄像头的石椁渐渐被人们淡忘，当那些精美的彩绘图案在人们记忆里渐渐模糊，人们对武惠妃的故事已兴趣不再，负责这个案件审理的警官也不再提审被判死缓的江洋大盗。但是，盗墓人计算机里那几墙壁画依然让一位已不年轻的文物人念念不忘，他又找到当初审理案件的警官，细述这些壁画的艺术价值，感动得铁汉们眼圈发潮。可能人们有所不知，那唐墓壁画实乃中华艺术宝库中的顶级珍品，一经发现就被定为一级文物，在国家不准出境展览的文物清单中，列在第一位的就是唐墓壁画。而盗贼计算机里的这些壁画，似乎缩在一座典型的唐墓里，尽管不属于皇亲国戚，但壁画风格活泼洒脱，估计主人是位颇具文化品位的大唐官吏。

且看那幅动感的逸乐图，一边的仕女在弹奏古琴，一边的胡人在吹奏管乐，中间一位窈窕淑女与一高鼻胡人翩翩起舞，一招一式，神情愉悦，胡男与汉女在一幅画里舞之蹈之，形象地说明唐代丝路文化已经深入寻常的宴娱之中，大唐王朝的繁华也就跃然墙上了。还有一幅山水壁画，更是让人眼前一亮，唐初的壁画大多浓墨重彩，而这幅图画笔墨淡雅，山势由远及近，丘崖飞泉，亭榭高树，与浓浓淡淡的墨色相得益彰，恰似一处求仙问道的幽谷，静谧中透着优雅，深邃里又显出硬朗。书言到了宋代才出现独立的山水画，而这幅壁画却毫无争议是唐人所为。还有一幅朱雀图和六幅树下高士图相偎相依，让专家惊叹的是那些人物衣褶飘逸流畅，似有吴道子的线皴笔法，特别是身旁的树木竟是写意风格，寥寥数笔，风过声响，犹如高士逶迤而来。这般浓淡写意似为宋代以后的笔法，如果这几幅壁画出于敬陵的陪葬，可能就要改写中国的绘画史了。但是，盗掘者守口如瓶，大洋彼岸那位收藏家也断然否认见过壁画，追索又该从何谈起呢？

不过，时间的砥砺却始终未能消磨曾经的记忆。

年轻的警官也没想到文物人居然对壁画耿耿于怀十年未忘，于是那个已经封存入档的案卷又被翻出来。只是事情的发展有点幽默，那位被判死缓的重刑犯已经改判无期，如果这时候直接提审必会死扛，而且他十年都没流露半缕蛛丝，如今还怕你再行追问吗？于是我们的警官改变了策略，故意让罪犯讲述盗墓故事，让他感觉是想向他讨教“经验”。盗墓者于是来了精神，看到的、听到的、经历的混杂一起滔滔不绝倾吐出来，还真把旁观者听得如痴如醉。但是，我们的警官没有忘记使命，在他忘乎所以的时候突然发问，你计算机里的壁画到底是哪个墓的？

盗墓人不禁一怔，茫然地望着警官不知所措，这个动作恰好说明绘有壁画的墓穴他记得清楚。盗墓人终于战战兢兢地问道：如果……会加刑吗？但狡猾的盗墓人随即又陷入了沉默。警官见状要了瓶白酒与其交错对饮，很快盗墓人脸颊涨红激动万分。

于是，在那年清明后的一个下午，一溜警车驶到乐游原上一个村落旁边，盗墓人搭手一望，手指一方麦地说：就在那儿吧。于是，洛阳铲一下去就碰到了砖石拱顶，果然是一座形制不小的唐墓。待小心翼翼挖开墓道，只见甬道里的壁龛堆满了平庸的陶俑，令人遗憾的是两侧被渗水浸泡剥蚀的壁画，只能依稀分辨出曾经的精彩了。是啊，十年了，如果壁画被蟊贼的盗洞引进渗水泡毁了，岂不是要遗恨千年啊！忽然，大家又在甬道与墓室的连接处，被一方石头挡住了，有人抚去厚厚的浮土，上面竟刻着“唐故左庶子韩公墓志”。

真想不到这会是唐玄宗的丞相韩休的墓室。此君大家是熟悉的，曾在开元年间官至丞相，虽然只戴冠两年，却留下了耿直谏言的佳话。据说连唐玄宗偷暇娱乐也怕韩丞相撞见，整得堂堂皇上趣味索然。于是门下侍官时常挑唆，何不把这个碍事的老头官帽摘了。唐玄宗却道，大唐有韩休在，朕可安眠入梦矣。估计他韩休不识时务地让玄宗感到难堪，也一定让后宫主人感到不悦，没准在皇帝面前煽动罢免“议案”的，就有武惠妃悄悄的作用。不过《新唐书》记载韩休与武惠妃同朝侍皇，曾不约而同推荐过千年奸相李林甫，也许这只是个巧合，却给一代圣皇命运的悲凄埋下伏笔。

后来的事态似乎更加尴尬，当年同朝的两位贵胄，生前隔墙伴驾，死后会比邻相望。而且一千三百多年后，武惠妃的石椁被偷运出敬陵后，韩休的墓室也被同一伙盗墓人挖开了。

那天，人们平心静气走过长长甬道，小心翼翼走进空空墓室，猛见四周琳琅壁画，文物人顿时惊呼起来，太棒了！太棒了！此刻的心情已不能用美妙来形容了，其实大家都是第一次见到这几幅壁画，却因对计算机里的壁画琢磨日久，反而都感到似曾相识。乐舞图在，山水图在，朱雀图在，只是那六幅“树下高士图”空缺两幅，显然是被人用专业手法揭走了，整齐地留下了两块裸露的黄土。而旁边的玄武图竟被挖了大洞，墓里唯一可以“驱鬼”的形象已被破坏得看不出威严了。原来，当年盗墓人进入墓室，以为那玄武图的后面可能藏有密室，便疯狂地挥锄探查，没想到一无所获，却把一幅珍贵的壁画破坏得更像一个张开的大口，在向人们倾诉盗墓人的荒唐和野蛮。

其实，善良的人们绝对想不到，盗墓人为了完整取下壁画，先将壁画摄像发给远在大洋彼岸的购买人，双方你来我往价格商妥，然后购买人便通过网络不厌其烦地教授揭画要旨，甚至从海外寄来揭取的工具和材料，比专业的文物工作者毫不逊色呢。幸好盗墓人尚未把壁画全部揭下卖掉。现在看来，那诡秘的蟊贼是把这个墓穴当成了仓库，想找到合适买家再一块一块揭下来售卖，以便赚取最大利益。看来是警方的果敢使这批珍贵壁画没有遭遇石椁的命运，这也算是不幸之万幸了。

这些唐墓壁画魅力四射，使得许多人为之神魂颠倒。忽然，笔者查到这韩休正是唐朝大画家韩滉的父亲，这便勾起了人们更加辉煌的猜测。

三

也许人们对韩滉没有多少印象，但他那幅《五牛图》，可是中国绘画史上无可争辩的传世名作，甚至被誉为镇国之宝，所以找寻韩滉的墓穴是文物人多年来的梦想。

如今找到了韩滉父亲的归寂，那也就意味着韩家的祖茔当在此处。古人就有落叶归根之说，如果在四周扩展勘察，找到韩滉的墓穴可能性极大，如果里面放有他的得意之作岂不是要轰动整个世界。即使纸质宝物腐烂了，里边的壁画和陪葬的文房宝物没准就是韩滉自己的设计和最爱。想到这里文物人摩拳擦掌，想着很快会有惊艳的消息发布，内心都激动得不能自制了。

文物人的激动完全可以理解。那幅珍藏在故宫的《五牛图》，任何时候去欣赏都会有奇妙的感受，一牛俯首吃草，咀嚼得津津有味；一牛翘首前仰，似要追赶伙伴；一牛回身舐舌，似有惊恐相伴；一牛缓步前行，似发“哞哞”叫声，从中可以清晰看出执拗与爱怜，急躁与乖巧，饱含了农耕时代百姓对牛的热爱。南宋诗人陆游就曾赞叹：“每见村童牧牛于风林烟草之间，便觉身在图画，起辞官归里之望。”

然而这幅传承有序的镇国之宝却饱受颠沛流离之苦。画作是在乾隆年间被召入宫的，没承想八国联军洗劫紫禁城，国宝亦被抢至国外杳无音讯。直到20世纪50年代，《五牛图》才在香港悄然露面，对外报价十万港元。周总理立即下达指示，仔细鉴定真伪，不惜代价回购。这时那宝物蒙满尘垢，大小洞蚀更有百处之多，后经裱画师耗时八个月才焕发神采，而宝物能够历险回国也的确让人手心出汗。

其实，这堂堂韩滉乃是一介官吏，实在是画名太重，盖过了入仕业绩。文献记载韩休过世时，他只有十六岁，却已是从军的小吏了，后来官至丞相，凛然如父，敢于进谏，善料财政，国库充盈。后来又做两浙节度使，把“皇家粮仓”治理得井井有条，留下不少为官清正的佳话。浩浩韩门，两代为相，三代多儒，实不多见也。但这些成就似乎今天已无人关心了，人们只关心他是《五牛图》的作者，是唐代画坛巨擘，威风了得。

我忽然想到，如果这韩休墓的壁画真若留有韩滉的笔意，不也是一个石破天惊的喜讯吗？传说韩滉人物画也是擅长，而且十六岁在当时也算成人了，插手父亲墓室壁画也是孝心所趋呢。于是文物人召集资深学者和画家齐聚古城西安，对这几幅壁画的风格细致分析，大家似乎对壁画有无韩滉笔意没有定论，但都认为就这几墙壁画也足以在中国绘画史上大书一笔了。

果然这个消息一经传出，来自全国各地的画家、学者蜂拥到古城南郊的乐游原上，谁都想先睹为快，一时间这方土地上的喧闹已让人感到了担忧。呵呵，那墓主人韩休绝对想不到，一千三百年后他的墓室壁画会吸引那么多人的关注，而且略显尴尬的是他的名字与儿子韩滉相提并论，而且还与武惠妃的名字连在了一起，比他在朝为相时还要盛名呢！

然而，文物人面对这般盛况却忽然莫名地悲悯起来，他轻声告诉警官，我们把韩休墓的壁画整体提出来，也是实在没有办法的办法了，而这韩滉的墓室既然尚未发现，还是别去惊扰它了，原真的环境应是历史遗存最最惬意的状态。

能这样吗？久久没有人应答。

2015年4月13日于新城

发表于2015年6月12日《光明日报》

入选《2015中国散文精选》

仙游寺之谜

一

那座被一湾碧水环绕的仙游寺如今隐藏在哪里呢？

我那年与朋友从城里走进秦岭脚下的这道峪口，再从高高的山梁上曲折下来，一条弯弯的河水便静静地横到我们面前了。河对面一排垂柳依水摇曳，树影婆娑中会隐约看到一处古朴的寺院卧在山脚，一尊四方古塔直破绿荫。有座摇摇晃晃的木桥与之相连，透过檩条桥面可见河底漂浮的水草，且上岸几步便到了古寺山门。这处禅院简陋拙朴，没有琉璃绿瓦，也没有雕梁画栋，若不是门楣上写着“仙游寺”三个墨字，还真以为这是民居大院。而且禅院静极了，微风寂寥，光影斑驳，进门时小沙弥不知躲在哪里敲了下木鱼，便感觉是进了桃花源般的清净地方。但廊道的天王狰狞怒目，还是让我感到惊悸，正殿的佛陀泥塑在灰暗里影影绰绰，身上似有不少开裂的残片，扫过一眼慈悲的目光便印在脑海里了。

令人诧异的是侧面僧房里还堆着锄头木锨类的农具，凌乱地堆在地上。禅院里没有香客，也没见忙碌的沙弥，只在石凳上坐着一位农活归来的老和尚在喝茶。我小心地向老和尚讨了杯热水，问起寺庙的前世今生，蓦然发现这座寺院古老得可以追溯一千多年，竟是隋文帝为供养佛陀舍利专意建造的，但那些圣物今在何处却又茫然不知了。

不过，老和尚告诉我一个惊人的秘密。

那唐代大诗人白居易曾对仙游寺情有独钟，留下不少描写仙游寺的诗作，而且那首千古绝唱《长恨歌》就是在这家禅院成就的。真会有这等趣闻？我盯着老和尚疲惫的眼睛连连发问。这白居易可是个敢为民众鼓与呼的人物，一生为人为官为文留下了不少的佳话，那西子湖畔的白堤应是他留在大地上辛勤的痕迹，波光粼粼的湖水就在吟唱一首不衰的颂歌。甚至他离开杭州刺史职位，竟然还留下了一笔官禄，作为后任公务之用，且让古今不少官人闻之羞愧呢。当然最为拨动人心的还是他写的诗歌了，至今流传下来的就有三千多首，而那篇《长恨歌》，哀婉动人，佳句迭出，可谓诗人的扛鼎之作，如果真是在这座禅院诞生了旷世之作，绝对要名扬四海了。

我多少以为是在开玩笑，但老和尚一边蹲下用石子刮去铁锹上的泥土，一边有板有眼地说。当时白居易是为周至的县尉，一日审案之余以文会友，邀小吏陈鸿、隐士王质夫同访仙游寺，竟然在山脚下与农夫村姑的访谈中，不断采撷到五十多年前李隆基与杨玉环的唏嘘逸闻，他们激动地登上寺外山巅，遥望“六军持戟不前”的马嵬驿，不禁悲悯弥漫不能自已。于是三人约定，由陈鸿著文，白居易诵诗，同叙这一段悲怆的宫苑恋情。

于是，他们在这间古寺禅房住下了，经过短短两三个昼夜，守着两盏青灯，吃着两碗素斋，笔走龙蛇，韵流如河，诗家和史家分别完成了一诗一文。文者，题为《长恨传》，娓娓道来，低徊温润；诵者，名为《长恨歌》，感天动地，荡气回肠。尽管二者体裁不同，情节却是大同小异，从此成就了唐代文坛一段动人的佳话。然而，那《长恨歌》从此便插上翅膀飞进宫苑楼阁，也飞入寻常百姓的草堂茅屋。人们对那段愁肠百结的爱情给予了极大的同情，期望有情人“在天愿作比翼鸟，在地愿为连理枝”。从此历朝的文人墨客也都喜欢追寻长歌声韵踏进古寺，期望能找到诗人在古寺激发出灵感的奥秘，借题抒发的诗词歌赋便多得难计其数了，书家题字也就贴得寺院一层盖过一层了。

仙游寺因一曲长歌而名垂史册矣！

二

我急忙把铝壶的茶水递给和尚，想套近乎再淘点秘闻。果然这家禅院的故事并没有打住，当白居易的叙事诗红透江湖，长歌曲律飘进了风雨飘摇的大宋王朝，寺院又迎来一位旷世奇才苏轼。这位风华正茂的苏轼怎一个奇字了得！写诗，能婉约，也能豪放；著文，能说理，也能抒情；书法，能隶楷，也能行草；丹青，能人物，也能山水；入仕，能修堤，也能求雨；休闲，能论茶，也能烹饪。每每小试牛刀都能登峰造极，举手投足皆成经典，后世文人百姓无不珍藏爱戴。当时年青的进士刚被任命到邻近的凤翔县为吏，束发挥毫，意气风发，梦想能“兼济天下”大展宏图。当他知悉唐代的白居易在仙游寺酝酿了《长恨歌》，便拨冗抽暇去寻访梦寐的歌韵了。意想不到的是，他刚刚走进古寺的法王塔，就被砖塔基座上的画碑给迷住了。

画碑虽说不大，却达一十六方，绘的都是佛界逸事，形象生动，线条飘逸，眉眼间透着空灵，但碑碣只有刻工落款，没有画家钤印名号，而这显然不是一般的画匠所为，应是一位技艺精湛的大家所绘。苏轼就此停下了，细问禅院史上可有名家造访留下笔墨？然而，身边僧侣无人清楚画碑的作者是谁。其实这苏轼既是文学大家，也是书画大家，他直感这些画碑“非吴道子不能”。堂堂吴道子乃盛唐宫廷画家，独步画坛几十载，后世无人敢不学吴风而论画也。

于是苏轼在寺里住下来，果然从老僧那里得知，开元年间吴道子曾到仙游寺休闲，绘制了一批小画，尽是“天王鬼神百仙像”，神笔妙品，留寺为念。后来，那些墨宝被住持藏匿，秘不示人，以至于几十年后白居易住到古寺多日未睹画容。但是觊觎这些墨宝的人一直在周围徘徊，僧侣们为留住大师笔墨，便勒石刻碑镶嵌到禅院砖塔基座上。只是，可能担忧危及碑碣命运，便略去了画家名款，时下岁月已奔过三百多年，画碑作者自然成了悬疑。最后，苏轼断定这些画碑“吴带当风”，飘逸如仙，便欣然写下读碑题记，后来这桩趣闻像《长恨歌》一样被记入了周至县志之中。

然而苏轼绝对想不到，由于他的这一考据，来古寺读碑之人蜂拥而至，使得这个隐匿在青山绿水中的寺庙嘈杂而又喧闹，而且那些拓碑者整日围着砖塔敲打，给僧人带来难以言传的烦恼。于是，力求清净的出家人索性把那些画碑从塔基上取下来，悄悄沉入了寺外幽深的黑河里，从此吴碑便成了这家禅院的一个传说了。我不由得大叹遗憾，离开古寺直瞅清澈见底的河床，不知哪堆水草下会露出惊天的秘密来。

谁知不久我在林语堂的《苏东坡传》里，发现了这样一段记述：苏东坡为纪念亡故的父亲，在庙里布置了一个道场，里面悬有父亲的遗像，还有他“在凤翔时物色的四张极宝贵的吴道子绘的佛像”。我想当年苏轼刚刚入仕，不可能有钱到市面上寻购吴道子的大作，极可能是他在仙游寺见到画碑后，与那住持以文会友，拿自己的笔墨与寺院交换所得。记得那位老和尚曾说新中国成立后好多年，寺里还有半副苏轼的楹联，后来也不知哪里去了。看来，其中的故事也许就是一个永远的秘密了。

三

尽管古寺这般奥妙，可我听说仙游寺的宁静还是被打破了。

20世纪80年代，西安人吃水遇上困难，便欲在此拦河为坝，蓄水济城，以去心头之患。福佑众生，胜造浮屠，大义面前仙游寺毅然决定举庙搬迁，临走有位老僧依然对沉河吴碑念念不忘，于是调来挖掘机械，断水清淤，忙碌数日，却始终未见碑影。

然而，没能在河底找到画碑，却在拆迁法王塔时发现了地宫入口，顿时惊动了国内的高僧和专家，人们从全国各地拥到拆迁现场，连央视也把机位摆到了显赫处。人们焚香礼佛，揭开石门，果然发现一尊石椁，内有一只铜棺，里面竟藏有一个圆润晶莹的琉璃瓶，轻轻一倒，十颗米粒大小的舍利子展现在人们面前。考古人相视一笑，这必定是隋文帝当年供养在仙游寺的舍利子。周边几位僧人扑通一下便跪下了，众人合十鞠躬，小心翼翼地将圣物放置到古寺最尊贵的地方，毫无疑问这应该是仙游寺的镇寺之宝了。

随后，在清理地宫基座时，竟然又发现了一方黑石，人们揭下石碑擦去浮土，争相目睹：碑面两位舞者相对而乐，一者打坐莲花，纤手吹箫；一者稳坐蒲团，慢弹琵琶，那飘逸的衣褶，慈善的面容，如沐仙境矣。碑上小字果然记述是佛徒当年依画摹刻。此碑一出顿时吸引文人墨客接踵而来，人们看后纷纷赞叹，这画碑与舍利子同为圣物矣。然而这一番搬迁直播，使得仙游寺风靡四海了，那些舞文弄墨者更对《长恨歌》崇拜至伟，生长于斯的作家周明历经千辛找到毛泽东书写的《长恨歌》印稿，恭请当代大诗人臧克家题跋，郑重地刻碑于禅寺照壁。后来，赵朴初、冰心、刘白羽、光未然、冯牧、贺敬之、袁鹰、季羡林、黄苗子等艺术名流，纷纷读碑挥毫称颂古寺的神奇，期盼将来迁建的仙游寺依然古韵长存。

今年初春我想起搬迁到黑河岸上的古寺，便又走进秦岭北麓那个熟悉的峪口，远远就看见山坡上那尊矗立坡顶的四方古塔，仪态威严地注视着黑河浇灌的四野八荒。待走近了，看到塔边还有一院红砖垒成的陋房，极似城里司空见惯的简易工棚，不但四墙红砖参差不齐，屋顶还盖着石棉瓦楞板，有强风吹过似乎就会塌掉。我以为可能是水库工程建设者遗存的临时居所，然而落入眼帘的漏风门楣上，竟写着“仙游寺”三个墨字！

什么？这就是那古风绵厚的仙游寺？

这可能是我见过的最尴尬的禅院了，蹑手蹑脚走进又小又乱的寺庙，果然有位小沙弥在烧柴做饭，见生人进来也不抬眼，只顾埋头烧火。但那正房门额还庄严地写着“大雄宝殿”，里边依然供奉着佛陀和弟子。旁边大概是寺院住持的僧房，有趣的是墙上竟然悬挂着一张一九七二年公社革委会颁发的农业学大寨的奖状。问过住持方知，这仙游寺的僧人曾遭遣散，当时的果姓住持无家可归，便就地参加了当地的劳动，奖状就是那时候的鼓励。可想当年的老和尚对那段历史珍惜不忘，端端正正悬挂于墙上，成了这间禅房一道特殊的景致。只可惜“获奖者”已于七年前圆寂了，就安息在旁边山坡的塔刹里。我自然想起当年进庙讨水的慈悲，内心纠结得无意问缘了。

噢，那原来的仙游寺本来是在坡下那道水湾处的，如今已淹没多年了，只是没想到堂堂古寺会遭遇这般坎坷，置身陋院已丝毫领略不到梵音萦绕的清静和超脱了。其实人们应该知道，这座禅寺的宝物令人震撼，那佛界圣物舍利子，流传有序，此为一宝也；那高耸威严的法王塔，隋代唯一，此为二宝也；那流芳千古的《长恨歌》，文辞绝妙，此为三宝也；那方画碑吴带当风，难得苏轼鉴证，此为四宝也……然而，承载着这么多人间宝物的古寺，为惠泽百姓，甘愿清苦，居然在“临时工棚”里困顿了二十多年，可谓：苦了几僧人，幸福西安城。

我忽然想到，应该告诉大家，古城人每天入口的清水，可蕴含着仙游寺的一份奉献呢！

2015年5月11日于新城

发表于2015年6月4日《华商报》

艺术之俑

那年那日，有人从临潼西杨村挖出了几块陶俑残片，一个震惊世界的发现从此悄悄拉开了序幕。

我曾以各种因由多次去过秦陵，每次去都感觉有金戈铁马呼啸而来，那冷锐的目光会穿透人的心脏发出咔咔声响，那钢铁般的铠甲会抵住雨点般的刀箭不留痕迹，那坚硬的额头会所向披靡横扫天下。我把这个感觉告诉秦俑博物馆的老馆长，这位自诩为“守陵人”的老专家点点头，尽管有汉以降，对始皇帝的开拓之举有过太多的贬损，但谁都得坦言承认，正是这支军队踏碎了许多人的黄粱美梦，斩断了许多负隅顽抗的短剑长枪，统一了战火蹂躏的华夏大地，迎来了明媚的太平曙光。随后，一系列卓越的统一举措，使得四分五裂的疆土呼啦啦集合在了秦字大旗下。如今，我们常常会骄傲地告诉老外，欧洲人至今还在吵闹的“统一”事项，我们的老祖宗两千多年前一声号令就完成了，这不能不说是一个奇迹！而这个奇迹，首先应该归功于这支斗志昂扬的军队，正是他们的英勇才奠基了这个古老国家的版图。

守陵人进而赞叹道：这支军队几近完美，军容整齐，严阵以待。驭马者在前，搏击者在后，弯弓者在侧，一丝不苟地诠释着忠诚事迹，它们已经在地下默默坚守了二千多年，尽管色泽褪变了，面容烟熏了，却依旧忠贞不渝地坚守着神圣使命，从没有过一丝丝松懈，即使被一点点剥露到亮光下，依然表现出不衰的坚韧与顽强。

我知道这支军队是用陶土按真人大小烧制的，暗合了远古捏土造人的神话，其实这个“俑”字，就是像人的意思。尽管有的俑体尚有残缺，但眼神依然犀利刺人；尽管有的俑脸有点消瘦，但肩头的肌肉依然饱满藏拳。且让人们感到震撼的是已发掘出的两千将士，居然有两千个造型，绝没有一件是重复。我想，秦国“奖励耕战”闻名于世，这些兵俑可能是模仿立功将士轮廓塑造的，否则怎么会有这么多栩栩如生的形象。而且那些将士们刚刚伫立到陵下时，脸庞是红的，眼睛是黑的，衣袖是绿的，裙襦是蓝的，只是岁月的风烟把鲜艳一点一点剥蚀了。我曾戴上手套去抚摸兵士前胸，直感觉铠甲后面的心脏在勃勃跳动，感觉手中刀剑会挥起来，这就是艺术的魅力啊！

我不由得闭上眼睛畅想，当初刚刚把这些全副武装的“将士”排列在地下时，该是一幅多么壮观的景象啊。尤其令人惊奇的是每个兵俑身上还留有制作者的名字，有的潇洒，龙飞凤舞；有的拘谨，一笔一画。当初“物勒其名，以考其诚”，却不想留下了雕塑者英名，若能仔细地研究这些姓名，一定会有震惊的发现，遗憾的是我们历来注重帝王的活动，却往往会不自觉地忽略艺术家的创造。所以我说，如今已无法考证那些雕塑家的身世了，但他们创造的作品在告诉未来，他们是大秦艺术的奠基者。而且组织设计这些绝世艺术品的，绝对是一位罗丹式的雕塑艺术大师。我悄悄对守陵人耳语，当它是唯一的时候便是艺术品，当它可以复制便沦为工艺品了，这些极具个性的雄健兵俑比西方的大卫们毫不逊色！遗憾的是守陵人对古代雕塑的认识依旧停留在“历史遗产”上，直让旁观者感叹唏嘘。

可谓：一兵一将一抔土，攀达艺术上高峰。

我注意到那兵俑的手心都是空的。守陵人小声告诉我，这些兵俑手上都有兵器，有的执戈，有的握剑，有的弯弓，有的驭马，现在只展出了一小部分。噢，我想那泱泱秦国把国力都倾注到兵器的研发上了，那富强的楚国似乎把礼器制作得精湛无比。终于，我们走进了展馆中间的“密室”，我看到几把从“将军”身边挖掘出来的铜剑，寒光闪闪，锋刃凛凛，尽管在地下掩埋了两千多年，当小心翼翼清理出来时，还微微有些弯曲，然而几周后居然神奇地平直了，拭去剑上尘土依然让人胆寒心悸。守陵人执意让我做个实验，我握住剑柄竟能刺破七层白纸，忽然感觉秦国的铜剑比那六国的似乎要长些。果然，没费工夫我就搜寻到，楚吴的铜剑比之要短两三寸呢。记得那年秦王遇刺客来袭，因佩剑太长躲闪中拔不出来，差点误了君王性命。然而，在那冷兵器称雄的时代，两军对垒，你刺我挡，两寸足以定天下矣！我进而发现那些兵俑身下的箭镞，又怎一个奇字了得！这些箭镞都呈三棱状，比那六国的燕形箭头有着更凶猛的杀伤力。尤其是惊奇那箭镞的弧度与今天子弹的弧形几乎一致，想想那时没有机床，没有微积分，古人怎么能在箭头上做出这般奇妙的抛物线呢？这不就是兵器的艺术吗？守陵人疑惑地看着我，怎么对兵器这样认识？

直曰：屡屡求教考古人，自设悬疑倒雾水。

慢慢走出兵俑展馆，外面是一片浓浓的绿荫，守陵人指着一棵参天古槐说道，那支军队护卫的这方皇家陵寝，不光是为了展现秦始皇的梦想，也是为了捍卫千古一帝的荣华。大秦帝王那年本来是去泰山问天的，没想到天之骄子梦碎齐鲁，也把博大的气魄带回这片黄土。当年这里曾经覆盖着一片恢宏的建筑，当时秦国每灭一国，便在临潼以西复建一座降国的宫殿，一路过关斩将，灭掉的大小国度至少有十多个了，可想当时那些宫殿多么巍峨壮观，由此可见秦王是真想把关中大地作为一个城市来建设的，气魄之大亘古不闻。当然，那可不是今天司空见惯的微缩景观，而是货真价实的“国家象征”，走在帝国的大道上，胜利者会有豪迈生发出来，失败者也会流连忘返，可惜经过多年兵燹，如今只见夯土不见城垣了。不过，建筑永远和艺术捆绑在一起，那块偶然发现的直径六十厘米的瓦当，就昭示着当年的豪迈和伟岸，上面的夔龙精美绝伦暂且不论，这瓦当一定是置于屋顶正中檩头的，而这般粗壮的房梁，所撑起的建筑该有多么巍峨，似把雄才大略诠释到登峰造极了。

犹如：披荆斩棘创新史，浩气长存始皇帝。

后来“守陵人”把我领进一处偌大的“工棚”，我进去环顾，竟是水禽栖息游弋的场所。呵呵，这当然不是我们见过的水生动物残骸，而是一个个惟妙惟肖的青铜尤物。有鸭，两两相依，互相示意；有鹅，伸长脖颈，眺望主人；有龟，慢慢爬行，送上寿福；有鹤，低头噙鱼，摆尾乞怜……这的确是一个水禽乐园，显然这么多灵性齐聚到这儿是为了祛除主人的寂寞。不过，当主人的灵魂在这里休闲漫步养足精神，一定会转过身去寻找旁边那间大殿里的铜车马，去遨游四方一展宏图的……守陵人小心告诉我一个秘密，现在展出的那两乘马车，只是辅助皇帝出巡的安车和立车，皇帝的座驾一定还埋在哪片黄土坑里等待发掘呢。是这样啊？那已出土的两乘铜车马已经震惊世界，车辇华盖，骖马屹立，立车在前，安车在后，八千部件，一丝不苟，这样经典的艺术创造，似乎已经完全超越了人们的想象，即使放在今天也会让工艺家难堪的。

正是：铜车铜马铜铃铛，千古一帝唤秦王！

我们告别那两舆铜车马，乘车前往始皇的陵丘，一路上那守陵人滔滔不绝。如今已探明秦陵封土之下是一个九层高台，里面是高达十五米的泱泱地宫。饶有趣味的是这秦陵探明的陪葬坑已有六百多处，不但发掘出了负责饮食的衙门，还发现了乐府官署和军队指挥机构。显然大秦帝国的掌门人绝对相信人类有阴阳之分，竭力想把生前的奢侈搬到地下，地下俨然一座浩浩皇城。史载秦始皇甫一登基就开始了修造陵寝的工程，参加的工匠多达七十万人，往陵寝装进的珍宝车拉肩扛十多年，看来这位大秦皇帝绝对是想把地上生活凝结在封土之下，似乎在人类文明的发展史上，还没有哪位帝王能把陵寝修造得这般奢华。史载那年项羽率领楚军攻进长安城，烧毁了阿房宫，又掘开了始皇陵，且不知那地宫浸泡在江湖般的水银里是否挡住了复仇的脚步。后来有羊群顺着砸开的缝隙钻进坑道，牧羊娃手举火把进去寻找，不小心把坑道点燃了，大火竟然烧了九十天才渐渐熄灭，以致我们今天看到的兵俑都有炭烧的痕迹，似已无法考证有多少艺术品在这个过程中毁于一旦了。

鸣呼：巍巍秦陵披风尘，空前绝后秦地宫！

不过，今日的守陵人似乎仍想承接先帝的“梦想”，居然规划将秦陵与兵俑馆连接起来，以展示大秦帝国的丰功伟绩。但我告诉守陵人，浩浩秦陵不仅仅是一处历史遗存，更是秦朝艺术成就集大成，我们要想办法把当时的艺术家从遗存后面推到台前，揭开那些艺术大师头上的面纱，让世界知晓中国古代艺术的伟大，而这似乎是今日展览的一个缺憾啊！

2015年6月29日于新城

发表于2016年7月21日《陕西日报》

黄帝之陵

我少年的时候去过黄帝陵，记得沿着一条斜斜的山路走上一小会儿，就见到路边一通岁月剥蚀的石碑卧在那儿。仔细看那碑上字符，竟是“文武官员至此下马”，心里便不由得肃穆起来，满山的翠柏似乎也发出了呼呼的告诫，任那多大的官吏到了这儿也是要下轿步行的，这当然都是因了桥山上葬着湟湟华夏的始祖。

我这才注意到面前的山峦竟然长满了合抱粗的柏树，似乎过了铜川，车子就在山间里颠簸，就感觉两侧均是低矮的灌木和蒿草，很少见到这般雄奇的柏林，密密丛丛，翠绿铺野。可见很久以来世人对黄帝陵的崇拜，早早就把黄土高原上这片植被悉心护佑下来，使得这片山峦始终呈现着郁郁葱葱的状态，默默地守护着身下的神圣。

终于穿过厚厚的柏林，走进轩辕庙山门，一棵粗壮的柏树蓦地扑进眼帘，好多人都在那里摆姿照相，有人惊呼这便是华夏第一柏了。我注意到那株从地面伸向天空的树干，粗粗的，壮壮的，布满了鱼鳞样的长条皱褶，七人扑上去想合抱，添了一人才握手合围。那树冠伸出的枝叶与旁边的枝叶在竭力相接，一条条粗粗细细的枝杈恰如一条虬龙携着众多小龙欲拔地而起，几乎把所有人都震撼了。相传这是黄帝亲为的“手植柏”，是黄帝在桥山种下的第一棵柏树。旁边还有一棵“挂甲柏”，相传为帝王挂甲之处，树干上布满密密的针眼，数千年而不愈，透露着帝王力量的神奇，想想居然能有四千多年的树木存于世上，不免让人啧啧惊诧。

手植柏后面是一片碑林，皇宗豪杰达官墨客都在此留有墨迹，当然都是称颂黄帝为中华民族带来的恩泽，绵延数千年呈现出大一统的国度。记得有块毛泽东当年在延安亲笔书写的祭文，洋洋洒洒，千字骈文，凸显了一代伟人对黄帝的尊崇。我当时惊讶那里还有蒋介石写的碑碣，那是我第一次见到“人民公敌”的墨迹，想不到在黄帝陵前两位势不两立的人物能够同处一地，面向黄帝表达自己的崇敬之情，可见黄帝作为华夏共主的包容性，让多少兵戎相见的伟人与枭雄在这里握手以礼。

这桥山的著名是有历史的，那司马迁在《五帝本纪》中，就申明“黄帝崩，葬桥山”。从此历朝的皇帝都把祭祀黄帝作为国家大事延续下来。出那轩辕庙不久，就会见到山脊上冒出一座突兀的山峁，竟是汉武帝当年祭拜的遗迹。当时汉武帝北巡朔方之后率十八万兵马途经这里，仰望桥山，心潮澎湃，下令在黄帝陵对面建起一座高达五十米的“祈仙台”，举行了声势浩大的祭陵活动。当时桥山周边山峦站满了汉家军，宫乐响起，俯首肃立，武帝上台，献上牺牲，献上祭文，祈求文治武功扩张疆域。可想当时方圆百里的百姓都会拥到山脚下争睹一代帝王的气魄，更把黄帝的伟大昭告于天下，从此哪一届王朝没有祭拜黄帝陵的记录?

前边又横着一道“诚心亭”，实际上就是殿前照壁，祭祀的人到了此处要平心静气，去除杂念，专心致志地向先祖献上祝福，以佑护家业国运兴旺发达。后边的轩辕殿只有百十平方米，门楣上的“人文初祖”，钢骨凛然，透着一股华贵之气。里面的条案上有一尊牌位，上书“华夏圣祖黄帝之位”，四壁则是青龙、白虎、朱雀、玄武的木质浮雕，烘托着悠久浩然的气息。此殿虽然狭小，但从屋檐下的斗拱和斑驳的漆皮可以断定是清代的遗存，过去几百年来人们就是在这里祭祀轩辕黄帝的。

沿着祭祀大道往上走，心境越发静穆，当来到祭祀广场看到黄帝的封土，就有跪下的冲动了，神圣两字便在头上萦绕起来。那隆起的冢丘有四五米高，方圆三四十步，上面长有稀疏的青草。记得有一年，我曾见一位国家领导人在这里焚香一炷，鞠躬致敬，绕陵一周，以后再到黄帝陵祭祀总会叠印出那一幕肃穆来。

那开辟民族基业的黄帝，传说诞生于距今五千五百多年前的三月三，所以这一天亦被称为“生轩辕”。当然，那黄帝能被后代敬仰实在是功绩使然。司马迁称其：“生而神灵，弱而能言，幼而徇齐，长而敦敏，成而聪明。”理性地说黄帝之前的中原，处于以血缘关系为基础的氏族部落时代，支系纷披，图腾杂多。经过艰难治理，众多部落会聚于黄帝麾下，形成了黄帝、炎帝、蚩尤鼎足之势。后来黄帝联合炎帝与蚩尤在涿鹿决战取得胜利，统一了零乱的部落支脉。作为被后代尊为五帝之首的黄帝，进而发明了服冕垂衣、伐木筑室、蒸谷为饭、服牛乘马、礼乐奏曲，使得华夏一族走出了蒙昧，成了名副其实的九州共主，这便悄然奠定了中华民族的雏形。那黄帝之后主宰中原的颛顼、帝喾、尧、舜，以及后来夏、商、周三个朝代的主政者都直言自己是黄帝的后裔，从此中国历代史书都把黄帝尊为了开篇第一人。

然而，想不到历史的车轮驶入二十一世纪，各地忽然把祭拜五帝看成了一种资源，争先恐后地表演起来，祭出的旗号名目繁多，甚至声言史上习惯祭祖不祭陵，于是黄帝陵忽然有了被边缘化的挑战，好像历史真就这样演绎过。我孤陋寡闻，却知晓那大约从周朝兴起的“明堂”，供奉以黄帝为首的“五帝”应是祠庙的滥觞，帝王将相们年年都要去那里祭祀帝国先祖的，那作用就是教化皇亲和百姓。而所以要在都城的明堂祭祀，应是方便使然。试想，那周秦汉唐的都城距桥山有上百里路，宋元明清的宫池就更远了，如果帝王年年亲往陵上祭拜，浩浩荡荡，鞍马劳顿，带来的烦恼不言而喻。而且古时皇帝出行，朝中常会动荡。所以，平常年月朝廷就委托地方官吏去陵前祭祀，皇亲国戚转而到明堂拜谒，后来这明堂便演变成宗庙和学校了。也就是说轩辕黄帝至高无上，古人帝陵亦祭，宗庙也祭的，实在难以理解怎会出现这样一场论争？

若我们走进旁边的碑林徜徉，就会轻易发现，形制各异的石刻记载了昔日岁月的祭典印迹，有唐代宗将祭祀黄帝陵列为国典的昭告，有宋太祖三年一祭的碑记，有元泰定帝保护黄帝陵的圣旨，有明太祖遣官拜祀黄帝陵的祭文，有清康熙亲撰的满汉碑碣。那近代以来的领袖来陵上祭拜的记录就更是不胜枚举了，由此可知祭祀黄帝陵早已成为中国历朝的规矩了，怎么能视而不见呢？

如今在黄帝陵下，已建起一座气势磅礴的祭祀大殿，四面敞开，一圈廊柱，歇山屋顶，既存秦汉遗风，又有希腊恢宏。

大殿里空旷静穆，中间端正敬立着一尊黄帝石刻，那是根据汉代的画像石摹刻而成。如今好多地方莫名其妙地让黄帝穿上华贵的服饰，头形也束成了想当然的模样，实在令人啼笑皆非。而采用这幅画像，凸显了人文始祖的悠久神圣，且比任何敷衍滥作庄严厚重呢。

如今在这座庄严的大殿前，每年都要举办声势浩大的祭典活动，献歌献舞，敬奉花篮，诵读祭文，鞠躬绕陵，且已成为一个传统了，吸引着世界各地的华夏儿女到陵前来表达崇敬。常有海外华人一到桥山脚下，便双膝跪地，捧起一掬黄土珍藏怀中，发誓把黄帝的基因顽强地传下去。我想，这个庄严的祭祀已经成为华夏儿女认祖归宗的程式了，也是伟大民族能够历经五千年而不衰微的“秘密”了。

我的视野从大殿里缓缓移出，松涛如浪，山呼海波，黄土地的儿女在细心呵护共同的历史记忆，也在注视着中华之龙正在腾空而起……

2015年9月23日清晨于维也纳

发表于2016年第1期《美文》

大秦之道

这是一条神奇而又孤寂的大道。

——作者题记

我那年踏春到了淳化的甘泉宫遗址，才知道声名远播的秦直道是从这里开始的。这片宏大的遗址北侧是林光宫，外边有一条深达二十多米的深沟，生长着茂密的荆棘荒草，或高或矮，簇簇拥拥，仿佛竭力想用绿把整条沟填实起来。呵呵，真真想不到二千多年的秦直道，由于经年久月雨水冲刷，大道竟冲成了大沟，使人立刻想起岁月如刀的词句来。

这连绵不断的直道是大秦帝国最为辉煌的战略杰作，那年秦始皇的爱将蒙恬在把匈奴赶到漠北之后，雄心勃勃地修筑了长城，又独具匠心地铺就了秦直道，从而把帝国带入了永恒的境界。至今在这片遗址里还有一座高耸的通天台，就是当年皇帝的检阅台。可想站立高台之上，钟鼓齐鸣，旌旗招展，万千兵士以藐视群雄的气势，开始了南风压倒北风的壮烈行程，直把胜利者的彪悍带到戍边的战场上。如今沿着这条雄浑的直道往前走，散落的古代瓦砾多的不可思议，偌大的遗址区就堆积了成片的瓦砾堆，绳纹的、布纹的、光面的碎瓦无声地昭示着曾经的壮丽。然而，这个曾经让司马迁痛斥的秦直道，从修筑那天起便把悬疑丢给了后人。

似乎眼前这条“大沟”最终顺着蒙恬的指引，跃上了横卧陕北的子午岭脊背，执着地伸向了浩瀚的黄土沟壑，宛如一条巨蟒在岭上向北蜿蜒。所谓的“堑土堙谷”，就是遇山劈路，遇沟填土，生生地在山脊上筑成了一条通达大漠的古道，似乎也把将军的命运引向了悲壮之途。这条大道应是那个时代的顶级高速公路了，宽有三十多米，队伍可以排成三四十人的纵队向前推进，可以并列十乘战车向前飞驰。这个前所未有的驰道，把秦始皇“车同轨”的意愿推到了顶峰，亦把蒙恬的智慧发挥得淋漓尽致了。

我在那个把富字顶在脑门的县域找到了感觉，那里的古道忽隐忽现，沿途的遗迹犹如蒙上厚尘的珍宝相偎相依。富县人准备在遗址边垒起一座气势高远的古风阙楼，秦韵悠长，棱角沧桑。而令人惊奇的是走过阙楼脚架，竟然会看到一座残存的古驿站，一层又一层的土窑洞，似大张着的喉咙，渴望着久违的喧闹，连那土崖上的野枣树和喇叭花也争先恐后从窑洞里涌出来，迎接着从远方赶来的寻古之人。不过，当年洪流般的队伍在直道上源源挺进，只为给前方输送胜利的梦想，沿途的驿站也只能为兵马停下歇息，烧火吃饭，补充睡眠，估计一般士兵是难以享受这些窑洞的，也难知晓蒙恬在哪孔窑洞有过酌饮。但如今的寻古者似乎已不再关心这个了，只渴望能在这里找到来自金戈铁马时代的马镫、箭头和剑戟，尽管已经锈迹斑斑，却依然能够让人想到那个时代的豪爽和血腥。

绝对想不到窑群的旁边就有个恐怖的杀人坑，这也许是当年战场杀戮的掩埋地，尽管那些累累白骨已经被岁月腐蚀了，已经看不到完整的骨骼，但是驻足细听，却仿佛有两千多年前的哀号萦绕耳畔，隐约还有来自遥远的呼唤声声如泣。正想着，有句古诗便动了几字传进脑海：可怜秦道无名骨，犹是春闺梦里人。且未吟诵出口就有泪水涌出来了，尚难知这坑里是否真藏有蒙恬的刀下冤魂？然而，古道边的农人却坦荡异常，没有一丝怯意，扛着锄头，唱着信天游，晃晃悠悠地从崖畔上冒出来，盘算着今年小麦的收成，早把苦涩的历史演化成浪漫了。

后来那巨蟒般的直道从山岭上下来，又一头扎进了浩瀚的毛乌素沙漠，黄沙把那巨蟒搅得昏天黑地，然后又轻抚着路边的毛头柳和骆驼草爬进了茫茫戈壁滩。而今厚厚的沙石已经把秦直道悄然吞没了，但是古道边的烽火台隐约可望，那些远古的通信设施早已失去了作用，今天也只剩下文化含义了。殊不知这些烽火台大都与直道相伴，那时古道修到哪儿，烽火台必然要建到哪儿。当年驻守的伶仃战士，一旦发现前方烽烟突起，便会立即点燃手中烟火，一站一站把前线的紧急传递到大帐后营。所以，烽火台可觅，秦直道尚在，只是在等待我们择时发掘了。毫无疑问，这条大道与长城一样耗资巨大，留下的悲惨故事也绝不会比长城少。

但细细思忖，那长城是为防御来犯而建，秦直道是为进攻敌扰而修，两大工程互为补充，为华夏文明创下了卓越功勋。然而，悲怆却随之而来，那蒙恬本是一位战功赫赫的骁将，自从秉持皇上的旨意，主持了这两大工程便非议不绝了。尤为遗憾的是大道还在修筑，在此督工的太子扶苏就被矫诏赐死了，肩负重任的蒙恬也难逃厄运，很快被赐死于阳周古城的一间茅屋里，巍巍长城肃立，漫漫直道凄然，都在为无罪而亡的将军祈祷。

也许是担忧逝者的魂灵骚扰路客，后人把他俩都安葬在远离直道的绥德城了。我们沿着高速路往东行驶，很快会遇到那两座著名的墓丘，一个在山畔，一个居城中，抬首相望，悲从中来，古道至伟，何罪之有啊。司马迁似乎跟随汉武帝从始点走到终端，用笔记录了这条大道的恢宏，人们可以从那寥寥笔迹中了解大道的轮廓，也会看到太史令一句甚似一句的感怀。真可怜那蒙恬的墓丘如今竟蜷缩在绥德一所校园里，似与琅琅的读书声相伴，虽平添了些许文雅，但每每夜晚微风吹过，总感觉那墓里会发出悲怆的呼号，其声也悲，其韵也凉，即使欢乐的秧歌和唢呐也难以摆脱那种令人难以释怀的苦涩，似在为当年的秦国重臣演奏着永远的咏叹。

今天我们可以平和地回味历史了，不难发现正是绵延一千八百多里的秦直道与长城的巧妙结合，方使得大秦疆土日渐清晰。那秦直道最早发威是始于汉代的，那汉武帝长期驻守在甘泉宫里，运筹帷幄，决胜千里，是依托秦直道的神妙。那卫青敢于率领汉家军马，长驱直入匈奴腹地，是凭借了直道的快捷；那霍去病勇猛顽强，直把捷报插遍阴山南北，也应有秦直道的功劳。当然事物都有两面性，后来匈奴几次越过长城，兵临长安城下，也是借助于这条大道的；尤其那赫连勃勃能从统万城一路杀来，越子午，过渭河，横扫关中，登基称帝，依然是凭借了秦直道的宽敞和通达。如此瞭望这条绝世的古道，似乎蒙恬将军当年的功力清晰了，但那个秦直道与长城的交会点至关重要，今日看去还是有些朦胧了。

我想那个点应该在榆林城外的镇北台附近的，那是在秦代长城基础上修筑的关隘，雄踞高崖，俯瞰直道，昭示着泱泱帝国的豪迈。那条从子午岭下来的巨蟒后来就越过镇北台，向前突进了二百多里，在包头郊外的麻池古城停下来，缓缓地仰起了高傲的头颅。显然，我国北方边界的最终走向是有赖于秦直道的，正是秦直道把大汉疆界推到了漠北，后来的历代王朝也都凭借蒙恬的遗产，才把大国的疆域稳固下来。

所以，司马迁《史记》里的责难多少带有个人的情绪，当我们今天在平坦快捷的高速路上飞驰，是否应该告慰九泉之下的将军，多亏那条亘古大道，才托起了我们的大国家园。

2015年7月29日 于新城

发表于2016年第2期《中国作家·纪实》

大雁之塔

我很小的时候就曾经与一帮小伙伴凑了钱，登上大雁塔扶栏雀跃，几乎把整个西安城都收入眼底了。往东看是韩森寨高高的烟囱和矫造的韩信坟，往北看是灰蒙蒙的城墙和钟楼的金顶，往西看是稀疏的楼宇和一块块绿油油的麦田，往南看一条山脊像横卧的巨蟒，不动声色地携着万千感慨在向前游动，往下看更是别样风情了，慈恩寺被一院压着一院的陋屋包裹得严严实实，就像众生依偎着取经归来的高僧。

如今这千年塔刹是越发精致了，尽管山门并不壮阔，但进去却是别有洞天的，青砖挑檐的堂屋一栋连着一栋，悠久名贵的花木一株挨着一株，处处洋溢着古韵佛风。当人们在一处廊道站定，知晓了这院诞生于贞观年间的慈恩寺，还是唐高宗做太子时为缅怀母恩而兴建的，便感动得想拂脸泪目了。

当时唐太宗为请一位高僧给慈恩寺做堂，把目光瞄准了从印度取经归来的玄奘，本来他在今日小雁塔荐福寺译经，见是皇上钦点便慨然应允了。而且大法师甫一住下，便开始张罗修建眼前这尊巍峨的佛塔了，声言是为保存从印度请回的佛像经卷，依然让人感动得心生了敬佩。不过，他当年离开大唐关隘时，身无渡牒还是有些彷徨猥琐的，但归来的场面荣耀了一生，甚至还感动了唐太宗为他所译经卷撰写序文，并诏令朝廷书法家褚遂良研墨抄录。而今作为一件国宝立于龛室供人观赏，从此许多书法家都承认从这块碑上找到过挥墨的灵感。

然而，今天的人们之所以喜欢在绿树葱茏的庙堂间徜徉，在菩提树下留影，在大雄宝殿参拜，更多的是想追随浓浓的香火，拂去法师身上笼罩的奇幻色彩，去发现家喻户晓的神话人物背后的奥妙，去探寻玄奘法师的前世今生。呵呵，我曾受那《西游记》的影响，以为世间的佛经都是玄奘历经九九八十一难，从西天辗转取回的。其实唐朝初年佛经广传，即使农屋也随处可见，年青的玄奘发现民间经卷多有谬误，才铤而走险赶往印度请取真经的，从而成就了一个千古流芳的壮举，更被一些文人骚客演绎成鬼魅故事，当给无数人带去了惊诧和笑声。

我小心翼翼地来到塔刹东边的地宫门口，一步一个台阶地走下金碧辉煌的甬道，心里便不由得肃穆起来了。果然，琳琅满目的古物簇拥着一个晶莹的玻璃宝瓶，凑近了隐约可见里边的圣物。原来那里竟然安放着玄奘的顶骨舍利，连旁边那两片贝叶经也黯然失色了，有人激动地将宝瓶捧在胸前拍照，竟然放出灿烂炫目的光来，若不是亲眼所见实在难以置信，几乎激动得在场人想跪下了。

当年玄奘是在距长安一百多里外的玉华宫圆寂的，曾经被安葬在长安城东的白鹿原上，为的是皇上每每登临城墙能看到大师安息的塔刹。后来法师的灵骨几经波折，从长安城南迁到秦岭峪口的一座古寺。本以为从此可以躲进深山远离喧闹，但有位游僧目睹了武宗灭佛的残酷，感觉秦岭脚下仍是京畿之地太过敏感，便悄悄将玄奘舍利带到了南京城外的报恩寺藏匿下来。谁知三百年之后抗战来临了，南京是侵略者的首要目标，很快就被日本人挖掘出来，将舍利一分为三，如今流落到了三个国家七间寺庙。慈恩寺这块顶骨舍利还是21世纪初叶，寺庙住持心怀着慈悲亲往南京迎请回来的，从此大法师颠沛流离的魂魄回归了熟悉的译场，想那玄奘大德九天有知也一定会合十微笑的。

不过，我凝视着宝瓶中的舍利心里还是有些遗憾的，那颗伟大的脑袋不知是否知晓，他用毕生精力翻译的一千三百多篇佛经，奠定了汉传唯识宗的基础，弟子窥基领悟师傅的心结开创了佛界一宗，也成就了一个皇家推崇的佛教门庭。但是，大法师可能没想到让一代天骄服膺的三藏经典，却没能拢住普通百姓的心灵，也没能吸引他的弟子代代传承，仅仅四代之后就无僧徒愿意高举唯识宗的大旗招摇了。

我走出地宫拉住寺庙监院释疑，品味当年显赫的唯识宗的法理，似乎大法师推崇的佛性说，带有印度教里种姓制的痕迹，也即有佛性的人可修炼成佛，无佛性的人即使终生修持也难以去业转世。大法师期盼汉地流传的佛教回归纯粹，却与众生意愿拉开了层次，必使得生民百姓敬而远之了。我揣度那唐太宗对玄奘恩宠有加，可能就因为这个学说正中下怀。当时，其他的佛门宗派竭力适应中土民风，大肆推扬“放下屠刀，立地成佛”，任何人都可回头是岸，似乎把高坐云端的佛祖请下了神坛，不知不觉抵近了百姓心灵，当然会感动得芸芸众生顶礼膜拜了，似乎佛门也是接驳了地气才好延续的。

常有朋友询问这座塔刹如此雄伟，就像古城的定海神针，却为何在塔基上镶了个温柔的名号？连那寺内僧人都言，之所以称之为大雁塔，缘自一个感天动地的美丽传说。早年修持大小乘教的两位僧人，困顿荒漠争论佛之高下，那小乘僧见天上飞过一群大雁便说，如有大雁能从天落下，我便皈依大乘教了。话音刚落一只飞雁竟一头栽到面前，用生命拯救了饥苦的僧人，从此那位僧人便对大乘教佩服得五体投地，这个动人的传说便依附在七层塔上，激励众生好好感悟释佛的灵验了。而我仰头品味这三个沧桑的大隶，感觉那塔刹名称恰恰反映了玄奘一生隐秘的追求，也是大法师当年西域取经的动力所在。那就是期盼佛门各派都能效仿落雁僧人，跪倒唯识门下，皈依大乘教，达到佛门百宗归一！我仰望那宝塔上檐头的风铃，它似乎也在微微点头了。

所以，九天之上的大法师看到熙熙攘攘的登塔人应该欣慰无比，这座期盼百宗归一的大雁塔已经成为玄奘的纪念碑了。任何人见到这座四面塔刹，就会想起一位手执佛杖的僧人跋涉在鬼魅横行的取经路上，历经千难万险成就了一门佛宗。大雁塔吸引着络绎不绝的生众来到这里接受佛韵洗礼。也许正是这座塔刹有这般神圣的意味，历朝科考中榜的进士喜欢将姓名镌刻到塔基青石上，既是为了光宗耀祖，也是为了炫耀入仕成功。然后会一连数日钻进曲江池畔的酒肆开怀畅饮，等到酒醒腹空才想起翘首盼归的父母，想到应该到塔下敬烧三炷高香了。

我终于站到了高挺的塔下，仰望微风中的七层飞檐，激动便开始酝酿了。当我一步一步攀上一千六百多年的木梯绕塔四顾，胸中便不由得汇聚起历史的风烟，大唐长安的壮丽便浩浩荡荡奔踏而来了。侧耳细听，朱雀大道万邦来朝，长安城下万户捣衣；极目远眺，广运潭里桅杆林立，兴庆宫边霓虹羽衣，多少思古之幽情便排山倒海般漫上了心际，激动得人们久久难以自已了。

当然，今人登塔也会陡生感叹，盛世的辉煌和今日的繁华竟然在塔上不期而遇了，曾几何时大雁塔当是长安城最高的建筑，而今鳞次栉比的楼宇似乎在争相攀比，早已把古城的标志抛到了脑后，企图将那一城风华尽收眼底的激动已然成了昔日记忆，那些斑驳的古风残韵也已经被五光十色的喷泉和拥堵的建筑取代了，可怜的人们只能拥抱密如高粱秆般的高楼去抒展自己的傲慢了……

2018年8月9日于新城小院

发表于2018年第12期《美文》

入选《2018年中国散文精选》

苍凉之景

走进蒲城帝陵，可阅大唐全景。

——作者题记

我是在一个清凉的日子走进蒲城的，而赶往帝陵的公路却是一条等待开发的大道，斜走不远便有高高阙楼扑入眼帘，躲在那挑檐后边的便是大唐的桥陵了。在这里安息的唐睿宗充满了悬疑，作为武则天的幼子，一生竟然两度登基，曾在壮年时让位于母后，二十年后再次登基，却仅仅坐了两年皇榻，又让位于三儿李隆基，五年之后便隆重地葬到这面山坡上了。

且看眼前的桥陵，果然居高临下威风八面，凝聚着一股凛冽霸气。本来平坦坦的关中沃野，犹如从北面涌来一道屏障，苍龙般卧在茫茫的平原上，翠色覆身，低起高落，一直奔向了薄雾深处，似与南面巍峨的秦岭遥遥相对。那盛唐气象顷刻间便覆盖了面前的山冈，尤其当你从南门遗址进来，仰望缓缓向上延伸的山坡，会有一种夺人魂魄的力量油然而生，每走一步都会有恢宏迎面游动，惊得你禁不住要环顾四周。眼前这条帝陵神道，是开元盛世的杰作，实在是辉煌的象征，汇集了盛唐雕刻艺术之大成，石雕高大威武，傲然凛立，略略数去竟有五六十尊之多，已经忠诚地守护了帝陵一千二百多年，依旧在向人们讲述着那个王朝曾经的故事，任谁到了这里都会流连感叹的。

这里的蒲城人最是得意桥陵的气魄了，当年这里有殿堂、有楼阁、有城墙，只是被千年风雨冲刷得只剩下累累痕迹了，唯有这条神道，石雕还在，气场还在！且看那迎面而立的一对石狮，威风凛凛地站在神道始端，浑身肌肉突起，四爪弓地蓄势，仿佛随时都会奋然跃起。但是雄狮的神情并不凶猛，谦和地望着前来的游人，默默地送上遥远大唐的祝福。紧随其后的石马石驼石龟，都是传说中的瑞兽，都在努力释放着祥和与安宁。唯有一对石兽令人恐惧，名为獬豸，头上独角，怒目犀利，俗称独角兽，懂人言通人性，能判定人间善恶忠奸，似乎这样一个道德形象在所有的帝陵中是唯一的。我想，这可能是修陵人自信会得到墓主人正面的评判，自信登基前后弑杀韦皇后与太平公主是正义的伸张，从而把一代王朝推向了极致，也使得大唐成了中国历史最为耀眼的一道风景。

且看，神道上还有那么多的骏马，大概都经历过南征北战，栩栩如生，不急不躁，以致当地人谬传这些骏马夜间会跑去啃食地里庄稼，于是每匹骏马的嘴都被愚昧地打掉了。尽管这些骏马枉背了盗食者的贼名，却反衬出这些石雕艺术精湛得让人生畏了。那神道边还有一对高浮雕的鸵鸟未遭厄运，曲颈舒翅，怜望路人，可能农人以为这对大鸟安静温驯不食庄稼吧。其实鸵鸟在唐代还是非洲的物种，居然会依偎到中土大唐的陵前，似乎可以感受到丝绸之路的热络，里面也一定隐藏着令人兴奋的波折。

终于临近了依山而筑的陵丘，人们的心情忽然复杂起来。只见一对对文官武将精神抖擞，手持长剑笏板，恭恭敬敬地立于神道两边，向拜谒者展示着自己的风雅和忠诚，也隐约把墓主人期盼临朝的心愿谨慎地表达出来。我想，依附在桥陵的王公贵胄做梦也想把形象竖立在陵前，那可是一个永不衰竭的荣耀，所以周边大大小小的陪葬墓数不胜数，实在难以让这些石像去一一对应了。

而陵前这通“大唐睿宗之墓”石碑，笔力遒劲，圆润通融，又是清代巡抚毕沅所立。我想当年毕沅竖碑回望，一定会被曾经的景象所震撼：开元年间，万人祭拜，旌旗林立，祭物满地，那是一个多么动人心魄的场景啊。见过这种场面的人似乎对任何排场都不屑了，以至于蒲城人竟然形成了一种“傲骨”，实在是因了自己的先人见过盛唐的大典，再有什么场面也难动声色了。

是的，这桥陵的壮观应该归功于唐玄宗，当年这位盛世皇帝为父亲修造陵寝，绝对是要倾其所有以示虔诚的，更何况那唐玄宗的皇位还是父亲“禅让”的，他自然要使出浑身解数来表现孝悌了。所以，这桥陵之上俨然造就了一座长安城，四周分别对应着朱雀门、玄武门、青龙门、白虎门，里边的建筑也极尽奢华，献殿、阙楼、下宫、陵署极具规模，直让后代君王叹为观止。尤其是陵前还立起了象征王权的华表，其状为八棱形，通体缠枝莲花，意为“举贤纳谏”，似乎很多人都想在华表前倾诉心声，岂知地下的主人是绝对不愿听到后人苦涩的述说的。只是没人能想到，那唐玄宗失去父亲佑护之后，安史之乱便轰然爆发了，大唐王朝转而走向了万劫不复的深渊。那个事件的主角不但眼睁睁地看着爱妃死于非命，自己也难逃悲凉的晚景，从此凝结在桥陵上的豪迈便开始在人们脑海稀疏了。

而这些遗憾最终都体现到旁边的泰陵上了，所有的尴尬也都一一展露开来，让开元圣皇颜面尽失。这泰陵是唐玄宗自己选定的安息地，与父亲的桥陵同处一脉，风过树响，遥相呼应。可是谁承想，父子两陵，会成为一个尴尬的对比，会让很多人陷入苦涩的沉思。的确，一站到泰陵上那苦涩便会扑面而来，会折磨得你久久喘不过气来，这尽管有失公允，但历史却是真真残酷啊。且看那泰陵的山势依旧宏伟，但那神道的气象已失去了威猛，两侧石雕尽管还有马有鸟有人，数量却少了许多，形体更是一缩再缩。尤为关键的是那些石雕的气韵尽失，畏畏懦懦地窝在神道两边，试图躲避岁月风尘的摧残，却只能是善良的愿望了。所有石雕不是缺了胳膊，就是失了眉目丢了冠珠，仅存的魅力已被蹂躏得七零八落，明显与那盛世艺术不可相提并论了。而且，这片浩大的陵区竟然只有两个陪葬墓，一位是皇后，一位是高力士，当与同处关中盆地的太宗高宗睿宗不能相比了，竟直让人的心境悲怆起来，禁不住会有泪水涌进喉咙，这难道真的是大唐的故事吗？

是的，这个陵区是唐玄宗的接任者打造的，那时大唐王朝已经走上了下坡路，盛唐气象只能在石缝间留下蛛丝马迹了。所以，当人们心绪浩然地站到唐玄宗的石碑前，尽管面对的是开元盛世的缔造者，尽管回望岭下依然是寥廓的田园，浩瀚的秦岭山脉，却让人悲凉难耐，风低咽，水难语，大江浩浩东去，最终还是有位诗人五十年后写下了《长恨歌》，才为他发出了一声长长的呼号……

2015年7月6日于新城

发表于2016年第9期《延河》

天坛之土

我没想到在古城密集的楼宇间，会隐藏着一座这般规模的天坛遗存。

那是在陕师大西门南侧，有条被杂乱的商铺拥堵的小道，卖水果、卖小吃、卖杂货的吆喝声此起彼伏，几乎要把房檐掀起来，谁进去转悠都想快点挪出来。然而，这条喧闹的小道居然有一个文雅的名号：天坛路。果然深入二三百米，朝南一拐又一拐，便见到一个被铁栅栏围住的高大土丘，被一扇锁着的铁门护卫着，门口还卧有一通黑色石碑，上刻“唐代圜丘”四个大字，想不到这块土疙瘩竟然在一九五六年就被定为“国宝”了。

然而，听过考古人的讲述，我的眼睛不由得睁大了。这座土丘竟然是一千多年前的祭祀圣迹，古老的天坛似比京城的天坛要高大许多，这不禁让人肃然起敬。谁都知道华夏民族自古就有“敬天法祖”的信仰，先民眼中天是最高的神了，而祭天就是天与人的对话，因而祭天的坛迹便格外的神圣。好奇心驱使我推门进去，只见土丘呈现出圆圆的台阶状，南边有条木板搭建的步道直通坛顶，已无巍然了。如今已难考证是哪一年始建的天坛，只知道那年隋文帝把皇室搬进后来被称为长安的大兴城，第二年春天便进行了祭天大典。

呵呵，这般神圣啊？站上坛顶就看的清楚了，从下而上有四级高台，每台之间又有十二个陛阶，也就是说上坛需走四十八层台阶，可能寓意陛陛而上与天相会。而陛阶之下则有皇帝静候坛下，想那“陛下”之称也许就是由此衍化而来的。而且那坛顶圆圆的平平的，方便天神从任何角度降临这里向人间昭告“君权神授”。

然而站在坛上环顾，陡然发现这尊一千四百多年前的祭祀圣地，已经被各色方块建筑团团围住了，尤其那一栋栋高耸的大厦争相挺拔，使得这方昔日圣地难以巍峨起来。不过，那些平庸建筑的围堵丝毫没有影响“挖掘”历史的考古人，他们略感欣慰地说：这方天坛曾经被一层厚厚的黄土覆盖着，是近年为申报世界文化遗产才发掘出来，如今的模样就是隋唐天坛的本真形象。

果然遇到珍迹了，那坛体上居然可见星星白斑，即使混在黄土里也极易发现。原来古时天坛通体抹有一层白灰，可以想象一座洁白的坛丘，坐落在长安城朱雀门外，沐浴着灿灿的阳光，与红廊灰瓦的朱雀大道相依相望，多么圣洁，多么纯粹，绝对称得上天下第一坛矣。古时祭天都选择在“冬至”，是为“三阳开泰”的良辰吉日。而且祭天的仪规隆重异常，所有皇亲贵胄都要在祭祀前沐浴斋戒，待完成了一系列洁身静心的准备，拂晓前皇帝会亲率百官从城北赶到城南坛下，开始浩繁的祭祀仪规。城里百姓们会拉开门扉遥望绵绵不绝的锦绣队伍，有那胆大的也会溜到天坛附近享受一番眼福，而洁白的天坛则开始静静迎候天子和天神的致敬。是的，隋唐三百多年间，小小圜丘不知目睹了多少次祭祀队伍的顶礼膜拜，那隋朝的文帝、炀帝是一定登临过此坛的，那唐朝的太宗、玄宗们也一定在这里祈求过五谷丰登。

遥想那时，队伍浩荡，旌旗招展，鼓乐齐鸣，銮舆缓进，离天坛还有很长距离，皇帝就下了御驾，纾袖理衣，手持玉璧，恭恭敬敬地向天坛迈步。当身临坛下，听礼部号令，皇亲百官伏地跪拜。皇帝静默片刻独步登顶，只见坛上神案皇天牌位居中，日月星辰和风雷雨电的神位在侧，后边则供着玉帛牛羊之贡品。然后，皇帝开始咏诵祭文，气息虔诚，声震长安，终于到了天神向皇帝面授机宜的时刻，神圣得连城里百姓也闻声伏地，细细品咂天人的交流。随后所有祭品被丢进坛下燎炉焚烧，十里之外都会闻到香味，一时间烟雾缥缈，灯影飘摇，一切都变得越发神秘起来。于是钟鼓瑟齐鸣，四方欢腾起舞，整个长安城便一下子沉浸在祥和之中了，即使祭天队伍离开了天坛，也仍有鼓韵雅乐不绝于耳，使百姓们强烈感受到上天之威严和皇恩之浩荡。

呜呼，敬畏天地由此可见矣。

然而，我站在裸露的圜丘前忽然遐想，千年的风雨可以水滴石穿，怎么没把这方土丘冲刷成一块泥丸，也许长安天坛真有“上天”赐予的秘籍呢。但那考古人却郑重解释，这天坛能够完整保存，全是因那上面覆盖了一层黄土。我倏然明白过来，这座浑圆的泥质土丘，台阶层层，棱角分明，至今释放着一种久违的尊严，的确是饱藏玄妙的。想当年这座天坛改朝之后即被遗弃，长安百姓一定心存敬畏，担心坛体被风雨剥蚀，便不约而同集聚商议，唯一可行的方法就是给坛体覆上厚土。然而，这般高大的坛体如果人背肩挑向上倾土，几乎是愚公移山了，可已无万全之策。于是，人们从家里携来铁锹扁担和竹筐，将远处崖畔的黄土一筐一筐挑过来，又一筐一筐背上坛顶倒下去。

一天，两天，三天……

一层，两层，三层……

尽管这个凝聚着长安人悲怆的壮举，文人墨客没有留下只言片语，尽管不知当时的天空是否阴晴，但人们的心里一定阴云密布，拥堵得呼吸也断断续续，连周边围观的老人都扯紧顽童不敢大声，连灶台边的女人也在侧耳倾听咚咚的踏步。当时的气氛沉闷得快要凝固了，没有舒畅，也无空灵，因为人们掩埋的不仅仅是一尊天坛，也掩埋了一个王朝的辉煌，掩埋了作为京城子民的荣耀，更掩藏了重振天坛雄风的浓重期望！

有人仰天长啸，一步三叹！

从此长安的繁华与豪迈便被厚厚的黄土掩盖了，从此岁月好像真的从那时起被遗忘了，曾经的辉煌变成了人们茶余饭后津津乐道的残缺记忆，只有多愁善感的文人墨客偶尔会聚在城里哪个角落凭吊古韵，聊发一点诗意的狂想。终于，长安天坛悄然露出了昔日容颜，开始述说新世纪的欢欣了，才给古城人带来了持久的亢奋。

是的，多少年来考古人喜欢追随着皇亲贵胄的遗迹，而天坛的重现得益于人民的创造，正是长安百姓天才的壮举，方使得一朝圣迹能够历经千年而风采依旧……

发表于2014年12月19日《光明日报》

2015年4月8日修改于新城

汉唐之桥

那是五年前一个普通的早晨，雾霾正在悄悄弥散，我国考古界突然爆响了一个消息，在西安城北发现了汉唐大桥遗址，我便马上邀上朋友赶往那里去看个新鲜了。

那处古河道竟然埋在一片黄土之下，若不是剥去黄土露出了厚厚的沙层，绝对看不出当年渭河的影子，想不到平坦坦的田野曾经大河奔涌，只见一排排粗壮的树桩冲天而立，好像曾经生长在这里的参天大树，不知被哪股飓风拦腰刮断了，委屈地向天张扬着昔日的威名。我紧走两步又看到一片巨石滩，那些被砍削过的石头个个有数百斤重，有四角的，也有五角的，隐约还残有涂写过的编码，东倒西歪地摊在白花花的古道里，似乎极不情愿今日的处境。

呵呵，这应该是中国第一大桥的遗址了。当初那些石头应该是压在木桩上，铺成了一个石质的平面，石上再铺一层厚木，行人车辆便可以在桥上从容穿行，今天人们可以从那石块的规模估计出那座大桥的宏伟。有位考古人分析，这处古桥高有二十多米，宽有三十多米，绝对算得上是旷世大桥了。当年车马啸啸，人流如潮，把个汉唐王朝的繁盛集中地张扬出来，当给人以无尽的浪漫遐想。

当年汉武帝率领数十万将士开疆拓土，应该就是从这座大桥开始征讨之旅的。将士们列队长安城下，枪戟闪闪，鼓角相闻，浩荡的大军跃过桥头便踏上了横扫西域的征程，大国疆土从此便留下了浓墨重彩的曲线。我手抚阳光下温热的残墩，似乎还能感受到当年的辎重从这里向北开拔的咚咚脚步，且把大汉王朝的历史演绎得生动而又威武了。

当年张骞在西域流放了十三年后，一定是从这座桥上回到长安的。离别京城曾有几百匹战马上百号士兵，回来时只剩下一个侍卫了，他们搀扶着走到长长的桥上，一定会手持稀疏的节杖敲遍大桥栏杆，发出一连串久违的感叹，回来了，终于回来了！从此艰难的凿空之旅开辟了至今被人津津乐道的丝绸之路，源远流长的交流便悄悄在西市和东市争宠起来了。

当年唐太宗开创了世人称颂的贞观之治，一定是喜欢从这座桥上出巡视察的。那幅懿德太子墓里的仪仗图，便生动再现了当时令人叹为观止的出行景象，旌旗猎猎，车马啸啸，多么威武的一支队仗，不但传达皇恩浩荡，还追责朝廷的号令传递，看谁敢阻挡前进的步伐。当然，这支队仗也曾列队桥头迎接前来朝贡的王族和使节，马队羊群，胡服骑射，为大唐天下增添了一道浓艳，使来者对一代天骄的雄图大略难以忘怀，也让今人对那已经流传千年的故事有了深入的体验。

当年诗仙李白二进长安也应该是从这座桥上进城的，一定有粉丝发现：诗仙进城，直奔曲江酒肆一醉方休，喝得东倒西歪，把平步朝堂的愿望表达得酣畅淋漓。但一代诗仙放浪不羁，他可以吟出流芳百世的清平调，却难以适应朝廷烦琐的仪规。两年后他叹口气离开长安是有些落寞的，粉丝们一定在这座桥头放置了酒菜食盒，期望诗仙能够喝上一杯就此别过。那时候人生旅途艰难彷徨，桥头弯腰一拜也许就是永别了，今天我们站在桥头惺惺相惜，似乎已找不到令人感慨的意韵了。

当年那位远嫁吐蕃的金城公主，也一定是从这座大桥出发和亲的。可怜的远嫁人很快便忘记了桥头送别的盛况，一定在高原上活得孤单空寂，唯独能够给予力量的就是世家经典了。那诗经里一首首古诗会怦然撩拨她的心弦，那文论里修身治国的论述会缓解对故土难舍的眷念，于是她恳请朝廷送一套典籍来。谁能想到这么一个琐碎的请求会引来满朝哗然，居然担心典籍夹杂的权谋会使异域人更加狡诈，只有唐玄宗理解嫁女的苦衷，力排众议在桥头送去了一套五经，才使孤寂的公主增添了生活的勇气。

当年那些王公贵胄也喜欢从这座桥上过去，到渭河对岸踏春休闲，长袖裙裾，簪髻摇晃，春秋丽影当然集中到桥上招摇过市，且把那个时代的美颜叠印到历史的风情里。那幅韩休墓的伎乐图，就应该是当时情形的再现：一边的乐女婀娜飞媚风采淡然，一边的胡人吹笛拉胡声乐悠扬，更有一对胡男与汉女翩翩起舞。从那装束和景致就能看出，大唐风情吸引他们一展伎乐，也恰恰说明丝绸之路将西域风俗悄然融入长安百姓家里了。

所以，这座大桥就是丝绸之路确凿的起点，来往的货物就汇集到这座桥头又流向遥远的各地。而西域人走上大桥也一定会对汉唐王朝的壮阔表现出惊讶，一个开放包容的国度在拥抱八方宾客，也悄悄将西域风情融进了中原的文化，那青年戏耍的香包，那街头里表演的杂技，那餐桌上的番茄萝卜，无不弥漫着古道上的味道。当然，长安人引以为傲的汉唐驼队也会从桥上出发走向遥远的沙漠，我们至今还可以在丝路沿线窥见当年驼队留下的印痕，让人不由得想对汉唐大桥高唱赞歌了。

我想，完全可以围绕这处古桥建一个遗址公园，树起一尊毫无争议的丝绸之路起点的标志，用现代形象艺术再现汉唐的辉煌，必会使这座古城大放异彩……然而，我突然看到有列火车慢慢地向我们开来，居然稳稳当当地停到了古桥的正前方，这真是一个绝妙的穿越，似乎古老的桥梁与现代的铁路握手了……天哪，这是哪路神仙的设计，竟然生吞活剥地把历史和现实嫁接起来，怪不得考古人一直没敢说这座大桥的长度，一条东西向的铁路端端正正压在了古桥遗址上！

我于是想把遗憾记录下来，可手却在不停地颤抖……

2018年2月8日于新城

发表于2018年第12期《美文》

石鼓山之奇

一

唐人刘禹锡道：山不在高，有仙则名。

沿巍巍秦岭山脉向西走，到了宝鸡城外，会遇见一座突兀的山丘远远迎上来。小小山丘，圆圆的，鼓鼓的，就像一面硕大的擂鼓，敦敦实实地安放在塬坡下，一半露出来，向四面八方的过客袒露着憨厚的笑脸，一半埋在泥土里，竭力将山里的秘密隐藏起来。唯有旁边滔滔不绝的渭河水在默默地向东流去，滋润着八百里桑田，又悄悄把蹉跎带往悠远。这座远看近看毫无特色的黄土小山，似乎随着岁月的流逝越发神奇，也越发让人向往了。

这座小山丘，有一个令人鞠躬再三的名字：石鼓山。

小小石鼓山之所以闻名遐迩，实在是其貌不扬的山丘深藏着中华文明绕不过去的典故，也驱使着各个朝代的文人墨客，跋山涉水来到山前洒酒祭拜，以了却涌动的探幽之情。似乎许多来山上寻秘的人，侧耳倾听细声细语的流水，会大呼小叫惊人发现，又随手记到笔记本里，期盼哪天妙笔生花，写出惊世骇俗的文章来；有些画者喜欢取山上一掬黄土，烧成一尊土陶放在案几，满屋书香四溢令人陶醉，从而生发出莫大的灵气，笔下便涓涓不息酣畅起来，从此皴擦点染美不胜收；也有好书法者到这山上悠然踱步，耳闻目睹山间古韵，回到陋室提笔悬腕，便有如高人点化，墨迹所至竟透出仙风道骨来。

当然，这石鼓山不仅貌似石鼓，实是因出土石鼓而名。那是初唐一个雨霁初开的上午，几个到渭河边踏青的学子，顺着牧羊老人的指引，发现了农人耕作出土的几枚圆石，倾力扶正上下端详，似乎形似大鼓的石头刻有灵异的线条，不由得呼吸急促起来。由于田野久埋的缘故，石鼓沾满厚厚泥土，适逢春雨连日冲洗，石鼓上竟凹现出行行籀文，尽透远古的信息，字字隽永，笔笔苍劲，细细辨识竟是秦人歌颂先祖的古文。于是大家仔细收拢，整整十面石鼓，人们雀跃着搬进了渭河边上的凤翔孔庙。

谁也没想到，这竟是一个惊世之举，长安的文人墨客闻讯奔走相告，称之发现了石鼓文，为一睹石鼓而举杯相贺，韩愈为之书《石鼓歌》而颂之，也许那《陋室铭》就是阅读石鼓后的启发呢。更有白髯绅士认为石鼓写满天书乃是神物，需请仙神坐堂佑护，于是乡民们集资修建了石鼓寺，一时间香火旺盛，附田三千多亩。随后李氏王朝攀达荣华，国富民强，开疆拓土，留传颂诗多达五万余首，盛唐神话由此演绎开来。然而唐末战乱，十面石鼓流落民间，有好金石者赶到长安城抛钱收购，使尽解数却不知所踪。

这个重大的变故终于在北宋时传到了汴京，喜好书法的宋徽宗看到石鼓拓片夜不能寐，急令陕西知府逐户收寻十面石鼓送进宫来，于是那散落乡野的石鼓被运到开封。可谓妙趣横生，当时费尽周折只找到九面，知府便依拓片新做一面充数，却被朝廷一眼识破，后来终在一屠夫家发现了那面石鼓，可怜已被掏了窠臼作了磨刀石，却也只好就此上贡了。从此，那十面石鼓在宫墙下一字排开，古风荡漾，煞是儒雅。宋徽宗见到石鼓爱不释手，天天要到石鼓前徘徊，令人惊异他之书法从此神助一般，更加遒劲秀丽，潇洒流畅，形成了被后人称道的“瘦金体”，这让宋皇颇为欣慰，敕命为石鼓填金装饰。

从此，那些石鼓便在皇宫里供奉起来，而坎坷的命运也随之骤起。不久金人攻入开封，将汴京宝贝洗劫一空，见到十面石鼓，虽不识籀文，却知价值连城，便遣扈从装车北上，押往黑龙江畔的上京阿城。可谁也没想到，那些个石鼓重逾千斤，压得车辕吱吱作响，一遇颠簸就需一群人推拽，行走几月才赶到燕赵古界，也不知谁出的主意，愣将那石鼓上的金泥抠下，扔掉了沉重的石鼓，携金轻车赶路，也省去了将士们鞍马劳苦。

可怜那十面石鼓东倒西歪遗弃荒野，经历着风霜雨雪，可能从此就难见天日了。然而世间奇巧，终有一位喜好金石的宝鸡人路遇此物，知是稀世珍宝，便将那些石鼓悉数运到燕京孔庙暂住，期待有朝一日运回宝鸡镇山佑民。可这一住就是一百多年，元成宗听闻石鼓是为神物，便遣人运进京城国子监供奉。后来清代乾隆帝喜爱石鼓成癖，又担心宝贝损毁散失，便复制了一套放置热河文庙，以方便皇族把玩观赏。可惜的是十面石鼓经历了颠沛流离，文人敲拓，已是字迹斑驳了，当初的七百一十八个字，只依稀可辨三百八十六字了。然而，石鼓的命运依旧多舛，抗日期间，为避战乱，曾一度装车出城，迂回于长江两岸，临近解放又差点上船运往台湾，那一路上的风雨飘摇令人瞠目。

中华人民共和国成立后，石鼓成了国家博物馆的镇馆之宝，从此十面石鼓再不准拓印。待时间跨进二十一世纪，为呼唤石鼓山的神佑，也隐含宝鸡人护宝有功，国家特许宝鸡拓造了十面石鼓，放置于石鼓山之上。为此，宝鸡专门修造了一座石鼓阁，古色古香的六角塔楼，飞檐斗拱，仪态万方，巍然耸立于石鼓山上，抚慰沧海桑田，静观世间万象，那气势之伟岸，令所有瞻仰者不禁垂手肃然，也把坎坷的历史风卷残云般收入阁楼珍藏。

从此国泰民安，丰衣足食矣。

二

然而，当地百姓对厮守的石鼓山尚缺敬畏，只对山上黄土一往情深。若是括眼张望，梯田垄垄，麦菽层层，即使天象再旱，地里庄稼依旧茂盛，即使天降暴雨，山上麦菽依然不会倒伏。所以把日子在石鼓山演绎下去，是当地人最为朴素的愿望。人们耕作，人们垒房，人们砌灶，终于在二〇一二年深秋，一群乡民想在山腰平出小块空地盖间瓦房，只见锄头铁锨轮番上阵，只听“咕咚”一声，面前惊现一眼洞口，人们哗啦拥上惊心窥探，土洞里绿光叠叠忽隐忽现，有人猛地一声呼喊，出宝贝了！于是十里八乡的人都赶了过来，石鼓山又热闹得像赶集一般，为的就是能一睹珍宝的风采。

仔细清理方看清楚，重见天日的一窝青铜器，是陪葬在一座西周墓里。这里的人都知道“盛世吉金”的道理，青铜器古时称金，历朝都将出土青铜器视为祥瑞之兆，那年汉武帝发现了一件青铜大鼎，就执意将年号改为“元鼎”，可见发现青铜器对世人的影响了。待考古队把龛里的青铜礼器一一取出，居然有三十九件，件件可称国之重器。最为震惊的是，发现了一尊长方形的“铜禁”。这个禁有些像乡下的小炕桌，是把酒推盏摆放饮具的，而取名为禁，也有节制饮酒之意。传商纣王酗酒成瘾丢了社稷，周人吸取教训，便把喝酒的桌几称为禁了，意在提醒少饮不失风度。然而周人把这方铜禁做得精美绝伦，上下左右，满是流畅的纹饰，饕餮率领瑞兽，夔龙游戏云端，图形精巧，汇聚在斯，烘托着远古的神秘气息。专家马上搜索查证，自有记载以来出土铜禁只有四件，此为之最也！第二天，这件惊世国宝便把全世界的眼光吸引过来了，人们对曾出土过石鼓的山丘，竟然藏有这么多的青铜重器感到惊奇，石鼓山的百姓更是心里自得，一鼓作气栽了上千棵松柏安神。

当然故事并没有完，考古队将铜器铭文又做分析，判断石鼓山是当时跟随周公纵横天下的姜姓武士的封邑，因此山上应该还有西周遗存，于是洛阳铲将石鼓山齐齐探查一遍。这次考古队的运气又来了，刚好时隔一年，就在那群农民的发现地三十米远的地方，又发现了几座西周古墓。探方得知这些墓葬均无墓道，官阶似乎较低，经验估计不会有太大价值。谁知当土层剥到周代，一墓两龛又惊现两堆拥挤的青铜器，连见多识广的考古人都惊叫起来。第二天北京、西安的专家又齐聚石鼓山，小心翼翼地将古物一件一件取出来，真真让人眼花缭乱啊。有一只四耳簋，上面布满密密的乳钉，称奇的是每个乳钉竟有半寸长，形态雍容地与二十八个牛头拥挤在一起，在拼命争夺乳汁，有人戏言执牛耳侧闻，似能听到牛鼻呼呼的喘气，这应是先人性崇拜的痕迹。

于是有考古人燃香烟三支祭拜山神，呼唤国之重器能一现再现。果然，第二天又出土了两个牺尊可真叫绝，一大一小，式样一样，但绝不可用四不像来命名，羊的头，鹿的角，马的身，鸡的腿，腹部还伸出一对小翅膀。神妙的是，脊上纹饰还是龙凤呈祥，这种图案连考古专家也挠腮惊叹。于是我请教一位博学的国学大师，他提醒先人创造了龙，周人崇拜凤，龙飞凤舞大吉也。我立刻想到宝鸡的凤翔与凤县的起源，想到凤鸣岐山的典故，心里便只剩下佩服了。但是，悬疑后来接踵而至，考古人从这个墓葬出土了五十件青铜器，令人费解的是竟然有十五只铜鼎，不是天子方为九鼎之尊吗？怎么一介武夫敢用十五鼎，那可是大逆不道啊。唯一的解释是，这些青铜器是姜姓武士征伐的战利品，周代末期连孔夫子都哀叹礼崩乐坏，远离朝廷的诸侯将相们都摆起谱来，一墓十五鼎的怪事也就不足为奇了。畅想今日之中国，自上而下，整饬纲纪，也不啻为一个恰当的铜鉴呢。

石鼓山金石齐聚天下无双，每件重器都藏着一串故事，每方图案都隐喻着一段传说。宝鸡人笃认这是民族复兴的瑞兆，将藏有万件青铜器的博物馆建到了石鼓山上，博物馆马上成了这座小城的地标。宝鸡人那紫红的笑脸就像一面铜镜，吸纳着太阳的光亮，映照着田野八荒。甚至深居五洲庙宇的高僧大德也感念不已，终于相约在甲午年十月，齐聚到宝鸡石鼓阁下，为中华复兴祈福播祥。如今神佑的宝鸡人，对石鼓山那是一个崇拜，迎春花刚开就要到山上来植树，秋雨刚过就要到山上去收获。就连那些孩子准备考学的家长，也喜欢到山上烧一炷香助兴，怎一个灵字了得。所以，而今的石鼓山天下敬仰，而今的宝鸡人意气风发，正采撷秦岭石木，瓢取渭河之水，重修盛唐的石鼓寺，以期弘扬这里的金石文脉，传递厚重的历史交响。

小小石鼓山，多么神奇的山啊！

2014年4月11日于新城

发表于2014年8月7日《人民日报》

入选《2014中国散文排行榜》

碑林之石

我上学的时候就曾到过碑林，穿行在黑森森的碑石间，呼吸着久远的风烟便以为自己受到洗礼，从此也文化起来了。这都是因了这座石质图书馆，汇集了远古的流变，谁若想添些笔下功力就必须匍匐碑下，才能体会到文字源远的魅力。

然而，当我又一次踏进碑林大院，便惊诧地意识到，这里不仅仅是书法家的宝地，一通通石碑还承载着凝固的记忆，中华民族何以浩浩荡荡，秘密可能都在这些石碑里了，难以想象今天如果我们没有碑林，引以为傲的历史可能就变得飘忽了。那位对西安情有独钟的老者回忆，小时候居住在西安城外，为躲避日本人的轰炸常常会躲进碑林大院，听说侵略者曾下过一道诡异的命令，所扔炸弹要避开这处古迹。我想那避开碑林轰炸之说，不是他们对历史文明存有敬畏之心，而是以为聚合着万千宝物的碑林很快会成为他们的战利品，所以他们是在为自己“保护”碑林。

我们的碑林几乎让所有的“收藏人”垂涎三尺。

走过窄窄的泮水池，穿过一道古朴的牌坊，我远远看见了那座标志性的碑亭，上有林则徐那年发配新疆路经西安写下的“碑林”二字，如今已深深镌刻到世人脑海了。似乎我在这座碑亭前就留过好多照片，但我不知道那碑亭里耸立的四方碑竟是唐玄宗亲笔书写的孝经。

这通巨大的方碑是由四块高约六米的青石合围而成，碑顶是灵芝云纹簇拥的双层花冠，碑底有三层石台，所以也称之为石台孝经。那碑额是时为太子的李亨所篆，运笔之华贵已显露帝王之相了。当年唐明皇为教育官吏遵行孝道，选石勒碑，讲经释疑，还是下了番功夫的。这通碑最初竖立在会集了学界泰斗的国子监，到了宋元祐二年又端端正正迁到文庙的正中位置，由此可见宋皇对石台孝经碑的重视了。从此这方碑刻便矗立于此，目睹了一千六百多年的风风雨雨，不动声色地播洒着温润的孝悌。

那位大唐皇帝实在是个大才子，不但亲手开创了开元盛世，还考证过道德经的谬误，谱下了一支恢宏的霓裳羽衣曲，如今又在这里见到他手书的孝经，着实让人惊讶连连了。碑文用隶书撰写，明皇还在文后题曰：“孝者，德之本，教之所由生也，故亲自刻注，垂范将来。”我瞅那字迹，从容老辣，风华雍容，史上书家称之为“开元体”，实在比那宋徽宗的“瘦金体”更具帝王气象。而且，唐玄宗还亲自对孝经做了注释，用小隶刻在正句之后。想那皇上对自己的书法和注释是格外自信的，曾把孝经拓片发到每个官吏家庭，期望人人存怀孝心，家家洋溢孝道，齐家才能治国，显然这也是他统治的需要了。

不过，我看那碑面刻有整齐的方格，显然当初皇帝是直接用朱砂一笔一画写到碑上的，而不是在桌上写好一字一字摹刻上去。我想这方巍峨的方碑，不论平放地面，还是高高竖起，浩浩五千余字，对龙体也是个不小的考验，似体现了大唐天子的执着气魄。曾有人笑说唐明皇刻制孝经，是为了劝谓皇子献出杨玉环，应是一款上天入地的爱情见证。这纯粹是想当然的杜撰了，这尊孝经乃天宝四年勒石而成，李白天宝二年就入宫写下了《清平调》，当时的杨玉环已是唐明皇的宠妃了，何来天宝四年颇费心机的劝谓？实在是今人对《长恨歌》的续貂。

我以为尊崇孝悌，也是我们民族生生不息的缘由，国运有道，朝代创新，但人们对孝道的尊崇始终不减，所以历朝历代都把孝经碑视为国宝而加以推崇。也许就是上天的佑护，20世纪50年代碑林曾发生大火，把文庙大成殿焚为灰烬，但仅仅几步之遥的孝经亭却毫发无损，这不能不说是个奇迹了。

诚然，石台孝经乃是中华文脉的精髓矣！

我小心绕过石台迎面是一间横在园区的廊房，明清风格的挑檐和窗扉涂着司空见惯的朱红，护佑着令人牵挂的一组珍藏，这里的碑石与我记忆中的碑刻完全不同，不是一块块立于地上，而是一块块森森然连成了长廊。碑林人告诉我，这就是元祐年间与孝经碑一同迁来的开成石经。

这开成石经好生了得，绝对算得上国宝中的国宝了，不仅仅因为这一百一十四块石碑距今已有一千六百多年，也不仅因为这是唐皇为天下学子定制的科考教材，而是镌刻的内容乃是中华文脉的核心篇章，十二经，一百六十卷，六十五万字，几乎收入了全部的经典著述，应是我国留存下来的唯一一部完整的石质图书，在任何一个文明国度都会被奉为圣物。

碑林人说开成石经的意义怎样估量都不为过，在漫漫的历史演进中，人们对流传的经典不断产生歧义，更有大儒们由于各种原因删繁就简，使得文本面貌在不知不觉间发生了变化。

最著名的就是南宋大儒朱熹编撰的十三经了，而今也在社会上广为流传，其实那比开成石经足足少了十数万字，显然离开了碑林的开成石经，人们可能就难以知晓最初的面貌了。

当然厚重的开成石经历经多次战乱劫难，几经躲避才得以完整保留，不能不说是个令人欣慰的奇迹。唯有的遗憾是明代嘉靖年间的关中大地震，一下震裂了四十四块石碑，尽管后来一一修缮，却依然让人摇头怜惜。我走近看到，明朝人对那石经格外珍惜，用细石米浆将碎碑进行了粘接，还对缺损的字迹依据拓片另刻小碑补缀。那些补缺之碑孤立看去，谁也不知什么意思，只有对应原碑才能知晓本来的文义。

我与碑林人细聊惊奇发现，国人对开成石经的崇敬是深入骨髓的。历史上多个时刻碑林曾经沦为兵营，在兵戈铁马面前所有遗存都可能成为粉齑，但是这处大院尽管驻扎过士兵，长戈铁矛与碑石同立，碑石却不曾受损。士兵们常常抱着刀枪在石碑间席地而卧，当集合的号角一响，翻身跃起便会向外冲去，枪头却没碰破一字，所有碑面也不见一处刀枪磕碰的痕迹，这不能不说老祖宗留下的宝贝，在沙场征伐的将士眼里依然是不可亵渎的圣物，那种谨慎，那种小心，恰恰是我们民族立于不败的睿智啊！

可见，开成石经维系着中华民族的良心矣！

穿过石经屋便进入了人声喧闹的又一个碑廊，这是一处名副其实的名碑堂，里边拥挤了太多国宝级的石碑，那些如雷贯耳的书法大师的碑刻，读字如遇仙人，读文如沐春风，好像有大师穿袍戴冠长冉飘逸在讲述文字的奥妙，任何读书人不能不对这些碑碣顶礼膜拜，读着读着你就不由得想跪下了。

然而，我的目光在门口一通《大秦景教流行中国碑》前停住了，这通碑当是吸引了游客流连忘返，曾被西方人称之为世界四大名碑之首，也让多少帝国博物馆梦寐以求。此碑初唐先立于大秦景寺，唐末寺毁被埋，明代天启年重见天日后，被安置在西安城西的金胜寺，这里曾经金碧辉煌无有其左。那大秦，乃古罗马的称谓；那景教，乃基督教一个派别的名号；那碑文，由波斯传教士所撰，一千七百多个汉字和数十个已经失传的波斯文字，详细记述了初唐皇帝接纳基督教的故事。那传教士阿罗本长途跋涉从波斯来到长安，唐太宗迎入宫内讨论教义，唐高宗敬崇阿罗本为镇国大法主，唐玄宗旨令将太宗以降五皇画像悬挂景寺。后来安史之乱景寺被毁，唐肃宗又诏令拨银重建，唐德宗优待依然不亚前辈，感动景寺僧众追述仁德立碑纪念。显然，这尊石碑对研究东西方文化交流不可或缺。

然而，这尊珍贵的石碑却经历了惊险劫波，令人不禁倒吸一口气。那是清末光绪年间，有个荷兰人买通了金胜寺的老住持，欲给三千两白银将大秦碑运走，但此人自知行为猥琐，怕偷碑之举引来公愤，便拉来一块同质的青石，雇了几个工匠在破败的金胜寺，依照原碑打造了一方仿品，欲偷梁换柱将大秦碑运出国境。此番策划行为诡秘，为掩人耳目还中途离陕，以示自己与阴谋没有牵连。

让人惊叹的是当他返回金胜寺，发现那件仿品与真碑惟妙惟肖，尺寸分毫不差，字形一模一样，这可把荷兰人高兴坏了，因为欧洲两个顶级博物馆已有明确收藏意愿，一笔横财马上就能收入囊中。然而当他准备付诸实施时，那块真碑一觉醒来失踪了，连那老住持也似乎懵懵懂懂不知去向。荷兰人很快打听到仿碑之事还是走漏了风声，有人密报了中央政府，上边通电陕西巡抚加以保护，大秦碑即刻转移到了碑林安放。荷兰人知晓宝物已经被国家收藏，只好站在古城墙下望碑兴叹。后来在一个泥泞的日子，他将那通仿品运到了天津口岸，又坐船渡海放置纽约大都会租展八年，后来一位天主教女富商将碑买下送给了梵蒂冈，从此成了教廷喜欢炫耀的历史证物。

这尊大秦碑应是中国基督教史上的最早文献了，也是丝绸之路文化交流的鲜活例证，能历经武宗灭佛免遭损毁是个幸运，又遭魔爪未能偷运出国更是祥瑞，幸亏政府动手迅速转到碑林，否则又将是一件令中国人揪心的实物。只遗憾今天已无法知晓究竟是谁将秘密捅了出去，又是谁悄悄告诉了北京政府。

其实，大秦碑安在实乃西安百姓护宝之心使然矣。

我从名碑屋出来便去了存放石刻的展室，这些曾经卧在田间地头的艺术品似乎依然没有被人珍视，所有的展品几乎没有护栏，只有昭陵六骏是个例外，人们太关注这几块盛唐的艺术杰作了。那是几幅高浮雕的战马石刻，即使没有见过六骏实物，也会从课本里、从画图上、从电视里，知道昭陵六骏精美绝伦的形象和坎坷的经历，两者能在粗粝的石头上尴尬交会，却不禁让人扼腕长叹。

我知道，这六骏石刻本来立在昭陵前的祭厅里，从20世纪初叶遗留的一张照片上，还可以透过破败的大门看到战马在凄风中嘶鸣。许多人说这是唐太宗为纪念跟随他南征北伐的几匹坐骑而立的，我想那是唐太宗想用几匹战马来彰显自己的丰功伟绩，也是对自己戎马生涯的绝妙概括，看到战马就会忆起激烈的冲锋陷阵，自然也就想起骑马之人了。

唐时皇帝甫一登基就开始了找穴造陵，地上地下都会按照皇帝的意愿来装饰。传说六骏石刻是唐太宗授意大画家阎立本所绘，又由阎立生所刻，肌理健硕，忠诚威武，把战马的形与神镌刻的栩栩如生，洋溢着满满的盛唐风华。唐太宗还亲写赞诗，由书法家欧阳询丹书于上，可谓名画、名刻、名碑、名书于一身，只可惜那丹书早已被风雨剥蚀了。但站在马前依然能听到战马嘶鸣的昂扬，看到天马奔驰的潇洒，听到箭镞如雨的呼啸，似比西方的静物雕塑高出一个品级了。传说当年毕加索见到六骏石刻图样直呼，形象艺术的滥觞应该源自这里的。

然而美术大师的感叹还在耳边徘徊，我已听到盗贼的脚步声纷至沓来了。20世纪初叶，军阀混战，民不聊生，人们都在为保命而奔波，没有人注意到九嵕山上油锯的霍霍声，狗胆包天的盗贼竟然光天化日将精美的石雕锯成了碎块，裂纹还刻意避开了马头。然后，他们将破碎的石雕运到古城一个角落悄悄藏匿了。

一个有着汉族血统的人在大洋彼岸指挥了这次隐蔽的行动，首先是将两块最为精美的石刻运到了燕山脚下，一块是将军为战马飒露紫拔箭，另一块是身中九箭依然徐行的战马拳毛䯄，对外则诡称是从一个军阀手上买下的，就这样公然运到了大洋彼岸。当这个精明的文物贩子坐在纽约街头一栋红房子里欣赏这两方稀世珍宝时，竟然也激动得浑身颤抖了。他知道最为关注这些石刻的应是学术机构，为此他跑到宾夕法尼亚大学做了一场关于唐太宗的报告，刻意渲染了跟随皇帝南征北战的六匹骏马。当校方激动地问及那些石雕何在，他便犹抱琵琶半遮面地拿了出来，最终以十二万五千美金出手了，石雕成了这所大学的镇校之宝。从此守护昭陵的六骏便分隔在大洋两岸了，有多少人切齿痛骂，可又能奈何？近年又有人萌动了讨要石雕的念头，可人家学校的购买单据尚在，追索起来就难上加难了，淘宝人目睹流落异国的两尊战马不禁悲从中来，却只能一脸无奈仰天长叹。

是的，昭陵六骏牵动着国人的神经！

……

我从碑林出来看到熙熙攘攘拥在门口的游客，自然为古城存有碑林而骄傲了，以前多是学子进院观摩，现在游客纷至沓来，似乎已人满为患了。我注意到那些名碑若藏国外定会一碑一室的，可碑林一屋就放了十数尊，而琳琅满目的珍宝却无法防护任人抚摸。

那国宝守护人激动地拉住我说，现在的展品只是院藏的三分之一，大量的碑刻还躺在仓房里，千百年来这些挺立的石碑没有一块能达到抗震标准，稍有灾难袭来碑林人就紧张得坐卧不安。我想，应该赶快扩展碑林的展区了，用现代技术开辟一个安全的居所，给绝世珍宝以应有的尊重已经刻不容缓，这些颠沛千年的遗存绝不能在我们手上再生遗憾了。

这是我们责任，也是良心使然啊！

2018年8月17日于新城小院

发表于2018年第12期《美文》

入选《2018年散文精选》

第二辑·高山仰之

绥德之丘

难以想象绥德城一处校园深处的角落，竟然坐落着一代枭雄蒙恬的坟冢。

我穿过一扇水泥垒成的挺阔大门，绕过两座水泥砌就的雄伟楼宇，踏上一条水泥铺就的狭窄坡道，忽然间来到一座黄土堆成的高丘前。两只兵符样的石虎卧在两侧，并不茂盛的柳树随风荡漾，掩映着身后并不沧桑的石碑，两尊碑面似乎已被风沙吹打得暗淡了，一尊石碑却漆黑锃亮，上刻道光年绥德知州所书“秦将军蒙恬墓”六个大字。天哪，那大名鼎鼎的蒙大将军居然栖身于此？我茫然四顾，丘不算高，大约两米，树也不密，仅仅五棵，这是不是有点憋屈啊？我放慢脚步绕到碑后，方知此乃近年仿造的新碑，旧碑已被文管所收藏了。其实，这碑新碑旧倒也无妨，只是想那蒙恬将军也是手握利剑威风凛凛之人，畏缩在这样一个喧闹的角落，恰似给他波澜壮阔的戎马生涯送上了一缕幽默。

那石碑后边的土丘如硕大的馍头，经历过两千多年的风雨冲刷，已丝毫闻不到当年的血腥了，而丘上覆着的一层蒿草，迷离稀疏，风吹头低，似在向过往的人们致意。蒙恬出身于耀眼的武门世族，一家三代为大秦帝国立下了显赫战功。始皇三年，豪迈的蒙字大旗杀入韩国，直取十三城；始皇五年，凌厉的蒙字大旗冲进魏国，又夺二十城；始皇二十五年，接掌蒙字大旗的蒙恬，少年得志，意气风发，一出手便将楚军打得人仰马翻，在统一六国的碑额上，潇洒地刻上了将军的业绩。随后，蒙恬率三十万大军驱逐匈奴，把黄河以南四十余县收入囊中，在今日绥德建立起上郡，统辖了西北的万千风物，可谓功高盖世，无人出其项背矣。

我想爬上这座失却了巍峨的土丘，可拨开萋萋草蔓，轻轻抓起一把黄土，视线被杂乱的楼宇遮挡了。但远古的腥风血雨却汹涌起来，我强烈感怀到居高临下的威严，感受到苍茫大地腾起的云烟，也能听闻万马奔腾的轰响。当年的蒙恬跃马扬鞭，逐戎之后，不可一世。为了一劳永逸地解决边乱，防止稍纵即逝的马背民族扰袭，他果断地将秦、燕、赵的城墙联结起来，增高加固，依势而行，西起临洮，东至辽东，造就了一座绵延万里的煌煌长城。似乎蒙恬攻城略地的功绩，在史家的典籍里仅仅只言片语，而将军修筑的这道不屈不挠的万里长城，却在大地上擘画了一道永恒的曙光。

是的，史家似乎对这般雄奇之作小有责难，天下初定，人心未稳，劳民伤财，有违王道。那民间流行的孟姜女之传说，更扰动了人们柔软的神经，孟姜女千里寻夫一路坎坷，终于扑到长城脚下，忽闻夫君凶讯，不禁悲从中来，一声长啼，风过树鸣，群山低头；二声长啼，兵阵垂首，万马呜咽；三声长啼，泪如泉涌，冲塌了长城垛口。这的确激起了人们对修造长城的愤懑，也给柔弱的姜家女儿送去了无尽的悲悯。不过，蒙恬的旷世之作最终抵挡了泪水和刀箭的磨砺，在浩瀚的山河间顽强地存留下来，使得中华儿女得以在长城内外繁衍开来，阅尽凝结着东方文明的块块青砖，怎一个豪迈了得！所以，长城脚下会默默刻上蒙恬的名字，从此也让多少英雄豪杰嫉妒得仰天长叹了。

我慢慢地松开手掌，黄土顺着指缝滑落丘下，似与那高原上的大道有着相同的味道，苦涩倔强，朴拙味醇，却是包裹生命的味道。我知道，那条大道是从淳化的甘泉宫伸展过来的，那里发现了不少兵字和仓字的瓦当，带给人们当年武备中心繁盛的畅想。只是纳闷蒙恬修造的秦直道为何要远离长安，为何会从那里昂首起步？从那里起步的秦直道一路向北，再也没有回头，一直朝着浩瀚的草原挺进，逢山开路，遇水架桥，所谓堑山堙谷是也。从已勘明的情形看，这条被誉为古代高速公路的秦直道，宽有六七十米，窄也有二三十米。只是感慨古时没有测量仪，那一千八百多里的长蛇工程，一定是多处地方同时开建的，怎么会对接得如此顺畅呢？

不过这条浩浩直道，应该展现了大秦帝国的威武，旌旗飘飘，银枪闪闪，兵列如蛇，天涯望断，任是域外何等野心觊觎，也会勒马驻足望而生畏的。记得有位肩扛三颗将星的作家说，中国的历史就是抗击北方的历史，兵马辎重可直抵边陲，草原捷报可飞传回京，形成丁字的长城与直道，也许就是大秦帝国深谋远虑的佐证。然而，秦直道明明在沟壑荒原上未见断痕，司马迁为何断言“道未就”呢？我想，司马大人曾随汉武帝走过直道，他之笔下断不会妄言，可能有些路段设计宽度未能达标，也可能途中的驿站未及完工，督造直道的将军就蒙难入土了。

我想绕那黄土高丘走上一圈，摘几株碎花，捋几枝青叶，以表达心中的敬重，却生生被那杂乱的建筑挡住了，有的低，有的矮，毫不客气地挤住了三面。是啊，哪路神仙有资格与大秦将军争夺地盘？想当初这座坟冢一定高昂许多，经历千年风雨才成了这般模样，足见岁月之沧桑了。我不禁退后两步，手抚飘荡的柳絮，注目丘上杂乱的青草，耳畔竟荡起不绝于耳的悲声，似有愤慨从胸中泛起了。那蒙恬实在死得唏嘘啊，当时他手握三十万重兵，接到矫造的始皇诏书，没有拥兵自重，也没有揭竿而起，而是为了表现对朝廷的忠诚，心藏幻想，一等再等，终于等来了赐死的皇令，可怜大将军临死还以为是筑城修路挖断龙脉招致报应，让人一想起来便要扼腕长叹了。

是的，当年蒙恬含冤自尽，兵寨里悲苦震天，哀痛压弯了脊梁。南征北战的将士袍衣兜土缓缓拥来，一步一顿，一步两泪，将横扫六合的蒙恬下葬于绥德城下，也感动得天下百姓垂泪放声了。所以，这处土丘一定是被泪水浸泡过的，可谓其情也悲，其状也苦矣。 可是，谁也没想到蒙恬下葬不过三年，大秦帝国便轰然倒塌了。这让多少治史人悲凄不已，他们为释放内心的愤懑，写诗作文，放歌长吁，似乎这些还不足以释怀，便机巧地为将军添加了几则斯文的传说。一是那《古今注》说，“秦笔恬所造，枯木为管，鹿毛为柱，羊毛为被”。呵呵，运筹帷幄的蒙恬看见兔尾垂地，激发了造笔的灵感，一个文人墨客钟爱的神器就诞生了。二是那《说文通训定声》又说，“古筝五弦，恬改为十二弦”。呵呵，舞刀弄枪的将军居然通晓音律，改造了温文尔雅的古筝。然而，今日考古发现，在秦朝之前已有毛笔问世，蒙恬改造古筝一说也难以成立。

那么，古人为何要臆造蒙恬之斯文呢？我看着一簇簇嫩黄的蔷薇，轻轻扶住石碑悠想，那是人们感慨蒙恬的忠勇，为让弯弓射雕的形象能够长留人间，便将斯文的创造戴到了将军头上。使得文人墨客拨弦提笔便能想到蒙恬的造化，从而使之身上的光环越发完美，也是给了儒家仁义最好的注解，这应该是后人对将军最为浓重的抒怀了。清代诗人就曾喟叹："春草离离墓道侵，千年塞下此冤沉。生前造就千支笔，难写孤臣一片心"。倘若蒙恬九泉有知，也一定会为世间能存这般思念而欣慰的。

所以，当我慢慢地走出学校大门，心潮越发波澜起来，不由得朝那黄土高丘回望，感觉那将军听到这琅琅的读书声，看到这欢快的跳操跑步，大概是不会感觉孤寂的。不过，尽管蒙大将军不会为今日境遇上书了，但上郡所在地还是应该为之开辟一块大雅园区的，毕竟将军一生豪迈进取，创造了两道可以触摸的千秋伟业，毕竟将军"累石为城，树榆为塞"，铸就了塞上的人文基业，也使得这块泪水浇灌的小小土丘，演化出了一种别样的精神来……

2020年8月24日于丈八沟宾馆

司马道之上

不知道有多少文人墨客拜谒过韩城的司马迁祠了。

我每每来到塬下最先映入眼帘的就是斜斜的司马道，那条古道依靠在高高厚厚的黄土塬畔，有九十九个台阶，从塬下一直伸到司马祠的门前。敦厚的石板已被经久不息的踩踏变得坑坑凹凹，光滑的或粗糙的石阶尽显二千多年的风雨侵蚀，似乎每一层台棱都会找到历史凝聚在瞬间的慨叹。也许是坡度太陡的缘故，也许是朝拜圣贤的心境使然，有人会爬得气喘吁吁，累得一步三晃，直想扑倒在石阶上向塬头的太史公倾述心潮；有人会登过几十阶便坐在路边的石墩上，手抚粗粝的石板，用心体会激宕的风云在这儿冲刷过的痕迹。待终于踩上最后一个石阶，目光直直地盯住门楣上“司马迁祠”，便忍不住想呼啸一声了。

凛冽的风雨竟把门楣和外墙撕扯得斑斑驳驳，让人一下子涌满对伟人悲壮命运的感叹，亘古的故事重重敲击着心扉，所有善良的人心都会被紧紧攫住，巨大的屈辱毁掉了司马迁坦荡的前程，却造就了一代伟人的品格德行。可能人们都知道司马迁是创立纪传体史书的巨擘，知道司马迁承受着腐刑的剧痛完成了《史记》创作。如今，笔者冷静思考两千多年前的那桩汉朝血案，司马迁谏言李陵投敌之真伪惹恼汉武帝，竟让一介男儿在丧命和腐刑面前做出选择，囚笼木枷，孤影孑立，狱卒呵斥，一定把司马迁的心绪蹂躏得死去活来。那大汉一代是一个崇尚勇士的时代，仅仅为个猜忌都可能引颈自刎，一死了之完全可以成全太史公的凛然英名，但他选择了难以想象的“苟活”，以期为未竟的事业献身。可想，那个选择的过程实在是太残酷了，应该是司马迁一生最为痛苦的历程，痛苦得让今天的人们设身想想便不能自已，选择活比选择死更需要胆略和勇气，这也就是一代伟人给后人留下的生命启示！

轻轻地迈进祠院，千年碑碣尽在称颂司马迁的品德，近代那首五言诗也许最为代表了：“龙门有灵秀，钟毓人中龙。学殖空前富，文章旷代雄。怜才膺斧钺，吐气作霓虹。功业追尼父，千秋太史公。”其实，受刑之后的司马迁面对悲惨的最好解脱就是沉浸到书堆里，忘掉痛苦，忘掉屈辱，解析三皇以来的沧桑世事，成就一家之言的宏图伟业。君不见伴随着《史记》的完成，太史公的光芒便一下子照亮了中华文明的过去和未来，从此哪位文人墨客敢不读《史记》，而一杯浊酒妄论英雄啊！

踏过一道道古柏树影，一座千年古墓凸现眼前。这座古墓相传是西晋人建造，元朝人又做了修缮，而我以为司马迁刚刚仙逝就有人在此立碑崇拜了，后人依碑堆冢敬为祠堂。也许是体会司马迁生前拮据，所以呈现在人们面前的古墓外形，酷像汉代的陶仓，圆顶露檐，砖石环箍，一圈还镶嵌着十二块八卦图碣，透出玄妙的文化意蕴。最为称奇的是坟头正中还罕见地长出一棵古柏，分出五杈，形如虬龙，尽管不很繁茂，却也鲜绿可人，直让人感觉司马迁的精神不死。而且一圈灰墙竭力将灵丘护住，就像伸出的臂膀抱住了自己的孩儿，拼死抵挡着来自东南西北的风雨浸淫。

可谓：一抔黄土掩忠骨，万世文墨三垂首。

我的视线不经意间越过垛墙，忽然看到浩瀚的黄河在司马道左边缓缓流过。我不由得定睛望去，黄腾腾的河水宽阔得一望无际，水面上腾起的一层薄雾悬浮在河道之上，浓浓淡淡，缥缈如烟，使得远远近近的山野笼罩了神秘的氛围，若不是对面山黛轮廓可见，似恍惚见到了大河入海的盛景。这究竟是巧合还是神奇？一直奔腾喧嚣的黄河似乎知道有位巨人躺在前方右岸，生怕惊扰了太史公的灵魂，跃过禹门口便陡然把行进的节奏慢下来了，慢得那河水像停滞了，变得雍容而又温顺地逶迤而来，似以大自然特有的方式向司马迁致以不息的敬意，连那稀疏的小船也在几近凝固的河面上书写着今日的颂歌。

我的视线移到司马道的右边，黄土崖下是一望无际的万亩桑田。此时此刻，正是小麦收割的时节，黄波荡漾，薄雾袅袅，忙碌的收麦人与机械农具相伴，在阡陌间点缀出田园的拙朴。特别是那黄黄的河水又与那黄黄的麦浪影影绰绰融汇起来，犹如母亲在抚慰庄稼地里的儿女。庄稼人生活得简单而自在，春天撒下种子，秋天就有收成，挥镰的汗水是拒绝墨客和达官哀叹的。当地人说偶尔也会看到狂风骤起，排排浊浪从天际耸起冰河铁马般席卷而来，但是扑到岸边却又缓慢下来，似以敬畏之态拥吻着黄土堤岸。我终于明白，多少年来中国人为什么对黄色有这般执着的偏爱，历朝历代黄袍加身，几成尊贵的象征，实在是黄河是黄土地给予的启示呢。

面前的司马古祠雄奇壮观，都是因了司马迁凝聚的气场使然矣。我恍然大悟，站到这儿可观烟云变幻，可望稻波麦浪，可察萍沫风起，可叹世间万象，可望大地曙光。其实，二千年前的司马迁就是为《史记》而生的，后人誉之为“史家之绝唱，无韵之离骚”，实在精准绝妙。而脚下这条斜倚的司马古道，恰是一座巨大的无字碑了，敦敦实实地靠在黄河岸边，向人们述说着永远也磨灭不掉的史迹。所以，司马迁擎起的中国文人不屈的精神，应是从这条司马古道出发，浸润了关中平原，也浸润了中华大地的每个角落。

正是：风追司马千百年，生生不息谱华篇。

那东汉的太史令班固，是司马迁的关中乡党，一定站在这片塬上眺望过芝水河畔的村落，为西汉修史的念头也许就是从这里酝酿，经过二十三载的日夜煎熬，一部划时代的《汉书》从此被奉为经典……

那唐朝的丞相杜佑，也是司马迁的关中乡党，也可能大步攀爬过这条司马古道，也许就是在踏阶过程得到的激励，他开始梳理黄帝以来的典章制度，一部《通典》耗时三十六个春夏秋冬，一经问世便震惊了朝野上下……

那唐朝的令狐德棻，也是司马迁的关中乡党，也可能凛然走上司马古道遥望水岸一色的壮景，萌发了为北周立传的志向，秉笔七年，疾书述怀，毫无悬念地著出我国二十四史精彩的华章……

与那司马迁仅一河之隔的北宋丞相司马光，也一定小心翼翼涉过黄河，心绪浩然地登临过司马古道，眺望经久不息的沧桑河道，把胸怀和志向都凝聚到笔端，回乡赋闲十五年，竟创编了一部《资治通鉴》，为当朝和后世奉献了一份治世箴言……

是的，多少年来司马迁用血泪凝成的笔墨，静默无声地浸润着中国文人的每一根神经，也挺起了中国文人坚韧的脊梁。我于是告诉韩城人应以司马祠为中心，创立一个极具文人情怀的文化景区，为中国的文史大家造像，为人类的文明积淀喝彩。是的，中国人也都应该到韩城来，走上司马道，拜谒司马祠，临黄河之雄风，沐田野之烟云，也许还会孕育出一个超级的灵感……

2015年4月20日于新城

发表于2016年第9期《中国作家》

甘泉宫之考

一

大概很少有人会在休闲的时候选择甘泉宫遗址去踏青。

我也没有去过淳化的甘泉宫遗址，只是在汉书的哪个角落见过甘泉宫是在长安城的西北一百余里外的一个地方。后来断断续续地看那演绎得眼花缭乱的电视剧《汉武大帝》，便对那神秘的甘泉宫有了点滴的印象。在我的记忆里，汉武帝一年有多半时间是在那儿度过的，甘泉宫似乎是汉朝毫无悬念的政治、经济、军事中心，那里发生过的许多历史故事至今让好事人咀嚼得津津有味。然而能驱动我赶往淳化去寻访遗址的，还是当地一位有志于甘泉宫研究的老者送我的一部《甘泉宫志》。坦白地说我对这些充满学究味的著述鼓不起兴趣，但著书人对我描述起如今那甘泉宫遗址的风韵和沧桑，拨动起我无限的遐想，不由得驱动四轮来到两千年前北方列强做梦也想偷窥的甘泉宫。

汽车离开柏油路走了许久，在一处绵延几百米长的土垒前停下了。同行的向导正是《甘泉宫志》的作者，他指着土垒边一大堆青砖残瓦说：这都是农民在遗址里翻地时刨出来的，居然是那么大一堆，足足有几百立方。旁边那道土垒，疑为林光殿的基础，似乎保存得很完整，周长有一两千米。我们跃上一米多高的土台，里边全都是果树和庄稼，郁郁葱葱，齐齐整整，仿佛在暗示着逝去的繁华和喧嚣，隐约可以从那树影婆娑中感受到历史的吵杂和一代枭雄决胜千里的号角。很多人可能不知道，当年汉武大帝征战西域的重要决策大多是在这里形成的，一道道金灿灿的令牌也是从这里发出的。我们在土台上极目远眺，这座已被岁月的沧桑磨去了尊严的建筑群实际上是一座孤傲的城池。史载，当年甘泉宫仅次于长安未央宫，“周围十九里一百二十步，有宫十二有台十一”。然而昔日的恢宏早已荡然无存了，偌大的甘泉宫遗址如今已经看不到任何裸露的建筑了，只有这些垃圾状的秦砖汉瓦和高高低低的台基，昭示着一代伟人恒久的辉煌和不朽。

当然，最能撩动我们心弦的，是至今在这一片片错落无序的田野里常常会有农家挖到珍稀的瓦当，早在20世纪七八十年代就有神秘的外地人来这里收藏不止，那可是甘泉宫最有价值的实物资料了。我们的向导早年就在附近的村里收过乡亲交来的朱雀、玄武、青龙、白虎四灵瓦当，尤为珍贵的是还收到过一枚“龙”形瓦当，可谓尊为孤品的稀世珍宝。如今那些瓦当有的在县博物馆的仓库里，偶尔有专家路过捡起来会发几句感叹，有的就成为省城博物馆的藏物了。我们怀着探幽的心情也在那瓦砾堆扒拉起来，希望能有带图形的瓦块扒出来，着实说带有绳纹的瓦块比比皆是，偶有残缺的残角捡出也是不见字形和图案。我知道当今有好作伪者，悄悄将这里的瓦块捡回去磨成粉状，再倒进模具翻出的瓦当，即使不用刻意做旧，你就是再用现代的仪器检测也是两千多年前的数据。这些瓦块其实也是文物，应该妥善保管的，可是三秦大地也是遗存太多的缘故，多少上等级的文物无人顾及，何况这类杂乱的碎砖烂瓦呢。

离这片瓦砾堆不远有座四方形的土丘，随行人告诉我那就是汉武帝的宠妃钩弋夫人的墓。我不由得“啊”了一声，这座土丘完全是人为堆砌的样子，像只倒扣的量斗，足有三十多米高，丘顶恍惚有几棵小树，四面则青草萋萋，颇有几分哀怨和凄凉。那位出身卑贱的钩弋夫人似乎就是为汉武帝而降生的，传说丽质娇美的民女自幼残疾双手卷曲，奇妙的是汉武帝狩猎途中偶碰残手，拳曲的手指居然伸展开来，进宫后居然还奇迹般的怀胎十四月诞下太子，成就为后来的汉昭帝。想那威风八面的汉武大帝每每到甘泉宫巡幸，抛下长安城里满院的嫔妃只带一位钩弋夫人，可谓是三千宠爱在一身了。然而这样一位可能“母仪天下”的功勋夫人，没有能享受到皇太后的殊荣，汉武帝在行将就木之时，唯恐以后妇壮帝弱扰乱朝纲，竟然找了点鸡毛小事就将爱妃逼死于甘泉宫内。好像历史上没听到这位夫人多少劣迹，这位被“幸福”笼罩的夫人恐怕到死也不明白为什么会有这般遭遇！

处于高高的土丘之下，不时有凉凉的春风拂过，似感觉那夫人飘逸的长裙曳过，又似一声声哀号穿越九霄在云间游荡。其实夫人即使没有萌生干政之心，大汉天子为政权长治久安，生生冤枉几个忠诚的臣妾也是常有的事。耐人寻味的是无情的岁月摆布了一个苦涩的玩笑，历史的硝烟早已散尽了，无论是满目遗痕的甘泉宫，还是失却踪影的云阳城，无论是气吞山河的汉武大帝，还是能征善谋的将相良臣，都已被岁月的风尘磨去了棱角和威风，唯有这钩弋夫人孤苦伶仃地厮守在这座土包里哀鸣不已，也令今日所有来这里的踏青者唏嘘不已。

二

在经过一个有二三十户人家的小小村落后，迎面有一处陡峭的高台突兀在面前，细细端详不远处还有一高台遥遥相对，两处高台只剩下二十多米高的残垣。据考，这就是当年汉武帝每次西征祭天的通天台。有文献说台高三十五丈，汉制一尺约合今四分之一米，那就有七十多米高了，古时的土木结构能建到如此高度绝非易事。可想四周是深深浅浅的沟壑，独独这儿是个圆顶的平峁，一步一步由下而上登临台顶，犹如走上一座巍峨的神坛，远远近近的丘陵尽在脚底。当山风拂须龙袍飘起，纵是个懦弱者也会斗胆冲天的，何况是天之骄子的汉武大帝。遥想当年的出征仪式，放眼山下更是气势了得，旌旗在望，鼓角相闻，千军涌动，万马奔腾，向天再借五百年的气概油然而生，那是一幅多么令人陶醉的场面啊。

出征前的祭天仪式实质上就是鼓舞士气的战前动员，古今中外都要隆重举行或宗教或民俗的仪式，以慑敌胆，以壮军威，直把那将士们鼓动得每个毛孔都散发出血气，大军就要沿着一条古老而又著名的道路出征了。向导指着一条深宽均有二十多米的鸿沟说，这就是当年秦始皇所建秦直道的起始处。什么？我们眼瞅着那条在大地上裂开的一道长长的沟缝不由得愣怔了。这怎么会是秦直道呢？在上中学的时候就知道了，当年秦朝大将蒙恬修造的秦直道相当于今天的高速公路，蜿蜒在崇山峻岭之间，越过高原伸进大漠，最后直达内蒙古包头的孟家湾。这条大道在汉武帝时又加修缮，成了当年征战匈奴的生命线，大汉的版图也许就是靠了这条大道而拓展的。至今在许多向北的山脊上还隐约可见大道的痕迹，在陕北途经之地至今老百姓还称之为“皇上路”，只是这么一条著名的通疆大道怎么会成为深沟呢？听向导有板有眼地一解释就明白了。秦直道是用石灰沙石筑就的，因为道路较为平坦，那雨水也就顺那大道汩汩流下。当这座神秘的古堡失去效用后，大道必然失修排水不畅，雨水也就肆无忌惮地在路面上横行起来，久而久之就冲成了今日的大沟。那大道正对的是甘泉宫城堡的北门，中国古代城池的北门习惯称之为玄武门。我想这是因了秦始皇统一以后，历朝的威胁主要是来自北方，所以有意用那张牙舞爪龟蛇状的玄武来威慑外敌。而征伐大军班师回朝是一定要从城南的朱雀门进入的，因为那是象征吉祥的“凯旋门”。

此时三月风又悄然刮起，远处的高台后边忽然腾起一道黄尘，似有一列骑兵追袭而来。我沿着秦直道的边棱慢慢往上走，心想沧海桑田尚要上亿年演变呢，而不息的风尘犹如利刃快斧，悠悠两千年就让世界上第一条“高速公路”变成了一道杂草丛生的深沟。我忽然意识到，这秦直道应该也是一把双刃剑啊，攻敌容易，敌袭也易，所以脚下这座古堡绝不会是一处政治与经济中心，而只是一处军事指挥要塞，任何读过兵书的政治家都不会冒险把统治权力的中心摆在易受攻击的位置。尽管史载汉武帝一年中有二百多天在这里生活，我忖那是他作为最高统治者来这里督战的，他要在这通天台上指挥前方将士攻城夺寨，也督促各地的粮草缴纳进贡，一代天骄之所以对甘泉宫偏爱有加，完全是为了便于在前敌指挥部里督军与运筹！

怎么样？迷人的发现也许就在这经意与不经意之间。

三

我为这个突如其来的想法激动得摩拳擦掌，陶醉的感觉顿时在身体里弥漫开来，也使我们的游春平添了意外的精彩。随后的行程当然也就沿着这个思绪信马由缰起来，半日下来居然牵强附会了许多支持的佐证。

其一，我指着那座在春风里哀怨不已的丘陵说：汉武帝在位二十二年，来甘泉宫有七十五次，却只带了钩弋夫人和寥寥几位大臣，可见他明白这里是风险四伏的军事指挥中心，满朝文武和后宫佳丽不易随行侍奉，以免遇有敌方袭扰难以抽身。

所以在甘泉宫要决策的主要是战役方面的议题，偶尔也会召见几位外番使节，但有关政权社稷方面的旨意还是要回长安城召集百官去商议。

其二，我断言甘泉宫里十二座大殿必有一两个是军事议事场所，有人不解凭什么这么武断？向导示意当地人已经发现的瓦当中，还真有几块“尉”字与“卫”字瓦当，这说明那些宫殿不论名称如何高贵典雅，其功能与级别在设计的时候就确定了，毫无疑问古堡是当年的军事指挥重心，是将领们会商战事的决策总部。

其三，我判断这里既然是军事重镇，又是通疆大道的始点，就必然会有粮仓在此。我话音刚落，随行的考古专家便讲史料记载，汉时曾昭告天下，各州府上缴的粮食可直接递解淳化，而且徭役也可变通折为粮食。向导又补充此地陆续发现过不少“仓”字瓦当，可见朝廷的粮仓在此。传说这里的粮仓之大可供全国人半年食用，显然正是那充裕的粟米能沿着秦直道源源北上，才保证了前方大军驰骋疆场捍卫江山。

其四，我估计这甘泉宫所在的淳化应有兵器制作的场所。遥想当年尽管是冷兵器时代，要保证前方的征战，没有足够的士兵和刀箭供应是不可想象的。而从这里运往西域前线的兵器若从各地解来，如遇民乱必会成为朝廷的一大隐患，最妥善便捷的方法是从各地会集来工匠，就地制作以供军队之需。可是我的这个自为得意的假设，引来的是专家与向导的一阵沉默。因为在他们的印象里尽管每年都有刀箭戈矛出土，但这方圆几十里还没听说有古代冶炼场所的发现。显然如果找不到冶炼的遗迹，将甘泉宫视为军事重镇的观点就会大打折扣。我于是执拗地跑遍了遗址区的边边角角，几乎想去那称为“上林苑”的狩猎场去转转了，然而遗憾地纵行几十里一无所获，显然我的观点可能要颠覆了。

但见那日头沉沉西落，霞光把沟沟坎坎染得分外妖娆，使人有了一种虚幻的感觉。我格外地失望，不由得对着通天台吼了一嗓子以排遣郁闷，忽见那地毯般的麦丛中冒出了两尊石器。待走近了细细观察，那尊石鼓估计有些年头了，传说光武帝曾经手舞足蹈地擂响过这尊石鼓，遗憾的是清代闲人在上面刻了些无聊的文字，已看不出有什么额外的价值。而那尊熊猫甚是奇妙，与那霍去病墓前的雕塑相比毫不逊色，是将一块天然石头稍加雕凿而成的，浑身竟有许多圆圆的斑块，一爪抱肚，一爪挠肩，憨态可掬，极富灵性。站在那有些抽象意味的艺术品面前，任何一位有些品位的欣赏者都会执掌叫绝，都会向两千多年前艺术家的创作顿首致意。据说西安曾有收藏家瞄上这件文物，出价百万元准备抬走装饰自家的庭院。然而这两块石头可是镇村之宝呢，贫瘠的小村落虽然刚刚脱离了温饱，但在那百万金钱的诱惑下竟毫不动摇，不禁令我等游春人肃然起敬。可是我发现石雕在旷野里风吹雨淋没有成为文物贩子的囊中之物，却已被无知人毁坏了，石熊的一只耳朵已经被砸毁，竟然还是一块新痕。我于是急急地把向导唤来，要为两个石雕各修一个保护的铁笼，此言一出心里才添了些许安慰。

然而，走过几座山岭，向导与我们分手时，随意指着远处山崖上一排洞穴说：那儿是隋代的石窟遗迹。那隋朝时间不长但其雕塑却在历史上颇有地位，只是由于规模太小加之洞里的佛像已经破败而被石块封闭了。有意思的是石窟下边是一条汩汩流淌的河道，石窟奇巧地建在那半山崖上，想那河道不论怎么泛滥，洪水也是漫不到上面的。我问路过的牧羊老汉这河水流到哪儿去了。答曰，流到渭河去了，大概算是渭河的一条支流。又问这河叫什么。答曰，冶河。我眼前一亮，追问：冶炼的冶吗？答曰：是啊！

我有些疲倦的身体顿时来了精神，这儿不是没有冶炼的遗址吗，何以称为“冶”河呢？我又问这儿历史上可有大块的炼砟出土，牧羊人告诉我，六七十年代这儿修路时曾挖出过大量炭砟和铁砟，有的一块有几百公斤呢，最后砸碎铺了马路。我闻之大喜，真是踏破铁鞋无觅处，这儿可能就是汉代修造兵器的作坊遗址。我本想让当地人帮着找寻几块铁砟的，老人却是无奈地摇摇头。

但我已经知足了，好似意外地捡到了一件价值连城的宝物，喜滋滋地驾车朝回走，回到城里有意拜见了几位考古学家，将我的点点收获一一道来。考古学家们皆认为有理有据自圆其说，鼓励我写一篇田野考察的论文。天哪，这考古可是门大学问，我断然不敢涉猎，但让我欣喜不已的是，稍加留意便增加了一点饭桌上的谈资，也可谓是一次幸运的踏春之旅了。

2006年3月7日匆匆于曲江池畔

2009年春节修改于城南宁静书屋

发表于2009年第5期《美文》

入选2009年第15期《新华文摘》

九嵕山之侧

我慢慢走上这座高耸的丘陵还是感到有些惊讶，横亘在咸阳原上的一座座唐陵几乎都是依山而筑，帝陵周边也安息着一个个如雷贯耳的皇亲重臣，当然绝大多数随着岁月风烟的砥砺，都已化为尘埃消失在茫茫的田野中了。

然而，走在翠绿的山坡上感觉历史还是垂青杰出的，这条羊肠小道就是通向魏征陵山的，可见这位被选进凌烟阁的丞相在人们心目中的位置了。只是这条小路太细了，沿途都被郁郁葱葱的酸枣树掩映起来，一颗颗玛瑙般的小红果在秋风里挑逗着人们的耐力。我想摘两颗扔到嘴里，却被荆棘锐刺扎破手指，一不留神裤腿又被挂住，稍一用力便是一道口子，似乎这座匍匐在九嵕山下的高岭因了酸枣树的蔓延而多了几分威严。

我知晓魏徵的名字，还是唐太宗目送简朴的送葬队伍发出的那一段感叹：“以铜为鉴，可以正衣冠；以人为鉴，可以明得失；以古为鉴，可以知兴替”。那日翻阅《魏徵传》，想不到丞相上疏二百多道奏折，几乎全被唐太宗在金殿上采纳了，这绝对称得上是一个传奇了，阻敌之策，粮草之疏，关禁之论，选人之要，贪腐之弊，直感觉这位耿直的老臣一心一意操持着大唐社稷，开国大治确实应该写上他的名字。你看长乐皇后嫁女，众臣力劝圣上嫁女嫁妆当应厚礼，只有魏征谏言万不可开此恶例。我忖皇后闻听此言，即使表面应允心里也会埋下心结的，你个大丞相管天管地，还管到我皇家后院来了？想不到皇后居然赠以绸缎四十匹以示彰扬，如此胸怀，大唐天下怎能不海晏河清？小事尚且如此，大事便更是严谨了，齐家治国平天下，于是在那天清阔朗的氛围里，贞观之治也就应运而生了。

我在一枝孤高的酸枣树前停下了，叶儿是绿的，枝儿是铁的，一颗颗小红果在浓浓的草色里跳跃，阳光下闪烁着媚人的光泽。你仔细看了就会发现每颗红枣都有荆刺护卫，像一个个忠诚的卫士手持长矛防范着侵犯。想那唐太宗对魏征怎一个信字了得，入宫必见，凡奏必允，可见君臣之间似乎达到了心有灵犀的默契。且魏征敢于在那朱红的宫墙里犯颜直谏，也不仅仅是胆魄使然，应是丞相自律自信无私无畏呀。所以，魏征辞世遗嘱薄葬，唐太宗指定把丞相的墓穴放在九嵕山旁，暗喻两人入土之后方便串门议政，甚至破例亲撰祭文刻于墓前，以彰表对魏征一生的追念。当那摇摇晃晃的送葬灵车驶出长安城的永兴坊，皇上又亲率众臣注目相送，让一介老臣享受了莫大的哀荣。以至于当地百姓至今对魏征墓呼之为魏陵，体现了流淌在血脉里的忠信仁义，也是生民对一个忠臣盖棺定论之誉。

远远就望见丘陵顶上立有一方高大的牌坊，这应该就是皇上御赐的石碑吧？待走到近了却发现龟背之上不见一字痕迹。我问当地人为何是这般情形？交流过后竟爆出这方无字碑背后的故事。那年，魏征逝后宫里发生太子谋逆事件，朝廷发现魏征生前举荐的两个大臣参与其中，唐太宗闻之龙颜大怒，即刻命人将魏征祭碑推倒毁掉文字，还褫夺了魏门嫡子的爵禄。老丞相绝想不到忠贞一生，却因一个举荐引来皇上咬牙切齿。当地人执拗地说，应是千年的风雨模糊了石碑字迹。而旁边的墓碑重修记述，坦言这尊承载了荣耀和屈辱的石碑，直到20世纪末才又重新被魏家后人竖立起来。

我望着那斑斑驳驳的无字碑，已无意去追讨这通碑的遭遇，却是别有一番滋味在心头了。真真想不到那位敢谏敢为的一代明臣，仅仅因为生前一个动议而毁了一世英明，还使得自己死后也不得安宁，岂能不叫人唏嘘矣？那以人为鉴的感叹言犹在耳，就被唐太宗自己愤然摔碎了。不过，史家记述，唐太宗征伐归来也有醒悟，如魏征在，仗不会这般艰难，口谕竖起倒塌的石碑，但没见恢复碑文的记载。我以为那通石碑无字可辨，不可能是风雨蚀毁的，君不见碑林里多少千年石刻字迹清晰，所以，皇上当年尽管口谕复碑，却仍旧对老臣生了戒心，碑立了字未刻。甚至这一段唐太宗的懊悔之说，也多少是人们为完善两人形象的善良补缀，且不知酸枣树下的老丞相得知这番情形，会不会摔烂茶碗仰天长啸？可见破镜重圆只能是人们一个善良的愿望矣。

我沿着那条一尺宽的小路缓缓退下了，发现漫山遍野的酸枣树几乎覆盖了整个陵丘，又小心地摘了一颗小枣放到嘴里，酸酸的，甜甜的，还有点发涩，恍然感觉在那风中飘摇的酸枣树，似乎正象征了魏国公的人格呢。

鸣呼，苍天在上，完人何求？

2017年11月29日 于新城

发表于2018年第12期《美文》

草堂之雾

草堂寺静静地坐落在秦岭圭峰脚下，任那墙外南来北往的车流喧嚣而过，却依然不露半点声色，就像那大法师眼观世间万象，心里一片空无的梵境。

这座古寺怎么会这般静谧呢？似乎比那世外桃源更加的超凡脱俗。绿荫遮日，波光闪烁，各色老树新枝默默传递着佛经的体会，使人旦进山门心灵就开始洗尘。寺院里没有司空见惯的大雄宝殿，唯有一座三藏逍遥殿，似乎也不如别院雄伟。但里边古柏参天，郁郁葱葱，据说有两株柏木已有上千年了，当是看透了世间万象和潮起潮落的，如今却依然透着青翠将沧桑和佛理播洒出来，给人带来一丝丝的禅意。那一片片竹林是最让北方高原感到惊奇了，碧绿的翠竹循着小路，齐刷刷地从地里冒出来，一节一节地伸向天际，密匝匝地你牵我拉拥在一起，让人恍惚到了南方什么热带庭院。古人云：宁可食无肉，不可居无竹，这翠竹的魅力就在于可以带来恬淡和幽密，也把古寺渲染得宁静可人了。而且僧人们不知何时给竹林小路铺满斑驳的鹅卵石，慢慢地走在上面不管多乱的心绪都会渐渐静下来。

静下来是要去拜谒三藏逍遥殿里一位高僧的，那位生活在前后秦时代的一代大德，端端地结迦趺坐在莲花座里，眉目间流露出无穷的智慧来，嘴角似乎还藏着一缕淡淡的幽默。大概在那个纷乱的时代可以与释佛交流的，也就是这位来自龟兹国的鸠摩罗什了。而这座大殿名为“逍遥”似乎就是隐含着什么寓意的。也许，这位高僧大概经历了太多惊心动魄的坎坷和诱惑，很少有什么能引起他的纠结和烦恼，只是特别地喜欢幽静，喜欢拙朴，所以他把自己修行的道场放在这座草苫结庐的寺庙里，真有跳出三界之外的感觉。

竹林旁边有通朴素的石碑，端端正正地立在那儿，字迹遒劲，自然灵秀，像一位老者在述说久远的故事和艰深的佛理。细读碑碣方知，鸠摩罗什应是古印度人，小小年纪就随母亲出家了。母亲是龟兹国的一位公主，也受到过深厚的佛学滋养，使得小小年纪的出家人刚刚二十岁出头，辩经论佛就声震西域了。高僧的威望给他带来了荣耀，却也给他带来了磨难。当他的英名穿云破雾降落到当时主政关中的前秦国主苻坚的耳畔，英明的君王竟然做出了一个决定，派遣骁将吕光率领七万兵马前往龟兹国强索鸠摩罗什，期望能借高僧的佛韵为他治国理政添些光彩。于是大兵压境，几乎没经几个回合，鸠摩罗什就成了北伐军的刀下“贵客”，然后一路向东“护送”回长安。但是谁也没料到，淝水一战苻坚将辛辛苦苦二十余年的积累输得精光。那吕光听闻主子军事颓败，走到凉州便自立为大凉王了，也恰好圆了萦绕自己心头的帝王之梦。本来那位骁勇善战的大将对鸠摩罗什是缺乏尊敬的，曾把大法师灌醉与龟兹公主关在一起，企图奚落佛僧的戒规，但他一路相伴发现这位高僧果然学问了得，便软禁凉州不准出城一步，而这一住就是十七年。

古寺内的卵石路与寺外的柏油路如今是相连的，那大路会一直向西翻过一座座山峦，越过一条条沟壑，最后会毫不犹豫地抵达古凉州。但这道天然屏障还是没能抵挡住后秦国主姚兴的马蹄，终于在一个星光闪烁的夜晚军队攻进了凉州城。想想那前后秦时期战争频仍，国家要料理的军国大事堆积如山，但两朝国主依然不减对鸠摩罗什的热情，最终后秦姚兴思贤心切，朝思暮想，索性出兵占领了凉州国，只为能将鸠摩罗什抢回长安。有人说这是中国历史上唯一的宗教战争，似乎也有几分道理。从此，姚兴将鸠摩罗什视为国宝，尊为国师，每有大事便与之相商，双方辩经论佛通宵达旦，若有闲暇更是促膝相谈，从释迦牟尼的苦修到菩提树下的觉悟，从佛经无常无我的深奥到具足戒律的守成，无所不论矣。这可能让今天的人们大为不解，堂堂国君为何这样宽待一位外来的和尚？

竹林的幽静可以过滤掉很多尘世的烦恼，也让人的内心强大起来。这后秦国主对高僧的崇拜是发自内心的，能够做此安排也是善心驱使。后来鸠摩罗什开始去草堂寺主持佛经翻译，姚兴给他提供了无与伦比的条件，稍有空闲还会跑到草苫棚下嘘寒问暖。从此那草堂寺便算得上国字一号译场了，最多时更有三千人苫棚下听讲。这译场流程可谓严格，有译主、复语、证梵、笔受、润文、证义、校刊之分，从此佛国传来的经典便有汉文版流传开来了。那部被净土宗的佛门弟子奉为明灯的《金刚经》，史上屡有高僧译著，如今看到的就达六部之多，但公认外来的和尚鸠摩罗什编译的最为漂亮，已成为佛门各宗的必修经典。如此看来大法师在凉州十七年的羁押也有裨益，使得他通晓了汉文，从而在梵语与汉文间架起了一座美丽的桥梁。

这小道上的鹅卵石不知道是从哪条河淘上来的，已经没有一点点棱角了，踏在上边心绪也会圆融起来。那后秦国主对待大法师的确太过热情，不但御批国库供养，柴米油盐当然不愁，还匪夷所思地给鸠摩罗什送去十位侍女，专门料理高僧的起居生活。后人便编出一个大法师口吞钢针从四肢钻出的神话，想为破戒找点依据，但对错与否至今议论还未止息，以致鸠摩罗什羽化之前曾告诫弟子只学他的慧果，“莲花生于臭淤中，只摘莲花不取泥”。这让人不由得想起鸠摩罗什年轻时就有印度高僧断言，如果他到三十七岁还能守持戒规，必会成为第二个释迦牟尼的。

然而，这就是天意。

竹林深处竟珍藏一座精美的八角亭，里边罩着一尊古风石塔。塔虽不高，却称是由七彩玉石砌成，上有歇山圆顶，下有莲花宝座，却难以分辨赤橙黄绿青蓝紫了。原来这就是鸠摩罗什圆寂后的永生之地。细看那塔身刻满莲花缠枝，遍布飞天祥云，还有断断续续的碑文让人琢磨。那大法师是在七十岁的时候驾鹤归天的，传说他曾留下遗嘱，如果他的肉身炼化后舌头不烂，译著定会成为经典。果然，炭火之后那舍利子里真出一肉舌状的，这便惊得几百位僧人匍倒在地，不断地喃喃“阿弥陀佛”。果然，鸠摩罗什译著《中论》《百论》《十二门论》成了汉传佛教三论宗的经典，后来大法师的文采与中国的哲学和文学相融通，也潜移默化地影响了世人方方面面的生活。我特别佩服大法师对中国文化的领悟，他一生把精力都放在译解佛陀的精髓上了，在这个过程中大量吸收了儒教道教之说，使得佛教与汉地百姓日益亲融。他没有自以为是外来文化而孤芳自赏，这绝对是一个值得钦佩的卓越壮举，以至于他的学说日后影响了汉传佛教的发展脉络。

卵石路拐过一个小弯，那与舍利塔相伴而生的“草堂古井”，早已被赞为关中八景之一了。走到近前只见一口石砌的六角水井，影影绰绰，井底水波晃动，却是不见有雾溢出。唯有石棱刻有歌颂古寺烟岚的诗作，人们搜肠刮肚把古井的优美与神奇夸耀得奇妙无比。如今有人武断这口古井可能恰好与地热相通，便有紫岚雾气由下涌出，悬浮在古寺上空，使得寺庙洋溢着朦胧的仙韵。我想，当年古寺有一代高僧在此坐堂，已吸引了三千释僧在此修行，前来敬佛的百姓也一定是络绎不绝的，所以那烟雾可能就是香火旺盛所致，在那农耕时代也算是个梦幻般的妙象呢。

我徜徉在翠绿之间，耳畔竹林风吟飒飒，心想脚下鹅卵小道也许印有高僧的足印，在这里禅修是一定要天天在这小道上行走诵经的，也许会感应到大法师的神韵，提笔作文也会多点仙气？如此看来那供奉大法师的佛堂唤名“逍遥”也是恰如其分的。这条卵石小道最后是通往竹林西边的，西边本来还有一片塔林，却在后来被毁埋入地下了。不过稍感安慰的是，当时有位和尚担心寺院珍藏的鸠摩罗什译著的《大藏经》被人发现，先是埋到山上，又怕雨泡成汤，深夜刨出交给了当地的图书馆，才算侥幸躲过一场劫难，现在那经书封面斑痕点点直看得人揪心呢。试想那些遗毁的古塔若能有贵人相助存留一二，使得这片竹林能与塔林遥相呼应，经书也能唤作琅琅诵语萦绕上空，正好给安息在七彩塔里的高僧创造一些禅意，那该是一幅多么令人感动的梵景啊。可惜，竹林哗哗有言，塔林默然不见。

但草堂寺迷人的故事已然在逍遥堂里经久传诵，大法师的学问也在那片烟岚中越发清晰了……

2015年6月17日于北京

发表于2016年第2期《美文》

玉华宫之路

我是小时候从西游记的神话里知道玄奘这个名字的。那时只知道他一念咒语就能把孙悟空拿捏住，知道妖怪想吃他的肉长生不老。长大后磕磕绊绊地读了大雁塔的碑碣，才知道史上还真有个西天取经的高僧，不但率领马队从印度驮回几十箧佛经，还将梵文翻译成了老百姓能懂的汉语。近来丝绸之路热络起来，使得玄奘越发地引人关注了，那最后的归寂玉华宫便勾起我拜谒的念头。

我没想到那佛风绵厚的玉华宫会深隐在桥山老林里，曲折颠簸的路途很快便失去了闲逸，似乎成了玄奘法师艰难行程的诠释。车子终于驶上一个高巅，我回望泛着枯黄的山峦，似能依稀分辨出密林丛中的小路，似有古衫负笈人在影影绰绰地迈步。是的，那年玄奘孤身从玉门关“偷渡”出境的时候，只是个年仅二十八岁的年青僧人，是凭着超人的意志踏上茫茫旅程的。听说宋人创作的那幅“负笈图”是玄奘留存于世的唯一形象，而今藏在日本哪个博物馆里被奉为至宝。的确，以前我认为玄奘所以要历千难去“西天”取经，是东土大唐佛经稀缺，后来才知晓当时的佛教势力已经蔚为可观，西域人鸠摩罗什译著的三藏经卷已遍布寺庙塔垣，而且高僧辈出，各领风骚，到处弥漫着礼佛氛围。唐初诗人杜牧就曾发感慨：“南朝四百八十寺，多少楼台烟雨中”。陪同的玉华人坦言，玄奘当时认为眼前释盛，已然丢掉了佛陀本真的教旨，是为佛界之乱象矣。所以他期望通过取经弘法能“重树”佛教“正统”，至今想想大法师当年的抉择依然钦佩不已。

似乎轮下的道路平坦起来，两边的树木旌旗般向后快速倒去，刚刚的颠簸似乎在衬托现在的舒适。我想，玄奘的壮举相当成功，待他从印度归来的时候，正逢中国历史上辉煌的贞观盛世，大唐皇帝唐太宗知悉他历经十七年磨难，从西域取回佛典和舍利不由得大为感动，派出丞相与大臣出城远迎为唐争光的一代高僧，还举行了声震朝野的欢迎仪式。尽管此时玄奘的袈裟还沾着异域风霜，但他内心志得神定，依旧延续着印度曲女法会上的儒雅。可谓：华盖当蔽日，信众四海来。万人空巷跪，玄奘携经归。那惜才如命的唐太宗见到玄奘如获至宝，随即遣人将长安城内的慈恩寺改造成皇家译场，这个浩大的寺院占地五百余亩，大概是今日大雁塔的七倍了。

后来，玄奘在慈恩寺度过了十二个春秋，那应该是玄奘一生中最为惬意的时光。白天他手持特别“通行证”，可以随意进出长安城里那片万众仰慕的宫苑，可以与圣皇纵论西域风情逸事，也可以对朝纲政要发表见解；晚上才召集弟子们围坐在译场，一句一句地解疑艰涩深奥的经文。而唐太宗对玄奘恭敬如国师，不仅应玄奘请求为译著亲撰了《大唐三藏圣教序》，还敕命官银刊印发往皇家寺庙。后来，还几劝玄奘还俗入朝为官，但玄奘面对这般盛情诱惑，表现了一代高僧的清高傲骨，坦言今生要把梵经译完，以匡正风靡社会的种种“歪理邪说”，玄奘的德行感动了万千信众，以至于满朝官吏和黎民以能眼见这样一位圣贤而感到三生有幸。由此可见，唐太宗对他的器重已到了令人嫉妒的程度。

但是，当我们慢慢驶近玉华宫高阔的门阙，心情还是不由得沉重起来。现今的门阙修得斜山挑檐华彩绚烂，似乎想唤起人们对当年皇家避暑胜地的辉煌记忆。然而，玄奘当年一定是乘着御车慢腾腾进入这道门阙的，当时的心情也一定郁闷难耐。这位庄严博学的大德，在唐太宗给他营造的曼妙般的氛围里，可能编织过一个藏于心底的天大秘密，就是通过佛养滋润将唐太宗度为中国的阿育王，从而借助皇权推动弘法崇佛，否则何必天天不厌其烦地伴驾左右呢？然而，玄奘法师毕竟是一位出家僧人，他显然高估了自己与皇室的关系，竟然试图改变佛教的社会地位，曾几次向唐太宗表奏，要尊佛教于道教和儒教之上，僧侣免受刑律的管辖。谁都知晓李唐王朝一直将道教祖师李耳奉为祖先，这些懵懂的提议显然使圣皇感到了难堪，但唐太宗毕竟是个雄才大略的政治家，他后来下旨让玄奘将《道德经》译成梵文，就是对大法师一个委婉的提醒。

忽然山路颠簸起来，一个凹坑使得车子弹起来，身体东倒西歪，头也碰到了顶棚，却又不好抱怨道路的坎坷。估计玄奘接旨后没有警惕，依然固执己见，还会不时露出一点不屑。那唐太宗心里一定恼怒了得，却又不好无端发作。终于，他遇到了狠狠敲打大法师的机会了，玄奘的得意门生辩机竟然收藏了公主一只宝枕，被人发现举报了。传说这位高徒一表人才，那部不朽的《大唐西域记》，就是由玄奘口述，由辩机整理成书的，至今这部巨著的署名仍是他们两人。玄奘当然知道此乃佛门大忌，可这个难得的弟子若能潜心修炼必成高僧。当时他可能想恳求皇上刀下留人，但唐太宗没有丝毫犹豫，敕命腰斩辩机于午门，声声哀号，越墙破垣，令人心碎凄然。尽管这桩情案本与玄奘无关，但公开施刑透露了朝廷对大法师的轻蔑，其中的意味让人不寒而栗，也一定让玄奘久久难以释怀，只能悄悄把爱徒骨灰放在译场金台，示意弟子在天之灵依旧伴随着弘法伟业。

后来的新皇唐高宗似乎对玄奘戒备有加，有位朝臣大概摸到皇脉，竟然一口气向法师提出佛学四十疑，想不到皇上竟然下令设坛论辩，你来我往，唇枪舌剑，尽管最后的结局似乎玄奘占了上风，但对一代高僧尊严的挑战是复杂无比的，可谓虽胜犹败。此时此刻，此情此景，出家为僧的玄奘当然明白急流勇退的道理，于是再次恳请唐高宗恩准他到河南少林寺修行，那里毕竟远离皇室，也与家乡近了许多。但是高宗只允诺他往玉华宫译经，还在表奏上御批了"切复陈情"，四个冰冷的小字浓缩了皇室对他的全部感情。后来，已经六十多岁的大法师只好对外界宣称，为避烦扰去深山老林弘法译经去了，而内心的纠结应该是他挥之不去的郁闷啊！

沿着曲折的石阶走进一处林深草密的山坳，眼前豁然出现一面泛着褐红的崖壁，一条掏凿的石廊起伏着伸向山峦深处。玉华人指出这就是当年玄奘的译场肃成院，那地上还依旧痕复修了三圈基柱，再现了大殿的规模和形制。但我看那些石柱围成的面积绝不算宽敞，唯有峭壁上深深浅浅的凹槽与之遥遥相应，似在顽强地发散着大唐王朝曾经的巍峨。那后面的过洞曲径通幽，还沿壁拥挤着一个一个的龛窟，里面的佛像已了无踪影，只在龛外隐约可见护法神的轮廓。玉华人信誓旦旦告诉我，玄奘当时每天斋后会沿石廊散步，侧身可观大千天象，回眸可见佛窟的肃穆。

出得洞口有一条漏水石槽，上面还像煞有介事地覆有一块钢化玻璃，以示玄奘当年就是在这儿小腿摔伤，久卧不起驾鹤西去的。众人听罢围在一圈不禁唏嘘起来，想那时玄奘骨伤在床，精力不济，法相日衰，知道自己将不久于梵尘，不由得抚摸着未译的经卷，不禁感慨岁月的沧桑和蹉跎，少年志向至今未了，尽管皇恩浩荡尽享荣华，但从那烂陀寺带回的佛典还没有完全打开。玄奘心里涌满了深深的悔意，千不该万不该，历经千难万险回到长安，却把黄金时间耗在与皇室的纠缠上，以致多少岁月白白流逝了。

且请释怀：前朝多少事，回首错错错！

当然玄奘在玉华宫最后四年，凝心聚力，废寝忘食，翻译的经典超过了在长安的十五年，但距离法师的志向仍有遗憾，那可是他在佛祖塔前许下的宏愿啊！玄奘仰望大殿里释迦牟尼法像，不由得喟然长叹，喃喃念诵弥勒佛经，声若呜咽，气如游丝，慢慢地闭上了疲惫的眼睛。当那朝廷知悉病情，急遣御医快马赶到玉华宫，大法师已经圆寂升天多时了。

离那肃成院遗址不远是玄奘法师纪念馆，青砖红梁，古典优雅，然而顺着玉华人的讲解我惊诧地看到，橱窗里竟然绘有一张玄奘创立的佛门“法相宗传承表”。我定定地凝视良久，不禁悲从中来，想不到大法师圆寂之后，众弟子竟然一个个都默默散去了；想不到玄奘的衣钵只在我国传承了三四代就了无踪影了。仔细询问才明白，那玄奘一生专注于佛学的印度化，似乎要将修行慧果与种姓挂钩，高等人修行便会点化觉悟，末等人即便毕生苦修也难抵佛界，这就与吸纳了儒道文化，宣扬人人均可修炼成佛的其他门宗产生了对峙，广大信众也就对其敬而远之了。看来佛论也要不断吐故纳新，才能接地气流行开。

又有山风忽然刮过，更掺着丝丝凉意，我仰望层层叠叠的枯树山林，看着那崖畔上一排排白花花的冰挂，胸中忽然升腾起无限感慨。崎岖的山路一直伸向低垂的云头，真像有披着袈裟的僧人，在缓缓走进西天的妙境，也把国人的气魄和智慧永远镌刻在西行途中了……

2015年3月8日于新城

发表于2015年第7期《作家》

诗仙之梦

走进被绿树环绕的大明宫遗址，看着那微缩了的大明宫城，不是那雍容的建筑布局让人振奋，也没兴趣追寻哪座宫殿的坎坷，却不知怎么总会想起那位浪漫而又可爱的唐代大诗人李白来，常常会随着诗人的吟诵而使历史在眼帘演绎开来。

那位天才的诗人是在天宝年间走进恢宏的大明宫的，是被唐玄宗一纸圣旨召进了宫内翰林院的。当时的李白梦想入宫施展抱负的愿望十分强烈，当他接到进宫任职的诏书时，曾经高呼“仰天大笑出门去，我辈岂是蓬蒿人”，其得意之态跃然纸上。史传那唐明皇闻听李白前来觐见，曾“下辇恭迎”，绝对是一种高规格的礼遇。后来还同进午餐，唐明皇甚至亲自为浪迹天涯的诗人调羹递碗，能得到这般尊宠几乎是前所未闻的。而这个极为夸张的待遇反映了唐玄宗爱惜人才的胸襟，也是李白的诗篇在朝野引起轰动的延伸，当时一定引起了不知多少羡慕嫉妒。

昔日的大明宫红墙高耸，只有鸟儿可以飞进飞出，而今的大明宫却仅仅模仿着几座大殿曾经的巍峨，满眼望去也只有大树小树和草坪了。那李白一步步走进这座梦寐中的宫殿是要压抑着心房跳动的，多年的梦想哗啦一下拉开了序幕，让诗人有些目不暇接，但他坚信自己的路走对了。当初他本是有能力参加科举求取功名的，那会是一个简单的过程，但是大才子注定要有别于平庸，他走的是皇亲举荐的道路，似乎有点今天拜山头找门路的味道，其实这也正是李白“天生我材必有用”的自信表达。后来诗人跑到在秦岭脚下出家的玄宗妹妹门下攀附了两年，当然也算是自我举荐了。

终于在十年后，唐玄宗坐稳了江山，竭力要搜遍天下英才齐聚大明宫，以昭示本朝的开明豁达，李白便在这种背景下幸运接诏了。不过，唐玄宗对诗人的热情依然是居高临下的，那天饭后就派李白到翰林院就职了，只给了区区一个“待诏”的职衔，听其名就明白是一个时刻等待皇上召见的闲差。而且翰林院里的“待诏”尽是英才，盛名天下的诗人、画家、歌者都会集进来，是为皇上才情勃发时助兴衬托的。所以有传闻李白入宫后，朝廷曾让诗人写过一篇给吐蕃王的信函，估计也是后人善良的愿望。

大诗人步入朝堂开始了一个春天里的童话。

我盯着那大明宫庞大的“沙盘”，鳞次栉比，疏密有致，问及翰林院的位置，却是久久没有定论。但我想那翰林院应该是在大明宫哪个角落的，否则当年唐玄宗与杨贵妃在隔街相望的兴庆宫里赏花言欢，忽然感觉那李龟年率领的梨园弟子的说唱缺少新意，便遣人去找李白来唱和一曲，如果距离很远诗人是不会马上出现的。那块牡丹烂漫的宝地，曾是李隆基登基前的府邸。当年唐玄宗本不是太子，但父亲却把皇位传给他了，有情有义的李三郎登基后，仍不忘太子禅让之情，时常回到兴庆宫与兄宴饮，共赏花开，共枕同眠。时有晚会也热闹空前，常常会点燃上千灯笼，数百宫娥欢笑嬉闹，花容月貌，灯红月圆，且把大唐的繁盛演绎到无以复加了。那天大概就是这样的场景，都传那酩酊大醉的李白很快被宫人用蒲团抬了进来，显然诗人饮酒过量已入梦乡，可到了皇上面前慌忙抖擞精神，借着酒劲大叫丞相快快研墨端笔，还伸出长腿让权倾一朝的高力士脱靴侍候，现场人都惊得目瞪口呆了，而如此的“豪爽”却让皇上感到幽默与惬意。然后半醉半醒的大诗人在众目睽睽之下，提笔蘸墨，在金花笺上挥毫写下了惊艳的《清平调》：

云想衣裳花想容，春风拂槛露华浓，

若非群玉山头见，会向瑶台月下逢。

其实当年站在大明宫最高的麟德殿上，是可以望见兴庆宫的花萼相辉楼的。那座阁楼曾是大唐的四大名楼之一，绝不似今天复建的这般猥琐狭促。当天若是欢闹够了，唐玄宗还是要回到大明宫的，那紫宸殿里堆积的奏本还在等待批阅。但这首《清平调》一经诵出，便将花与人浑融一起，描绘出人花交映的迷离景象，似把贵妃的美艳和娇柔形容到极致了。唐玄宗听闻艳诗早已忘掉了一切，不由得连连击掌叫绝，杨贵妃也禁不住长袖起舞。这首乐府词似乎也是李白进宫以来最为醉人的华章，诗人进宫两年写过许多诗作，但大多是些附和皇威的应景作品，没有这首乐府绝妙动人。

只是当年大明宫里的道路应不似这样曲曲弯弯，前往含元殿上朝议事，一定笔直得让人心颤，只听步履匆匆，只见曙光初现，只盼能在朝堂展露风采。但那位天才诗人却没有这种经历，他的思维与宫闱礼仪有着天壤之别。诗人本来也梦想通过朝臣之位实现“兼济天下”的宏愿，但是进了宫墙坐上交椅，才知道翰林待诏只是个难进朝堂的闲吏。所以，生性豪迈的李白为排遣忧虑，只能整天把酒壶当成宝贝，不喝不醉不罢休。岂知这更是官场大忌了，那位对李白情有独钟的杜甫听到诗人的醉态，忍不住写下这样一段诗：“李白斗酒诗百篇，长安市上酒家眠，天子呼来不上船，自称臣是酒中仙”，活脱脱一个酒鬼的形象。而这样的形象想躲在大明宫里混饭是难上加难的。果然，很快有人谗言他的《清平调》有讥讽杨贵妃之意，好多文章都认为这是牵强附会的污言，是想挑拨诗人和皇上的关系，而我咀嚼再三，觉得诗里还真有那么点味道。诗人进宫了，本以为胸怀良策可达天庭，却没想到整日伴驾左右，尽是些阿谀奉承的活动，这让生性洒脱放浪的诗人“借酒浇愁愁更愁”，在酒精作用下禁不住流露出了真性情。请看：

一枝红艳露凝香，云雨巫山枉断肠，
借问汉宫谁得似？可怜飞燕倚新妆。

名花倾国两相欢，常得君王带笑看，
解释春风无限恨，沉香亭北倚阑干。

感觉被人讥讽龙颜必会大怒，但唐玄宗毕竟是一代旷世圣皇，对李白的风骚有独到认识，最终反而满足了诗人的愿望，赐金放逐，任游四方。显然，李白兴致勃勃进宫求达功名的梦幻就此破碎了。可想诗人离开大明宫翰林院的那一天，心情一定五味杂陈，一定会到曲江找一家酒肆，直喝得昏天黑地，多年的努力从此归零了。但卸掉了套在身上的羁绊，又可以随心所欲地写诗了，从此诗人又开始了浪迹天涯的行旅，大江南北步履所至又飘来了篇篇佳作。

我注意到那微缩的沙盘里，大明宫里的道路尽管繁杂，却都是曲径通达的，无论在哪个角落都可以抵达皇宫大殿。但现实生活就不总是如此了，谁也没想到独步朝堂的梦想始终在影响着诗人的行为。似乎机会又来了，安史之乱，天下哗变，李白不识时务地参加了小皇子李璘的队伍，没想到这支队伍成了朝廷平叛的对象，且草率成军不堪一击，李白也锒铛入狱。要不是众多好友鼎力相助，诗人的后半生可能就会是另一种悲惨模样了。

但是，我们用不着为诗人的命运唏嘘，也用不着为李白的前程遗憾，人们稍加留意就会发现，那李白出宫后写的诗更加绚美灿烂，遭难后写的诗更加隽永朴原。那篇《蜀道难》，可能就是他对仕途命运的总结；那篇《梦游天姥吟留别》就是他的抱负难以施展的感叹。

精彩的千古绝唱迷醉了大江南北！

今日我站在大明宫遗址里，看到建设者为再现历史所做的付出，浩繁瑰丽，郁郁葱葱，不由得想起李白那首乐府诗，想起天才坎坷的命运。但我们似乎大可不必怅然若失，诗人就是诗人，李白就是李白，正是命运的坎坷，正是他在大明宫里的碰壁与放浪，才可能让上天赐予他更加卓越的才情，才可能成全他之后的浪漫华章，这对诗人来说又算是成功了。可谓，大唐少了一个无聊的官吏，诞生了一个永远的诗仙。

呵呵，让我们为李白的磨难干杯吧！

2015年6月21日于新城

发表于2016年第9期《中国作家》

柳公权之墨

关中曾是古时京畿之地，不知黄土之下藏有多少秘密？

这是渭北高原上的一座普通村落，一片黄土坡上，错落无序的房屋，像上天随意挥洒的墨迹。有的歇山铺瓦，似饱蘸的浓毫刚刚刷过；有的水泥平板，似迟滞的干笔涂抹留痕；而午饭时分家家屋顶冒出的缕缕白烟，像要把整个山梁晕染一遍。这里大多数农家都有块狭促的小院，可以透过虚掩的门扉，看到里边零乱的农具和檐下的玉米。但这座品貌不扬的小村子却有一个令人敬慕的名字——让义村，许多熟悉柳公权的人都知道，一千二百多年前，一对朝廷命官曾在这里演绎过一段感人的佳话。

然而，我屈身询问一群树下乘凉的老者，全村却没有多少柳姓人家。原来柳公权的故乡是在距此三里外的柳塬上，这里是后来为之守陵的胡姓人后裔形成的村落，虽说现在村里已找不到点滴唐代的痕迹，但全村老老少少都知道，村北处就是盛名之下的柳氏墓园。史载那里是柳公权的哥哥柳公倬当年选中的风水宝地，就势修造了两座墓穴，依传统排序哥哥应为上位，但他觉得弟弟柳公权名贯朝野，便执意把上位让给弟弟了。可那柳公权也格外遵守孝悌坚辞不就，后来柳公倬先行去世就直接葬在了下位。待柳公权八十八岁谢世后，也就只好在上位坟茔里安息了。从此这段棠棣之情流传开来，耀州人索性把这个村子称为了让义村，正好承载那个感人的史迹。

不过，村口有棵老槐树也许见证过两位兄弟的情谊。那棵老树实在有些年代了，早已爆成了鳞状硬皮，层层叠叠，开裂干枯。而那扶摇直上的树冠浓浓地围成了圆顶，把阳光和阴凉分割开来，若有人走近树下，当会感觉一股清凉绕人吹拂，恰似书法家的狼毫挥动不已，还隐约可嗅一丝丝的墨香呢。

顺着这棵老树的指引，走不多远便会见到土塬上用砖围住的一处园子，规规整整的，却不见屋檐露出。待走到门前，才透过铁栅看到墙里是一座坟丘，又一座坟丘。两座坟丘似也不高，地角一圈都用青砖箍就，形成了圆锥形，坡面拥挤着细密的青草，零星的野花无奈地摇曳着身影。墓园门前没有题额，里边也没有可调动人情愫的古痕，唯有坟前的两方碑石是清代巡抚毕沅所立，一块刻着“唐太子太师河东郡王柳公公权墓”，另一块刻着“唐兵部尚书柳公公倬墓”。显然是为照顾那段难以割舍的情谊，巡抚大人提笔一挥就是两幅楷书。只是大师墓园竟然这般清静着实让人心惊，抬眼再望，两碑孤立，周边再无人文遗迹，更谈不上曾经的显赫了。有朋友便在一旁嘟囔，文化底蕴深厚的耀州怎会冷落中国书法史上的卓越人物？望碑怀古，感慨连连，更有高原寒露越过墙头停驻墙里徘徊，发出了断断续续的怒号，我想墓主人可能也对此待遇不甚舒心吧！

出那简陋的围墙漫走几步，前面又是一条长坡，恰好把柳氏墓园团团围住了。坡下依旧绿草丛丛，却也不见祠庙旧痕。耀州人绝对知晓柳公权在书法史上当是一代大师，当今书坛哪位迷醉汉字之士，敢不临柳体而妄论书法啊？那流传至今的《玄秘塔碑》《金刚经碑》《神策圣德碑》，林林总总，少有十多方碑碣字帖供人摹学。史上书家议论柳公权的书法，“瘦硬均衡，斩钉截铁，爽利挺秀，骨力遒劲”，故有“颜筋柳骨”之说，从而成为后世的楷模。的确，一手好字为柳公权赢得无上荣光，当朝便成为人们追逐的墨宝。当年唐宣宗时，皇亲国戚时常围他求字，笔毫之下便常有训诫隐含其中；更有公卿大臣趋风附雅以求不到柳公权题写的先人碑文为不孝不忠；甚至外夷入朝进贡面见皇上，也会派人索购柳公权的书法尊为礼物，足见柳氏书法当年穿云破雾的影响力了。然而，堂堂书法大师的故乡，却没能留存下一方柳碑，这不能不说是故乡的遗憾呢。

而且让耀州人感到难堪的是，距离让义村百里之外的蓝田县竟然也有个柳家庄，也有柳公权的封土遗迹。传说那座坟茔是在两坡间的一条川道里，已被岁月风潮荡涤得没有一点痕迹了，只有个拥挤的村落掩映在绿荫之中，透露着远离尘世的静谧。不过，这片村落的人都姓柳，而且柳家后人还悉心保存着柳氏家谱，泛黄残破的族谱尽管缺少柳氏书法的风韵，但明确记载始祖为柳公权，还记载着家人因此而戴上了“奉祀生”的桂冠，享受着“香火秀才”的待遇，也即不经科举可直接授予柳家后人秀才功名。我们顺着一位老者的指引，果真见到一尊雍容的石羊，羊乃吉祥也，似乎这些点滴遗迹都在昭示这里曾经的华贵。听说村里还有一座柳家祠堂的，后来被人毁了；村外还有二层楼高的封土，也被农夫前些年挖去做了肥料；就连眼前这尊石羊本在村口学校里，也被人盗走刚刚追讨回来，现在也只能孤零零地卧在角落，哀叹着今日难堪的境遇。

我们沿着一条小路慢慢朝上走，山间的灌木密密匝匝地拥下来，只有那树枝相互挤压的声响传出来，把藏在林间的鸟虫惊飞一片。那柳公权无疑是一代书法大师，墓穴内一定会放置心爱的文房四宝，也许还有自己得意的墨迹。史籍既已确定耀州为柳公权的故乡，那古时的达官贵胄死后是讲究叶落归根的，何况哥哥已为他掘好坟茔岂有不入之理？所以这蓝田的柳公权遗迹是真坟还是假冢呢？

我站在树阴稀疏处朝山庄望去，村里一层雾霭正在渐渐淡去。其实，蓝田柳家庄不难解释，应是柳公权直系后人的所在地，依据儒家风俗，他们既享先人的恩惠，必然要按时给祖坟烧纸。但是古时交通不便，从蓝田到耀州是要走些时日的。于是，柳氏后人为祭祀方便，就在家宅旁建起柳氏祠堂和衣冠冢，一则可以就近拜谒先祖，二则也使圣贤后裔的待遇能够延续。所以，尽管耀州让义村胡姓居多，正是守陵人集聚而成；蓝田柳家庄柳姓为主，正是柳氏后裔繁衍之地。况且，那清代毕沅也一定是考证了两处柳公权墓冢之后，才在耀州为柳公权兄弟立下碑碣，否则堂堂巡抚岂会随意落笔妄称啊。其实，这两处墓园遥相呼应，寄托着人们诸多情愫，我想有朝一日发掘了墓园封土，如果地下能有遗存，肯定会是一个惊世发现。当然，书法在我国这么受追捧，耀州作为柳公权的故里，若能将散落各地的柳公遗墨拓印勒石，营造出一片书法艺术胜地，那将会是渭北高原又一张亮丽名片呢。

我走着想着，思绪似乎也如泼墨般狂舞挥洒起来……

2015年9月25日于匈牙利

发表于2016年7月20日《中国文化报》

上官婉儿之殇

谁也没想到，咸阳北塬上这条新修的柏油公路，会遇到大唐王朝上官婉儿的墓。

这的确有点刺激，上官婉儿可是一个能够调动人们所有想象的人物啊。但这不能埋怨我们的工程设计者惊扰了一代名媛，在浩如烟海的文献中就没有记载这位才气逼人的“女丞相”葬在哪里的蛛丝马迹，也曾有过一些好事的青年才俊为此伤神许久而一无所获。那天是个阴霾浓厚的上午，几位手执洛阳铲的探方工人劳作中突然发现土质异常，经过细细勘查，方知遇上了一座形制不小的唐墓。尽管地面上没有封土和碑石，但是剥开曾经挠动过的黄土，呈现在人们面前的竟是一个典型的唐代贵族形制的大墓。

于是探秘的渴望便腾云驾雾了。

沿着那条从地表深入地下三十多米的墓道朝里走，尽管不时有渣土落下，更有土腥气逼近来，却因有四个从地面通到甬道的天井而不感到憋闷，反而能感受到长长甬道散发出的大唐王朝纷乱的气息。那上官婉儿乃一介女流，却能在两代皇帝身边游刃有余地活跃了二十七年，该有多么过人的胆识和能力啊。如今已不可知，上官婉儿是否知道祖父上官仪和父亲被武则天斩首的往事。想想她从小生活在武则天的裙裾边，长期操持文案，应该对长辈的悲惨有所耳闻。但是令人惊叹的是她无论是得意还是失落，竟然没有一点点的流露，始终以忠诚的形象生活在武则天的帐前殿后，长期掌管着宫廷的核心机密，这若没有超凡的智慧是难以想象的。当然，她一生也有过难忘的惊悚，据说有一天武后与宰相们议事，让她卧于案下记录。且不知婉儿为何好奇露头偷窥，却不幸被武后发现了，退朝后武则天勃然大怒，竟将一把小刀扎进她的额头，还凶狠地斥命不许拔下，聪明的婉儿含泪咏出一首“拔刀诗”才得以让龙颜平复。

这似乎是她的才气帮她躲过一劫，后来上官婉儿为掩饰疤痕在额头贴了朵梅花，一时间嫔妃们竟然纷纷效仿，看来超人的才华让名家举手投足都可能成为典范。然而发生在景龙元年的惊悚就不那么浪漫了。那年太子李重俊疑虑上官婉儿进谗言，他怀着恐惧和仇恨，提剑赶到宫中执意追杀灭口。上官婉儿知讯后匆忙跑到中宗和韦后寝宫，历数太子阴谋篡政的种种

"劣迹"。中宗震怒，亲率御林军当场杀死了太子，使上官婉儿躲过了迫在眉睫的杀身之祸。其实，在很长一段时间里，上官婉儿就是一个让皇上放心的记事女侍，但这个职位又隐含着运筹帷幄的丞相名分，便使得各种遐想纷至沓来，也让富贵荣华裹满了全身，这也是人们对这个突然发现的大墓理所当然的期待。

可是这条狭窄不足四米宽的甬道，丝毫没有大唐的气度，两侧墙壁没有在很多皇家墓道见过的精彩壁画，也没有在唐代官侯的灵穴见过的金银重器。长长的甬道似乎把世间的风霜都卷进粗糙的黄土里了，仅有的四个小壁龛不情愿地迎接着久违的光照，几尊平庸至极的三彩立马、骆驼和胡俑杂乱无章地拥在里边，尘土蒙面色彩暗淡，默默陪伴着昔日位高权重的主人。其实，上官婉儿的生命里还是充满了艺术品位的。她非常喜欢收藏古籍善本，每年都要把藏书摊开用香樟熏染，以致后来那些书籍散落民间，依然能发散出悠悠的木香，一时间成了收藏界难得的珍品。她甚至继承了爷爷的"上官体"诗歌，婉约而又细腻，竟风靡皇宫深殿多年。人们时常提起的那首《彩书怨》，读来可以感觉到她对自然的向往，以及她心灵深处难以释怀的忧伤。她还常常率领当朝的顶级诗人，举办一些被今天的年轻人称为沙龙的艺术聚会，连皇上也会赶来捧场，甚至让她做最后点评，被她评为上品的诗词皇上会当场赐金赏银，想来当时能参加这样的聚会该是多么荣耀啊！

然而，这条穿越了十四个世纪的甬道丝毫感觉不到艺术的气氛，没有音符，也没有诗歌，更没有舞蹈的图画，赤裸的黄土在袒露着本真的故事，甚至能清晰看到匠人们匆匆凿壁的斧痕。待走近第三个天井，前面蓦地闪过一道黑光，一合漆黑的墓志端端正正卧在甬道中央。近前细瞅，盖上篆书“大唐故昭容上官氏铭”，字迹雍容而又流畅。再小心掀开志盖，一行行俊秀的行书记述了墓主人哀荣的一生。可能是上官婉儿的结局太过悲惨，墓志的撰者与书者都没有留下姓名，但字里行间可以隐约感受到惋惜和哀痛。墓志还透露了一个鲜为人知的信息，上官婉儿一生曾给李家两代皇帝为妃，但细想给中宗做妃已不可能，当时后宫佳丽云集，上官婉儿再有姿色才华，也扛不住岁月的磨砺，一个年过四十的女人要纳为皇妃是难以想象的，所以“婕妤”应是后宫女官的职位。

似可理解墓志对上官婉儿的结局曲笔带过，但谁都知道杀戮始终像幽灵纠缠着大唐昭容，她的死简单而又复杂。她那天在得知睿宗之子李隆基起兵压城后，手捧一份她给已故女皇帝起草的拥立李家人继承皇位的遗诏站在城门下，以示自己对大唐王朝的忠诚和坦荡，但是这个极具创意的精明举动没有感动后来的唐玄宗，她当时就被斩于旌旗之下。这似乎有些不合情理啊，但想到李家社稷曾被一位女人褫夺了二十多年，答案也就不解自明了。

然而走进甬道尽头的墓室，环视四周，所有观者都会感到震惊。偌大的地方居然被拱顶崩塌下来的砖土堆满了，甚至揭去全部塌土也没有一点点棺椁的痕迹，连地砖都揭得一块不留，更没有任何期待的陪葬物。这，显然不会是盗墓者所为。一种不祥的感觉涌上来，估计这位权倾一朝的“女昭容”，死后也没能得到安生，没能悄悄躲在离李家皇陵十多里外的一隅，静观朝代的变迁和动荡。从拱顶毁烂的状态看，估计当朝就有人把墓挖开，把棺椁拖出去，把墓室捣毁了。尽管唐代文献没有毁墓的点滴记述，但观者依然可以感受到李隆基登临皇位前的血雨腥风。

但墓志披露了一个公开的秘密，是与李隆基同盟的太平公主收敛了上官婉儿。这太平公主何许人也，乃是一个有着强烈权力欲的又一个皇家女人。她显然是想收拢上官婉儿的旧部，以壮大自己的势力，为日后可能的“登基”做准备。而这个挑衅性的动作，一定强烈地激怒了李隆基，在他剪除了旧日同盟太平公主以后，下令捣毁上官婉儿的墓穴便是必然的了。后来，唐明皇可能悲悯觉悟，敕令为上官婉儿编撰诗歌全集，也许就是为了弥补感情的追问。可能上官婉儿的命运过于悲惨，那部集结她文学才华的名著没能流传下来，只在《全唐诗》里可以窥见凤毛麟角。

看着空空如也的大墓，有人竟提议没有珍宝发现就此回填算了。我知讯大惊，空空如也本身就是一部大书啊。没有棺椁，没有宝物，没有了在世时的荣耀，只剩下素面朝天的墓志，更承载着震撼性的人文价值，正好演绎唐代“女相”显赫而悲悯的一生……

2014年11月3日于新城

发表于2015年第1期《剧本》

横渠之学

这几年眉县的横渠镇忽然热络起来，好多文人墨客都拥过去，想捕捉关学鼻祖的灵感。

我知道那是北宋张载当年在小镇上开过书院的缘故，那书院就称为横渠书院，那张载就称为横渠先生，那学问也就随着纵横的渠水流向关中沃野了。至今那小镇还保留着北宋时的讲坛，且距离很远就有招牌指引，当那白杨树与槐树浓密起来，就会看到一座关中风情的小镇清晰在面前了。这当然是一个古镇，尽管街道两边在竭力仿效城里的风尚，连那店铺的招牌也想表达宏大的念想，但时不时有灰瓦格窗的房屋突兀出来，使人感觉到岁月的叠压和快捷。

是的，那张载初出茅庐的时候，应该是位志向远大的青年才俊，曾在北宋嘉祐年间与苏轼、苏辙为同榜进士，却遗憾没有与大文豪结为文学同盟，当然也就没能留下脍炙人口的诗篇。后来他转向了《易经》的研究，而且学有所得，居然在丞相的支持下，开坛设学，讲解心款，以致招来年青的程颢兄弟的挑战。双方小试锋芒，张载竟然颇有自知之明地撤席罢讲了。但这场意外的尴尬使他痛下决心发奋研修，从此著述累累，弟子云集，令日后文人学者叹服不已。

在街上行走不远，便有处古风屋檐落入眼帘，院里老树新枝争先恐后伸出臂膀，招徕着被尘世烦扰的匆匆过客，更有黑漆大门挂着的四块牌匾，提醒着人们这里是个探讨学问的地方。当然，这地方的学问应是由张载发端的，他曾经身穿布衣长袍，手握黄色书卷，默默地站在门下发誓创立新说百世流芳，也给沉闷的哲学带来了一股清新的思想。这里我无意就他的理论成就烦琐叙述，但必须承认是张载依托这片黄土地，辛勤耕耘，劳苦收获，最终开创了影响中国哲学发展的“关学”一派。

轻轻迈进横渠书院，绿荫遮日，古木参天，廊庑一院又套一院，促人遥想当年先生讲学时的盛况。那时候人们从大江南北会集这里，多达数百人，绝对是想领悟真知灼见的。当时这横渠镇与京城开封有六百多里，与日渐衰败的长安也有百里之遥，一旦赶到这里坐下听课，便是要能耐得住寂寞的。我细细阅读那一面面介绍先生生平的展板，尽是横渠人想表达的不了情怀，尤其是那篇闻名于世的《西铭》，更让人感到关中人的一腔热血奔涌而出，那“为天地立心，为生民立命，为往圣继绝学，为万世开太平”的铿锵字句，如钉入案，叮当有声，任谁诵读也会激宕得难以平复了。

可是面前这些粗糙的画板已经褪色，并没能反映张载一生的卓越，反倒是对他的官运愤愤不平。那张载一生两次外放两次进京，似乎很让人扼腕长叹。其实我仔细琢磨，张载首次外放为官是初涉官场，官吏们大都要从低层一阶一阶上来的，何况张载后来还能奉诏晋职为副丞相。尽管只是个副职，却能在朝堂行走，腹中韬略也可直达天庭，绝对是个让官员垂涎的职位，万不能人人都做到“一人之下，万人之上”才算成功吧？而且张载的才干，也曾为丞相王安石所欣赏，曾经力邀他参与革新除弊的事务，但先生显然对丞相的发展思路怀有抵触，竟然婉言谢绝了。既然张载与丞相“不相为谋”，仕途受挫便是必然，各种烦恼也就纷至沓来了。

就像书院里的这些杨树，永远昂着不屈的头冠，也把清高抛到清冷的角落。那年他被外放到浙江宁波，负责审理一桩经济案件，秉公执法，剥笋见心，为当事人洗刷了污名，在当地传为美谈，也算是“为民立命”的实践吧。当然，他最终被贬为周至县管理青竹的小吏，实在是有负先生腹中的韬略。所以，当王安石变法失败，张载又被神宗召进京城，本已是孱弱之躯了，但他还是妄想施展“为万世开太平”的抱负，便颤颤巍巍赴京就任了。遗憾啊，他在开封任上仅仅工作了三个月，便累得旧疾复发，在返回横渠途中竟溘然长逝了。

所以，这书院里琳琅满目的石碑，有的竖在院中，有的镶嵌墙里，尽是历代骚客在这里留下的笔墨，有的神韵潇洒，有的横竖工整，赞扬着一位饱学之士的才华。而这些文人墨客似乎都忽略了张载一心推行“井田制”的执着，这也可能就是他在朝堂屡受轻蔑的根源所在。那“井田制”本是西周时期的土地制度，中为公田，收成上缴贵族，外为私田，收成归为农户，这种制度当时也许有些意义，但最终导致了公田收入的不确定。可是，这种已被废除了一千多年的土地制度，却被张载奉为至宝，执意要在全国重新推行，甚至连朝廷屡屡否定都没能使他信念松弛，反而促使先生下决心给朝野做个样子。他甚至在眉县买了一块土地，在长安县也购进一块田园，踌躇满志地开始了一场“复古”的试验。

眼前这尊张载的雕像，多少反映了先生的性格，面容清癯，棱角僵硬，一身布衣，两袖清风。我盯着雕像的眼睛心想，这多少有点幽默，那孔夫子一生为“克己复礼”坎坷奔波，到处鼓吹西周的礼秩。而先生是要在自家领地实践西周的土地制度，其行为之执拗如出一辙。但今日横渠人显然想回避张载“试验”的结果，居然在展板上一字未提。我想这个“试验”当时可能是有点影响的，否则宋神宗怎么会一招再招先生进京议政，这似乎佐证了关学一派为学为人的坚韧，也为后代弟子树立了一个况味难品的榜样。

待走出书院，门匾远了，屋檐也远了，但张载给人带来的震荡还在继续，许多人议起这件让横渠先生念念不忘的“壮举”，依旧是一片啧啧唏嘘。这就好比今天有人拥有一块地皮，或要复辟西周均田制，或要重试秦朝名田制，真真顽强得令人啼笑了。我于是思忖，古时文人崇信“达则兼济天下，穷则独善其身”，而张载却是进退都想兼济天下，都想实践他的一个不醒的梦想，而且他的这种执着，还一代代地影响了关中人的品格。君不见，后来的关学弟子许多人都以执拗闻名，有人上书禁烟，敢以死相谏；有人拒接皇诏，敢至死不从；有人国难当头，敢兵谏总统……凡此种种，似乎都能从关学宏论里找到源流，似乎关学之子都有一个梦啊。

呵呵，犟哉，长安城外，关学一派！

2015年6月23日于新城

发表于2016年7月8日《中国文化报》

好古之吏

可能喜好田野考古的人，无人不晓陕西巡抚毕沅。

这位江苏太仓籍的灵岩山人，最后是在湖广总督的位置上辞世的。但是在三秦大地上移步游览，想避开毕沅两个字几乎不可能，盛名的古迹似乎都留有毕沅维护过的痕迹，平日里见的多了，就不由得想探寻这位巡抚的人生轨迹。然而稍一搜寻就发现这位已经作古两百多年的清朝官吏，在文化上的杰作远远大于他入仕的记录，尤其是当我见到那本厚厚的《关中胜迹图志》时，便对书稿上一位额上横纹深刻的清代官吏越发钦佩了。

那本厚重如古砖的志书，是毕沅担任陕西巡抚期间，利用视察民情的机会，白天勘察，晚上提笔，对三秦大地上的名山大川、古寺道观、历史遗存做了细致描绘。他在写给乾隆皇帝的奏本里这样描述："陕省自周而后，秦汉隋唐，代建国都，是以胜迹名踪，甲于他省。臣本庸才，仰承恩命，简任封圻，计今六年于兹。其间名山大泽，每因公务，车尘马迹，大半经行。至于故宫旧苑，废刹遗墟，率多湮没。臣不揣固陋，辙迹经由，于邮亭候馆中，咨询抄录。”也就是说毕沅在办理公务之余，不顾鞍马劳顿，倾心为各处的古迹绘图立传，著下这部洋洋洒洒数十万字的巨著。读着那发自肺腑的文字，一种士大夫为国分忧的心绪便跃然纸上了。乾隆阅毕书稿也为之感动，挥毫朱批：“收录入四库全书，钦此。”从此这本倾注毕沅数年心血的陕西文物古迹大全，就这样被永远地保存下来，成为人们追寻历史文化的一本重要典籍。

饶有趣味的是，这位巡抚大人不但将陕西境内的文物遗存悉数记载，还拨公银予以维修，那气势恢宏的西安城墙和西岳庙能完整保持至今，就是在他任内主持了大规模修缮，才使得我们今天见到的古迹依然形制如初，纾展着古老神秘的风采。而且这位巡抚大人还喜欢在每处遗迹前立碑勒石，以致关中大地上座座帝陵无一遗漏，都留有毕沅的墨迹。甚至历代达官名士的封土，毕沅也都只身前往详为考证，遇有破损即添土维护，随后还一一竖起高耸的碑石。那韩城的司马迁，耀州的柳公权，长安的杜牧，桥陵的唐玄宗，简直多得不胜枚举。

不过那些碑上的字体看似平庸，却透着雍容圆润，还透着一位封建士大夫的得意与执着。后来，我知晓毕沅曾因书法功力差池而得福，当年他在朝廷军机处草拟文告，衙内有三人通过了会试，明日要去参加殿试，两位同僚直言毕沅楷书欠佳，考也无望，最好晚上留下值班，毕沅成人之美应允了，晚间则收到新疆屯田的奏报。没承想第二天殿试题目正是征询边陲屯田之策，毕沅便答得从容不迫，被那乾隆皇帝一眼看中擢为状元，且让那两位同僚好生后悔。后来，毕沅再不顾及自己的书法风度了，笔墨挥洒得三秦大地随处可觅，也许就期盼着能给他带来更大的惊喜。

略加搜寻方知这位巡抚还是位金石经史无所不通之士，传他一生著述颇丰，公务之余撰写了《道德经考》《吕氏春秋注》等大作，还一连著录了四部《金石志》。尤其是那《续资治通鉴》，更是一部耗费了他半生精力的鸿篇巨制，浩浩两百二十卷，是与《资治通鉴》相连续的金元明通史，以期接续司马光身后的空档。只遗憾他那十卷本的诗抄没有听闻喝彩，尚不知他的史著在学术界可有反响。但这些书稿摞起来恐怕著作等身矣，似感觉古代文人入仕常常会伴有意外产生。

不过，两百多年后的今天，如果手捧巡抚大人著述的《关中胜迹图志》按文索骥，你会禁不住感慨连连了。文物古迹大都在岁月的磨砺中受到了不同程度的损毁，有的已经痕迹零星荡然无存了，有的也只剩下可怜的残壁，早已不见当年的风采了。当然有些今人臆造的“古迹”不伦不类，率性随意地招摇过市，当与胜迹图相去甚远，目睹此景不禁唏嘘不已。当然，受条件的限制，毕沅的考证也不无遗憾之处，最大的硬伤就是标错了秦二世的墓冢。想那秦二世也是一个荒诞不经的秦朝末代皇帝，朝野上下没人会把他的陵寝当真整修的，以致留存今日竟然不知所踪了。后来还是今日考古人在曲江湖畔找到一处封土，认定为秦二世的墓茔，才使得一段文史公案偃旗息鼓。

的确，毕沅赴陕上任时只是一位布政使，相等于一省的财税主管，四年后跃升为一把手，在三秦大地足足做了八年巡抚。似乎街头巷尾没有这位大人欺压百姓横行乡里的传闻。后来毕沅做到湖广总督的位置，更是权倾一朝的封疆大吏，兴修水利，注重稼桑，百姓殷实，安居乐业，坊间也很少泛出有关毕沅的微词。反倒是毕沅与一位老僧的故事广为流传，有一次毕沅路过一座破败的寺院，见住持是位老僧便上前问道：“可知一部《法华经》有多少阿弥陀佛。”老僧听罢微笑应答：“我一介破庙老衲，生成钝根，大人却是天上文曲星下凡，可知一部四书有多少子曰？”毕沅佩服老僧思维敏捷风雅，随即添置香火修葺旧庙，留下了巡抚的慈悲名声。

然而这毕沅仕途也多有波折，一生走来也是磕磕绊绊，只是斯人好古好书。尤其丁忧期间，常常以文会友，趣味甚是高雅，留下颇多文人佳话，可谓“谈笑有鸿儒，往来无白丁”，当时门前车马喧嚣，是绝不输于贵胄的。然而，当毕沅驾鹤归去之后，两件难堪的事情紧紧缠上了这位灵岩山人。一是朝廷在查没一代贪吏和珅时，起获的金银珠宝胜过朝廷一年的收入，而让毕沅尴尬的是发现了和珅四十岁生日时，他写的颂词和送的金石礼品。二是朝廷又发现毕沅在任湖广总督的最后几年，曾挪用税银补充军饷，尽管事出有因，但这在当时可是无法容忍的大逆不道之举，严查下来更有许多尴尬隐匿其中。后来嘉庆皇帝下旨，剥夺毕沅所有功名，取消后代袭禄，查没全部家产。这次行动究竟查抄了毕家多少宝物银两，坊间似找不到任何记载，好像已经悄然湮没在史海中了。

可是，今年故宫博物院的“石渠宝笈展”拉开序幕，展品几乎均是故宫的镇馆之宝，当是奉献给大众的一个特殊礼物。随即一个惊人的消息不胫而走，其中有一幅北宋画家张择端的《清明上河图》，展柜几被观众挤爆，举办者只好加派警力专守这幅大作，却依然心惊肉跳。这帧名副其实的国宝长达五米多，绘有北宋时汴京的盛景，图中有一千六百多个人物，二百多匹牲畜，内容精细得令人叹为观止，亲睹一面真乃三生有幸矣。然而，我不经意间在一份报纸的角落发现，这幅绝世珍宝竟然是查抄毕沅家产时收入宫中的，当时没有渲染，后来被清宫束之高阁了。后来清末被末代皇帝偷出宫去，廉价出卖，颠沛流离，又懵懵懂懂收回在文物部门。后来还是一位鉴定大腕慧眼识珠，从一堆旧物中发现拣出，方使得国宝又回到人民的怀抱，成了湟湟故宫引以为傲的宝物。

那么，这幅宝物究竟是怎样传到毕沅手上的却少有记述，传说此画乃是一位同僚临终遗赠，如今已无法考究真实过程了。可能那人知晓灵岩山人通晓金石经史，笃信宝物在他手上会得到妥善。果然，毕沅对这帧珍宝宠爱有加，画幅还留下了赏画的钤印。这方钤印虽是押在一个边角，但细瞅起来清晰可辨。今天看来，毕沅当年的入藏可能存有瑕疵，但作为最后一位《清明上河图》的收藏者，没有让稀世珍宝流落八荒，消弭在漫漫长河里，也让人稍稍感到些许欣慰呢。

当然，我想这位毕沅大人也是老谋深算，那些竖立于荒野的碑石会因古迹的声望而世代流传，那《清明上河图》上的钤印也会让后人费尽思量，于是那个被称为毕沅的灵岩山人也就怀抱琵琶半遮半掩地走出来了……

2015年9月24日晨于维也纳

发表于2016年第4期《美文》

第三辑·大音壮之

读张问德之书

我走过古风荡漾的腾冲小城，几乎被碧绿莹莹的翡翠包裹了，似乎到处都是玉石的传说，也时常会在喧闹的街市看到充满幻想的老料，我想这不应该是这座古城的精神吧？

果然，在城里一面山坡下，我看到一个“国殇墓地”的门额。显然，这是为纪念那个烽火连天的时代兴建的。然而，走进这个被影视渲染得慷慨而夸张的故事，一组组震撼人心的雕塑，默默竖立在漫漫绿地之上，震慑得人不能自已了。

有一雕塑刻画了一位铮铮老者面对国难，怒目圆瞪，绝食而终，令人感慨不已；有一雕塑表现了一位支前妇女，宁肯饿毙，不食军粮，令人心酸不已；有一雕塑反映的是远征军的小战士，宽大的衣裤，无邪的笑脸，令人忘怀不已；有一雕塑是中美两位将军气定神闲，运筹帷幄，指挥远征，令人敬佩不已；然而，我在一位面容刚毅的老者雕像前停住了脚步，这位老人身穿对襟长衫，右臂前展，气势凛然。旁边注释告诉我，这尊雕塑是一位县太爷的形象。我多少有点诧异：张问德，清末秀才，腾冲县县长，面对劝降，果敢复函，表现了高尚的民族气节。必须坦言，我对老人家无有所闻，复函之说更是不得而知。

然而，我随后在“滇西抗战纪念馆”里，不但窥见了当年中国远征军鏖战的悲壮，还见到了张问德回复侵华日军田岛的信函。一名官吏能因几行文字流芳后世，背后一定存在感天动地的事迹。我不由得上前阅览，读着读着血液便沸腾了，浑身细胞像注入了澎湃的激情，不由得为中国有这样的县长而击掌称许。这些年江湖上提及仕人，时常会引起令人捧腹和唏嘘的感叹，而这个堪称伟大的形象却是令人久久感怀的。

那是一九四三年，张先生本已回归田园，又受命于腾冲县县长时，日军已攻占了滇西的畹町等地。驻守此处的边区行政长官和腾冲县县令竟闻风逃遁，一座秀美的边陲古城，未有抵抗便落入了敌寇之手，张先生可谓受命于危难之际矣。从此，先生携带一面国旗，组织腾冲人投入了抗战，曾经六渡怒江，八越高黎贡山，把抗日的县政府牢牢地扎在了敌后。这些卓有成效的工作，一定让敌人感到了难堪和威胁，也让日军发现了张问德强劲的号召力。于是侵略者虚伪地向先生发出了会谈之邀，字里行间似乎古韵习习，彬彬有礼，给狰狞的面目披上了文雅的面纱。其实，那是城下之约，笑里藏刀，且请朋友与我一起来阅读吧！

崇仁县县长勋鉴

久钦教范，觌晤无缘，引领北望，倍增神驰。

启者：岛此次捧檄来腾，职司行政，深羡此地之民殷物阜，气象雍和，虽经事变，而士循民良，风俗淳厚之美德依然具在，诚西南之第一乐园，大足有为之乡也。唯以军事未靖，流亡未集，交通梗阻，生活高昂，彼此若不谋进展方法，坐视不为之，所固恐将来此间之不利，其在贵境如未见为幸福，徒重困双方人民，饥寒冻馁坐以待毙而已，有何益哉？职是之故，岛甚愿与台端择地相晤，作一度长日聚谈，共同解决双方民生之困难问题，台端其有意乎？如不我遐弃，而表示同情，则岛兹先拟出会晤办法数事，征求台端同意解决：

一、会晤地点定在小西乡董官村之董氏家宗祠；

二、谈话范围绝不许有一语涉及双方之军事问题；

三、为保证第二项之确实起见，双方可用监事员一人在场监视谈话。

右列三事，如台端具有同情予以同意时，请先期示复。会集日期，可由台端决定示知，以便岛先时候驾。

至台端到达此本境以后，生命名誉之安全，由岛负完全责任。最妥请不带兵卫，不携带武器为好。如万一必须带武装兵士侍卫时，亦无有不可，则兵数若干？枪械子弹若干？请预先示知，以免发生误会。总之，滋事双方系诚恳信义为前提，请不须少有疑虑。岛生平为人，百无一长，唯不欺不诈、推诚接物八字，则常用以自励。凡事只要出岛之中心乐从而诸口者，虽刀锯在后，鼎镬在前，亦不敢有一字之改移。苍苍在上，言出至诚，台端其有意乎？临颖神驰，不胜依依，伫盼回玉。

大日本腾越行政班本部长上

昭和十八年八月三十一日具

似想，拆开这样一封貌似亲善的邀约，张先生可以当众烧毁，也可以置之不理，一样可以表现民族气节，但老人家面对

"苍苍在上，言出至诚"之诡异，面对落款露出的"大"獠牙，一定踌躇了几日，感觉若不予以驳斥，不仅仅会让敌人耻笑，更会让世人怀疑抗战之决心；若不戳穿侵略者谦谦的伪善，也会让自己如芒在背，纠结终生。于是，张问德正襟危坐，铺纸研墨，提笔写下了义正词严的《答田岛书》。即使今日捧读这八十多年前的信札，依然感到酣畅淋漓，依然会被先生的浩然风骨感动，这里且请朋友一起欣赏吧！

田岛阁下：

来书以腾冲人民痛苦为言，欲借会晤长谈而谋解除。苟我中国犹未遭受侵凌，且与日本能保持正常国交关系时，则余必将予以同情之考虑。然事态之演变，已使余将可予以同情考虑之基础扫除无余。诚如阁下来书所言，腾冲士循民良，风俗淳厚，实西南第一乐园，大足有为之乡。然自事态演变以来，腾冲人民死于枪刺之下、暴尸露骨于荒野者已逾二千人，房屋毁于兵火者已逾五万幢，骡马遗失达五千匹，谷物损失达百万石，财产被劫掠者近五十亿。遂使人民父失其子，妻失其夫，居则无以蔽风雨，行则无以图谋生活，啼饥号寒，坐以待毙；甚至为阁下及其同僚之所奴役，横被鞭笞；或已送往密支那将充当炮灰。而尤使余不忍言者，则为妇女遭受污辱之一事。凡此均属腾冲人民之痛苦。余愿坦直向阁下说明：此种痛苦均系阁下及其同僚所赐予，此种赐予，均属罪行。由于人民之尊严生命，余仅能对此种罪行予以谴责，而于遭受痛苦之人民更寄予衷心之同情。

阁下既欲解除腾冲人民之痛苦，余虽不知阁下解除之计划究将何如，然以余为中国之一公民，且为腾冲地方政府之一官吏，由于余之责任与良心，对于阁下所提出之任何计划，均无考虑之必要与可能。然余愿使阁下解除腾冲人民痛苦之善意能以伸张，则余所能贡献于阁下者，仅有请阁下及其同僚全部返回东京。使腾冲人民永离枪刺胁迫生活之痛苦，而自漂泊之地返回故乡，于断井颓垣之上重建其乐园。则于他日我中国也不复遭受侵凌时，此事变已获有公道之结束时，且与日本已恢复正常国交关系时，余愿飞往东京，一如阁下所要求于今日者，余不谈任何军事问题，亦不携带有武器之兵卫，以与阁下及其同僚相会晤，以致谢腾冲人民痛苦之解除；且必将前往靖国神社，为在腾冲战死之近万日本官兵祈求冥福，并愿在上者苍苍赦其罪行。苟腾冲依然为阁下及其同僚所盘踞，所有罪行依然继续发生，余仅能竭其精力，以尽其责任。他日阁下对腾冲将不复有循良淳厚之感。由于道德及正义之压力，将使阁下及其同僚终有一日屈服于余及我腾冲人民之前，故余谢绝阁下所要求之择地会晤以作长谈，而将从事于人类之尊严生命更为有益之事。痛苦之腾冲人民将深切明彼等应如何动作，以解除其自身所遭受之痛苦。故余关切于阁下及其同僚即将到来之悲惨末日命运，特敢要求阁下做缜密之长思。

大中华民国云南省腾冲县县长张问德

大中华民国三十二年九月十二日

是的，这已不是张问德答田岛之书了，而是中国人民告日寇之书，回函义正词严，历数日军攻入腾冲后的种种劣迹，“父失其子，妻失其夫，居则无以蔽风雨，行则无以谋生活”，一桩桩事实揭露了侵略者的罪行，也一层层撕开了敌寇之伪善。接着，先生笔锋一转，毅然提出唯有日军返回东京，才可与其进行会谈，否则敌寇必将“等待即将到来之悲惨的末日命运”，这无异于豪壮的泣血誓言啊！我注意到，回函落款是“大中华民国三十二年九月十二日”，此处一个“大”字，应对来函之“大”字，当使先生的豪迈和必胜信念跃然纸上，读到此处不禁仰天长啸：先生者，中华脊梁也！

我想，任何一个正直的中国人，都会为文中充盈的凛然正气所感染。华夏民族之所以生生不息，是不断有大写之人每遇国难，无所畏惧，成为中流砥柱。此篇浩气长存的旷世大作，当可洗涤人之内心，净化人之灵魂。我们不是常要探讨教科书的编选吗？我以为这篇《答田岛书》，却是比多少美文都要生动和深刻，因为文中洋溢的风骨，是中华民族的优秀基因，应该永远活跃在民族的血液里！

2020年11月24日 于新城

高山之巅

历史这样记忆：滚滚延河哺育了这些巅峰艺术。

——作者题记

我是中学时第一次走近延河岸边的，那时连绵的山峁是黄的，曲折的道路也是黄的，拐过二十里铺一个弯道便有座古塔映入眼帘。山高耸，塔俊俏，满身的热血便涌动起来，感觉那久藏脑海的坚韧就是从那山巅生发出来的，以致每天都有人在延河畔寻找古塔的靓影。后来我知道了，那塔竟是唐代人的造化，至今已经历了一千多年的风雨浸淫，依旧保持着迷人的魅力。然而，让古塔当年的建造者始料不到的是，这座宝塔进入二十世纪三十年代，竟然成了一个时代的标志，多少人遥望宝塔竟然会喷涌出不尽的激情，会把心底的颂歌滔滔不绝地倾倒出来。

那歌声是从与宝塔相呼应的一座哥特式建筑传出的。

这座凝聚着中国人激情的青砖大楼，也曾是礼拜的教堂，里边有一个尚算宽敞的大厅，现在恢复了中共中央六届六中全会的记忆，后面还有七排窑洞式的长廊，两侧是敞开的隔间。墙上悬挂的一帧帧发黄的图片告诉我，在20世纪那个烽火连天的岁月，一群祖国的优秀儿女从大江南北会聚到这个叫作桥儿沟的地方，学习马列也学习文艺，澎湃的热情就顺着大楼两个尖尖的拱顶冲上云霄，久久激荡在黄腾腾的沟壑之上了。

我顺着两个拱顶的引导，来到旁边的东山上，只记得以前这儿满是层层叠叠的民房，而今沿坡而上一排排窑洞扑入眼帘。尽管这些错落的窑洞与崖畔的民居没有任何差异，但是那高原窗花后面的风韵直扑胸襟，醉了陕北，醉了中国，也给世界带去一缕缕温馨。如今，这些地方似乎变得有些齐整了，绿色也覆盖了曾经裸露的黄土，但神圣依旧。尤其是这一排排充盈着红色气息的窑洞，越发抖擞地焕发出别样的光彩来，感觉那一位位杰出的艺术家会从那窑洞里、从那楼宇后、从那延河畔，一步步地会聚到高高的山巅上，又开始演绎昨天的故事。我明白了，今日延安人依然对经典充满感情，准备在这里恢复20世纪的风貌，为在延安工作和生活过的艺术家们建造一个博物馆群落。这个卓越的举动感动了昨天的老人和今天的劳动者，因为艺术家们当年的创造，不但属于延安，也属于这个五彩缤纷的世界。

我慢慢地走进第一个窑洞院落，浑厚与崇高便铺天盖地压下来，耳朵里霎时便灌满了悠长的旋律。那声音当年就是从这间窑洞里飘出来的，跃过延河，绕过宝塔，与那奔腾的黄河拥抱，任何一位有良知的中国人听之都会热血偾张，会把泪水咽进喉咙发出拼命的声响！

山下百姓对黄河的旋律是熟悉的，那年冼星海接到鲁艺音乐系全体师生签名的邀请，曾问过我党负责人，到延安去是否来去自由。但他一踏上这片红色热土就被这里高涨的抗日气氛感染了，让这位曾经久久踯躅在法国梧桐树下的音乐家找到了感觉，也让这位曾经窝在巴黎狭小阁楼里，每天要从“牛眼窗”探出身来练琴的沦落人有了属于自己的尊严。那高原夜空呼呼的西北风，那古驿道上清幽的驼铃声，那老羊倌随口的信天游，都汇聚到他的耳畔，竟凝结成一个个沉重的音符。他在写给母亲的信中说：“我虽然时常想念妈妈，但理智会克服我，而且我知道在这动乱的时代里，没有一个被侵略的人民不是存着至死不屈的精神，我希望用洪亮的歌声震动那被压迫的民族，慰藉那负伤的英勇战士，团结起那一切苦难的人们。”所以，当音乐家一见到诗人光未然写的黄河组歌，便一把抢过去，连续奋笔六个昼夜，把积存心底的气韵谱成了一个个不朽的音符。

“风在吼，马在叫，黄河在咆哮。”象征着中华民族自强精神的交响乐从此便响彻延安的上空。当时这里没有像样的乐器，音乐家就用木桶做大胡，用脸盆做小鼓，组成了一支简陋而又奇特的民族“交响乐团”，却奏响了时代最强音。当年的音乐会就在不远处那片广场的高台上，大音如浪，曲律昂扬，霎时便汇成了一个宏大的声场。那一段“保卫家乡！保卫黄河！保卫华北！保卫全中国！”几乎把所有中国人的良心都揪起来，带到了蒙受蹂躏的沦陷区，更激起了中国人抗战的勇气，使国难当头的中华儿女在旋律中挺起了不屈的脊梁。当时，冼星海激动地放下指挥棒便说，这是世界上最棒的音乐会。周恩来算是一位音乐迷了，在迎接他从重庆回来的晚会上听到那场三百人组成的大合唱，随即便给作曲家挥毫写道：“为抗战发出怒吼，为大众谱出呼声。”从此，这部交响曲奠定了冼星海在音乐史上的崇高地位，也是作曲家在延安生活的卓越回报，那激扬的旋律直到今天，不论在哪个场合响起都会引起由衷的共鸣。

是延安的风啸成就了一位天才音乐家的梦想！

眼前的这些窑洞，有的伸出前檐，尽显古韵；有的外涂黄泥，袒露风情；有的青砖格窗，雅致脱俗。这些参差错落的窑洞究竟孕育过多少艺术家，似乎已难以统计了。但当年居住在东山坡上的艺术家们对生活的认识是清醒的，那时鲁艺学员几乎每人兜里都装着一个本子，听到什么动人的语句和趣事就记下来，由此增厚了一批批艺术人才的生活储备。笔者在北京的木樨地拜访了歌剧《白毛女》的执笔人贺敬之，他就是当年喜欢在田间地头收集信天游的学员。年过九旬的老先生谈起当年的延安岁月，念念不忘的总是蹲在黄土畔与农民兄弟的交流，是听到放羊娃奇妙歌声的喜悦，是老百姓的感情攫住了他的灵魂，使得他一听到那个白毛仙姑的故事，便产生了一种强烈的创作冲动，吃饭睡觉满脑子都是受苦人的身影。

我走进贺老当年居住的窑洞，里面已被勤劳的延安人收拾得整洁亮堂。年轻的诗人当年就是钻在这孔平庸的土窑里，写出了那部划时代的经典歌剧的。那精彩的歌词，那揪心的情节，透支了作家的健康，以致他写到第五幕终于累倒在床上。而这部歌剧一出现就感动了中国，演到哪里泪水就洒到哪里，愤怒也就汇聚到哪里。贺老清楚记得当年在边区演出时，曾有位战士看到最后竟操起步枪瞄准了老地主。后来我们的演员们不得不在演出前告诫观众，今天是在演戏，不要有伤害演员的过激行为。还有一群刚被解放的伪军，看完戏就集体要求参加八路军。直到今天，人们依然会被诗人营造的氛围感动得潸然泪下。而且这部歌剧的影响还走出了国门，在20世纪末，贺老曾两度去日本参加演出活动，且刚一走进剧场，观众就站起来齐声呼喊“白毛女，贺敬之！”这个呼喊是比授予诗人勋章还要自豪的事了。

毫无疑问是滚滚延河水哺育了经典《白毛女》。

那孔贴满窗花的窑洞静静流露出一丝丝妩媚，那是延安人给女作家丁玲布置的，一进院子就会感觉作家纤细的脉搏在奋力跳动。当年丁玲走进延安刚刚三十二岁，却已是蜚声文坛的“大腕”了。所以，党中央为她破例设宴洗尘，当她转赴关中前线，毛泽东即用电报发去一首《临江仙》：“壁上红旗飘落照，西风漫卷孤城。保安人物一时新。洞中开宴会，招待出牢人。纤笔一枝谁与似？三千毛瑟精兵。阵图开向陇山东。昨日文小姐，今日武将军。”一字一句，浓缩了领袖对她的殷切期待。果然，延安的生活，前线的战火，洗涤了作家的灵魂，而前线的采访更使她对我们的战士产生了浓厚感情，笔下一篇篇文学作品震动了文坛。那篇《一颗未出膛的子弹》，叙述了我军一名小战士负伤被国民党军队抓住，他大义凛然地对着枪口说："连长，还是留着一颗枪弹吧！留着去打日本！"这篇小说有如一声炸雷冲击着人们的心房，那铿锵的话语摄人魂魄，至今读来依旧为之动容。

呼吸着黄土风尘的丁玲没有辜负延安人的期望，她于一九四八年在河北根据地，闻着解放战争的硝烟，凝着翻身农民的情感，创作了长篇小说《太阳照在桑干河上》，这是反映我国土地改革进程的第一部文艺著作，翻身农民、凶恶地主、美丽村姑一系列鲜活的人物涌现出地平线。很快便被翻译成十多种文字，让世界认识了前进中的中国，也成就了一位优秀作家的巅峰之作。后来即使蒙受不白之冤，作家依然矢志不移对党的忠诚。往事如烟，历历在目，翻看女作家的帧帧图片会涌出无限的感慨。

只是丁玲的雕像该选择青丝？还是白发？

我又走上几个台阶，映入眼帘的是一尊风骨凛然的雕像，那是与赵望云携手创立了长安画派的石鲁先生吧？画家当年曾两次随丁玲到边区农村采风，如今似乎是市场的畸形因素，很少有人提及大师的红色经历，其实石鲁是经受了延安的洗礼而成长为大师的。那年他辗转来到宝塔山下才刚刚二十岁，延河水滋润了他的灵魂，开阔了他的艺术视野，在延安整整生活了十个春秋。笔者有幸阅读了大师的档案，发现画家的自传写得密密麻麻，字小得有如米粒一般，原来我们的画家即使到了新社会依然保持着延安节俭的习惯，无法想象一张十六开的纸要写七八百字。他原来的姓名冯亚珩，因崇尚石涛的笔墨和鲁迅的文章，便执意将自己的名号改为“石鲁”。而正是这个当年在延安还不见经传的画家，新中国甫一成立，便给画坛吹来一股新风，以卓越的创新擎起了“长安画派”的大旗。

今天我们可以平心静气地来阅读大师的杰作了，其实石鲁笔墨的创新令人惊叹，而他最突出的成就还是在重大革命题材上的突破。那幅《转战陕北》任何时候去欣赏，都会被作品所传达出的豪迈所感染。在苍苍茫茫的山峦之间，一位背着斗笠的小战士将战马拴住歇息，毛泽东伟岸的身躯伫立在浩瀚深邃的群山之上，显示出运筹帷幄的自信和淡定，也将领袖与人民、与祖国山河的关系，把握得生动而又准确。这幅作品之所以令人震撼，之所以能够成为长安画派的扛鼎之作，一个重要原因是大师不但在笔墨上，而且在题材上进行了成功创新。那幅《东渡》，汹涌的黄河浪花四溅，一群赤露上身的战士奋力驾驭着小船驶向胜利的彼岸，而毛泽东站在小船中央气定神闲成竹在胸，把指挥千军万马的大将风度生动展现在读者面前。那河水的汹涌和危岩的狰狞，都是为衬托领袖的气场，谁见到那幅饱蘸着大师才情的作品，都会感到运筹帷幄的豪迈席卷而来，可以说至今依然是我国这一领域的翘楚。后来这位从延安走出来的大师，毫不讳言他能够成功创作出这些作品，正是因为他亲身经历了转战陕北的征程。当年他匆匆赶到黄河岸边，听到毛主席率领部队刚刚过去，群山与大河便定格在脑海里了。可见画家对延安对领袖的感情是深入骨髓的。新中国成立后，他依然迷恋那里的风情万物，经常赶往陕北采风，常常沿着黄河一走就是两三个月。可以说，石鲁笔下的大气磅礴和惊涛拍岸，也是画家深入生活的真情告白。

长安画派的崛起，应是延安的又一个胜利。

我走到东山窑洞的顶头，有一处刚刚整修好的小院，窑洞的外墙还泛着浓浓的水渍，许多人在忙碌作家柳青的展板。我仔细翻看着一张张黑白照片，禁不住为这样一位执意实践延安文艺座谈会精神的老作家而激动，为他创作的史诗般的《创业史》赞叹不已。

谁说深入生活出不了大作品？柳青也是一九三八年进入延安，也是在陕甘宁文协工作，也是沐浴着领袖的光辉走上创作坦途的。但他对延安的理解更纯粹，也更坚决，而且让所有人感到惊讶的是，柳青当年走出延安以后，便住进西安城外皇甫村的一所旧庙，去亲身参加和体验农村合作化运动了。有人说作家之所以会选择住在乡野的庙里，是因为在苏联访问看了托尔斯泰的庄园萌发的念头，他立志要像庄园主人一样创作一部史诗般的小说，来反映这一段波澜壮阔的农村发展史，所以《创业史》原计划也是要写四部的。在今天看来，柳青深入生活，绝不是蜻蜓点水，也不是旁观采风，而是直接参与历史进程的生动实践。

我看到作家笔下那些琳琅满目的人物，都是与他朝夕相处的乡亲们，那主人公梁生宝就是他一手培养的农村基层干部，那梁三老汉就是他喜爱的大队饲养员……作家热爱他的主人公甚至到了痴迷的程度，那年他出版小说，收到一万六千元稿费，这在当时可算一笔巨款了，但他没有用这笔钱去充实五个孩子的家庭，而是给皇甫村所在的公社建了一家机械厂，眷眷之心，跃然塬上！

我微微笑了，这里选择的照片，似乎在刻意突出作家的农民形象。其实，柳青解放后是行政十级的高级干部，刚刚搬进皇甫村的时候，也是一位比较时尚的作家，穿的是背带裤，戴的是黑礼帽，还时常肩挎猎枪，显然是当时很“酷”的形象，但农村的实践让他认识到，深入群众必须从里到外焕然一新，而这个“新”就是农民的感情和外形。于是他彻底改变了自己，光头、黑袄、肥裤，甚至钻进牲口市场与人在袖口捏指讨价。也正是由于他的深入，使得一大批形形色色的人物，背着锄、挑着粪、拉着车、唱着歌走进了《创业史》，成了新中国一座艺术丰碑，也深刻影响了文学的时代思维。那后辈作家路遥的床头，如圣经般摆着两本书，其中一本就是《创业史》。

是啊，这么多的窑洞，走出了这么多卓越的文艺家，艾青、李季、何其芳、周立波、古元、华君武、刘炽、吕骥、周巍峙……琳琅满目，星光璀璨，今天是读不过来了。

我慢慢走下了东山，站到那哥特式大楼旁边，想起一代代领袖"深入生活，扎根人民"的呼唤，真真犹如黄钟大吕，激荡不已，久久沉浸其中。仰望那已沐浴在夕阳余晖里的东山，陡然感觉那一排排正在整修的窑洞，有如崛起的一座座巍峨的高峰，令人仰止，令人赞叹，当是引领今日文艺家前进的标杆了！

2015年5月10日 于新城

发表于2015年5月21日《人民日报》

文安驿之春

那赫赫有名的秦直道，是从咸阳的淳化起步，越过陕北黄土荒漠，直抵内蒙古包头的，想来其间的驿站必定是连接成串的。而这条连接榆林与包头的古道，当然也应该散落许多歇脚之驿站的。遥想当年古道上的兵车和走西口的汉子络绎不绝，马头上的铃铛与赶车人悠扬的信天游，挟带着古道尘埃飘到驿站的房梁上，带给人们缤纷而迷茫的遐想。但是，川流的凛冽风霜还是把古道驿站砥砺得七零八落，现今人们若真要搜寻古驿只能从当地人的传说和地上的遗存里去考究了。可是，眼前这个文安驿却还顽强地在古道边矗立着，呼唤着久远的风烟和现实的抚摸。

羊肚子手巾三道道蓝，

出门门容易回家家难。

走进驿站去喝水水，

烂墙撞破我的小嘴嘴……

这座古驿竟是西魏大统年间所治，如今望去大约占地一百亩，古时是有城墙围堰的，而今只剩下断壁残垣了。但不知何时竖起的一道浓缩陕北风情的石质牌坊，宽宽阔阔地立在古道北侧，一眼望去就知道里面当是一处古风荡漾的老地方。果然穿过牌坊就见有层层叠叠的窑洞顺坡而造，悄悄张扬着陕北独有的风韵。但那一孔孔窑洞的式样略有差异，有的伸出齐齐的前檐，似将关中民居掖进了黄土崖，有如游牧风俗与农耕文化的精妙融合；有的压嵌着层层石板，粗糙而不失规整，泛着比黄土还硬朗的色泽；有的青石砌就的门脸，敦敦实实一丝不苟，纵横的纹路且把富足展现；有的平地起窑，有意将屋顶盖成拱形，以抒发古驿人对传统民居的执着情感。

在窑洞群中央坐落着一栋魁星楼，只有二层楼高，没有司空见惯的雕梁画栋，也没有斗拱挑檐，只有那朴素的红格方窗与那歇坡灰瓦浑然相依，似在诉说着曾经的难忘。当然，这栋楼阁在这片窑洞里称得上鹤立鸡群了，只是楼里至今还空空荡荡，没有钟馗独占鳌头的塑像，也没有纪念哪位跌入凡界的文曲星之牌位。追问方知，这魁星楼还真是为纪念文安驿明代走出的一位进士而建的，我疑问区区一个进士何至于大兴土木呢？古驿人嘲笑我愚钝，这座小楼当年一竖立就聚起文脉了，20世纪那股上山下乡的风潮能汇聚到这儿，能在古道边演绎一段史诗般的蹉跎岁月，也许就可以从魁星楼里找到答案呢。

真有这般玄妙？古驿人催促我上崖看看。我将信将疑，仰望后山坡上凸起的一块土峁，竟是披着千年风霜的烽火台。啊，古时烽火台多沿驿道五里一个，白天燃烟，晚上燃火，一簇递进一簇，便把前方的战况传至统帅营帐了，史书上围绕这类军事设施，不知发生过多少令人唏嘘的故事。于是我们沿着一条“之”字形的羊肠小道爬到土台根下，想瞧瞧古代烽火燃烧的痕迹。可是抬眼再看土峁还有八九米高，且已没有可以攀爬的脚窝了。然而，居高临下，回身眺望，只见古驿南面有条山峪苍龙般蜿蜒纵深，其势空灵遒劲，其形威仪大度，里边可是别有洞天的境界呢。

我恍然明白了，这文安驿附近有四个山村，那峪口两侧是上驿村和下驿村，深处为梁家河村，村村地畔都与文安驿牌坊相连，家家都能攀连上一缕血缘，所以过年闹社火四个村子必须齐齐转过，才能缓口气冒支烟。而最让文安驿引以为傲的是，一九六九年乍暖还寒，伴着一阵卡车喇叭声响，荒芜的山沟拥来一群来自北京的知青，燕京的气息直把古老文脉弘扬到一个前所未有的境地，耕读声宏，阡陌绿厚。这群英俊的后生姑娘一头扎进文安驿，高举改天换地的旗帜，上演了一段激情洋溢的话剧。

为解决吃粮难，他们带领村民筑起了这片高原第一道淤地坝，果断拦住了悄悄流失的黄土，造出了近百亩水浇地；为解决吃水难，他们率领大伙打出了一口深水井，让全村人喝上了甘甜水，从此收集雨水的地窖便荒废了；为方便做饭取暖，他们琢磨出了一口沼气池，还在旁边墙上绘制了一幅宣传画，手握铅笔的工人与背锄的农民兄弟昂望前方，顿时搅动了穷乡僻壤；后来，这些后生姑娘在这布满沟岔的山村里，住了一年又一年，终于北京向他们招手了。临走那天全村人都拥出来，为把心掏在文安驿的知青们送行，更有后生一直陪伴他们走到了延安城。

从此古驿人在脑海里增添了一个念想。村里小麦丰收了会写信告诉他们，麦穗翻浪，丰收在望；村里枣树挂果了会捎话告诉他们，果实甜美，红得鲜艳；谁家箍了新窑娶了媳妇会告诉他们，喜气盈门，请吃块糖；谁家人生了重病会小心告诉他们，如有好药，乞望康复；村里遭了灾也会告诉他们，灾后重建，旧貌换颜。大家多么期望曾经在这里流过汗水的后生们能回来看看，瞅瞅村里的新窑，瞅瞅崖上的新果，也瞅瞅文安驿的古道热肠。

一对对鸭子一对对鹅，
一对对毛眼眼瞭大道。
千年古堡换上新衣了，
好光景落到咱文安驿……

终于在春风拂来的时候，有位知青回来了，整个古驿都为之振奋，树也生芽，花也吐蕾，全村人都拥到崖畔分享着从未有过的快乐，手拍痛了，脚站麻了，谁都想挤上前跟曾经的知青拍张合影。古老驿站轰然焕发出了青春光泽，也隆重呼唤着一个富集陕北特色的文化园区开张。

这就是文安驿的过去和今朝，古韵新风在这个地方得到了崭新诠释，也注定会永远镌刻在文安驿城墙上，浓缩进古朴的魁星楼里。我这时终于明白，古驿人的确聪慧，他们精心挖掘这方土地上的文化遗存，重修古香古色的魁星楼，把20世纪那么多知识青年的风采集中过来，正是要回溯沧桑古道上的历史交响，守望北京知青书写在沟畔上的不朽华章。

是啊，古驿人期待了上百年的梦想如今又伴随着朝阳，开始了更大更大的酝酿……

2015年3月21日于新城

发表于2015年6月5日《文艺报》

棣花镇之谜

我发现平凹兄的家乡丹凤棣花镇，居然是一处神妙的地方。

那天我们去棣花镇考察，走进一处正在恢复的宋金古街，有二三百米长，两边商铺相对而立，错落有致向里延伸。街面尚未油漆，泛着原木的色泽，露着粗茬和年轮，显然修缮工程正在收尾，街道随处可见零零散散的建筑垃圾和房屋构件，杂乱地东一簇西一堆。但是经过主人绘声绘色的描述，我们眼中自然浮现出街道开张以后，门面大开张灯结彩的繁华来。

我好像突然有了疑问，这条古街为何称为“宋金街”呢？

棣花人的回答让我颇感惊讶，这条街竟始建于一千多年前。当时绍兴十二年在这名叫棣花的地方，宋金对抗，僵持数月，宋廷见久战不胜，便由秦桧出面，与金兀术进行了“宋金议和”的谈判。从此以棣花旁边的陈家沟河为界，西北归金，东南属宋，也就是说大宋王朝把古商洛一半土地割让给了金人。可是，边界两边的百姓并不理会那些条条框框的限制，提篮小卖天天发生，越界易货随处可见，连那金朝的母鸡也会跑到宋朝抱窝下蛋，宋朝的山羊也会溜到金国寻伴吃草，任谁见了都会感叹无奈的。后来商家们看这个地方是管控的模糊地带，又平安无事有钱可赚，便依势搭起了茅屋商棚，宋人在宋界搭，金人在金界搭，从此便形成了一个固定的边境集贸市场，熙熙攘攘，山货云集。似乎商贩们总喜欢朝着对面吆喝，赶集人也总爱去瞅对面的山货，从此这里就日复一日年复一年地热络起来，神妙也就开始酝酿了，似乎在国内的文化遗产里大概仅此一例吧。

如此妙哉，宋金街可谓天下第一街了。

我于是打问有关这条街的其他遗存，应者摇头。再问古镇可有寺庙护佑，便有人手指宋金街的尽头，隐隐若若金光闪耀。我顿时来了兴趣，紧走几步来到一座古庙前，只见庙门很小，与乡间大户人家的院门差不多，门楣上有平凹书写的一块小匾“二郎庙”，且漆皮斑驳多有褪色。而庙里正在大兴土木，方的扁的圆的木料和凌乱的沙石，把个小小院落堆得满满当当，几个工匠正手操推刨木锯忙碌着手中的活计，却是不见蓝衣灰衫的出家人。但我忽然感觉这个小庙有点特别，平常进到佛寺里，迎面会是一个大殿，绕过去又是一个大殿，会呈

“一”字形向纵深摊开，感觉越深越庄严。但这个小小古庙，迎面竟是两个并列对称的大殿。其实称其为“大殿”，实在是庙里只有这两个并列的殿，竟然都立于台阶之上，都是砖木结构，都是三间大庙堂，廊柱门框规制相似，站在殿外可见里边供奉的彩塑神像，一边眼光犀利，一边慈眉善目。

我再上下细细打量，两个大殿的颜色居然差异鲜明，东边的殿顶是黄色琉璃，正脊雕有二龙戏珠，一头略高一尾略低，斗拱则呈马蹄形，雍容地相踏而来。西边的殿顶则是绿色琉璃，五脊四坡围成歇山转角，飞檐斗拱齐伸矛头，也是一副贵胄的模式。两座大殿竟然这般装束，似与周边的青山绿荫相互衬映，又格外地显出差别来。我想这极可能是宋金街延伸过来的遗迹，那时两边百姓本是一朝人，生生地割裂为两国，但民众的信仰却是一致的。于是当地乡绅在宋金街繁华以后，便修建了这个土地庙，以镇妖辟邪护佑苍生。

果然棣花人告诉我，当时这里只建了黄殿，供奉的是秦朝治水成神的李冰次子“李二郎”，祈盼能镇住汉江水患。明代以后，棣花人似乎依旧对金人的统治耿耿于怀，便改为供奉杨家将杨二郎了。后来进入清代，棣花人又突发奇想，紧邻黄殿修建了一个供奉三国关羽的绿殿，似乎期盼那关公的神威能镇住盗匪贼寇，给地方一个长久的安宁。

天哪，在黄绿两殿中间，居然还有一方石碑，四四方方，素面朝天，无饰无纹，简朴自然，正面竟镌刻着“清嘉庆二十年吉日”八个大字。棣花人告诉我，这是一条界碑，昭示着历史曾经在此分而治之，也承载了一段复杂的记忆。我细细琢磨此碑可谓用心机巧，用字不多不少，既回避了一段难堪的历史，又有为宋金街立传的意蕴，看来这棣花镇真是陕西一宝呢。我于是大呼小叫起来，这方石碑是古迹还是今人的臆造?棣花人回答，风雨冲刷的痕迹清晰可见，当然是有年头了，他们已准备用玻璃把碑罩起来了。

我想，这棣花古街是一定热闹过的，那时两边的百姓共进一街，你呼我唤，背米而来，携菜而归；又共进一庙，烧香磕头，求神显灵，祈祷丰登。走在街上大家还知晓这边的杂铺属金国，那边的粮店归宋朝，而进到庙里人们便聚合起来，忘我地拜倒在二郎神的膝下，又是烧香又是磕头，想说的话在肚里翻腾了一遍遍，然后才反身回乡，又是放腔山歌，又是扬声花鼓，直震得山溪也哗啦啦地应和起来。

好个其情也融，其景也美矣。

后来宋金合一了，棣花镇的作用就日渐式微了，逐渐演变成商洛山里一个普通的古镇了，曾经的繁华边城也就成了久远的记忆了。但这个记忆在棣花镇顽强地存留下来，一有机会便要表现一番，以至于清代人渴望“复古”的想法已难以抑制，又建新殿，又竖石碑，算是把棣花古镇的故事演绎到家了。但是，人们这个善良的愿望并没能应验，岁月的恩泽并没有眷顾这里，棣花镇还是在一天天萎缩，几乎萎缩成商洛山坳里毫无特色的一个村落了。

终于到了二十一世纪，发展的热潮一浪高过一浪，这里又出了个作家蜚声文坛，人们开始重新审视这个小镇，开始谋划宋金边城的复兴。然而，人们深入搜寻竟发现这个棣花镇居然古老得一塌糊涂，春秋时就是秦楚交往的必经之路，《诗经》里就有歌颂：“棠棣之花，鄂不华华，梵今之人，莫如兄弟”。至今读起那拗口的诗句，依旧让人感觉到温馨无比，那“棠棣之花”已成了兄弟情谊的别称了。汉唐时这棣花依旧是官家进京歇脚的驿站，那位把皇家爱情演绎得淋漓尽致的白居易，居然在这儿做过一帘幽梦，禁不住提笔应和浅唱：“往恨今愁应不殊，题诗梁下又踟蹰。羡君犹梦见兄弟，我到天明睡亦无。”短短四行绝句算把友情渲染到绝地了。后来唐末兵荒马乱，古道无车无人，驿站自然就在人们眼前消失了。至于后来宋金街的繁荣应是那个时代的偶然，唯可惜那个短暂的繁荣随着宋金对峙的结束，也已消弭的只剩蛛丝马迹了。

终于在甲午马年的春季，这里的百姓因循旧迹把宋金街修葺一新，渴望浓重展示八百年前的模样，还营造出一个三千亩的棣花园和典雅的书院，正是：繁花戏拥古木，新瓦笑抚老屋，欢声摇塌旧桥，历史拥抱新生。在那新古镇开张当天，那叫一个人山人海，棣花人准备了一季的鸡蛋、挂面都被吃光了，人潮退去光清理的垃圾就运了十几卡车。

今天的棣花人是幸福的，他们不但有繁华的记忆，还想打造一个今日商於古道景区来，吸引人们到这里探寻棣花镇的古韵新风，也探寻作家成长的秘密。

2015年1月10日于丈八沟

发表于2015年1月29日《人民日报》

永宁山之神

有位北京知青一踏上陕北的土地，就被洛河边上的这道石崖吸引了。

那是1969年的元月，这位戴着北京三十八中校徽的小伙子跳下卡车，便看到这鬼斧神工的奇绝景象，不由得在那河岸上痴坐了良久。那条紧依河道的隆隆原畔，像一条红色巨龙卧在洛水之侧，又突然间翘起一座凸起的山脊，恰似巨形龙头高高昂起。山上还镶嵌着大大小小的石窟，宛若平地而起的一座高楼，提领着一条款款东去的大河，俯瞰着黄土高原上的春种秋收，给四野八荒带来了生命的灵气，也给懵懂青年带来了不尽的幻想。

这会是一个什么地方呢？北京知青溜过河，沿着一条陡峭的小路，一鼓作气登上了山顶，抬眼回望莽莽原野，竟然是一片苍茫的丹霞地貌，山高水低，气象汹涌，浓烈的历史尘雾顿时充塞了胸腔。他顺着一道石梯由上而下，一孔孔石窟依次排开，竟有三四层之多，大如教室，小如厨房，最下边一个石窟还有一口水井，正与那滚滚的洛水相接，俯身井口竟能听到水声潺潺。一位牧羊人告诉北京人，这座山叫永宁山，因山上凿满石窟，远望形似楼阁，百姓亦称之为石楼台山。这会不会是古人开凿的礼佛石窟呢？但深究下去青年迷惘了，有关传说莫衷一是，无人知晓石窟开凿于哪个朝代，也不知当初的模样是否饱含着虔诚了。

于是，北京知青毫不犹豫地在洛水河畔卸下了背包，一边学习犁地播种牧羊，一边开始了永宁山身世的探询。小伙子很快发现李唐以降，古人沿着子午岭开凿了许多处石窟，大概是渴望在这贫瘠的土地上，播洒释迦牟尼的恩泽，安抚不断屈死的冤魂。而此处山崖陡峭，一面依临洛河，一面俯瞰高原，极具神奇虚幻的魅力，佛门是不会将这般慈悲圣地让度出去的。所以，当初开凿石窟的动议，可能是佛门弟子为修行所为。但是，石窟建成后，人们发现这般山势易守难攻，五六十个石窟，拥进上千将士也不在话下，正是将士们安稳休憩的好地方，于是持刀的兵勇便让慈悲的释佛挪位了，之后经过上千年的战火蹂躏，佛门圣地竟连一星痕迹也不见了。

进而北京知青发现，这方圆数百里竟然是一片古战场。连牧羊人都知道，这里遍布军事要塞的遗迹。似以永宁山为统领，沿着那洛河方向，狄青寨、象嘴寨、旦八寨、金鼎寨，与金汤城一字排开，形成了一个完整的防御体系。可想当年这一带必然壮观，旌旗相望，鼓角相闻，杀声顿天，血流成河。尤其让北京人振奋的是，他在永宁山侧发现了一座兵寨的痕迹，以永宁山头为要，向两侧缓缓延伸，呈现了一个梯状的结构。显然，这永宁山应是统帅的营帐所在，进退自如，固若金汤，进可从天而降向前突袭，退可躲进石窟隐去锋刃，即使敌兵杀到山前，只要撤掉与山顶相接的栈道条木，敌军铁骑也只能望水兴叹了。

果然，小伙子在这片被战马践踏过的土地上，不断地发现了许多古战场的遗物。尽管已经过去了千百年，依然可以从那残缺的瓦砾上，从那锈迹斑斑的箭镞上，从那布满豁口的锋刃上，感受到昔日的刀光剑影，吸闻到弥漫压抑的血腥气息。终于，北京知青在永宁山下发现了宋代军吏鲁泽的墓碑。其实发现古碑本不稀罕，可这尊题刻为建炎元年的石碑，字迹潦草，刀画凌乱，显然是用战刀仓促刻就的。可能下刀之时忽然传来集合号角，转眼间彪悍铁骑就会呼啸而至，悲伤的将士们只好草草刻上几刀，便一把拉起他的儿子，提枪跃马迎敌搏杀去了。显然，这片中原民族抗击侵扰的古战场，不知发生过多少次冲突，有多少将士命丧洛河了。后来，这位北京知青在延安图书馆的一个角落，发现了俄罗斯探险家从黑水城掳走的宋代文献，名为《宋西北边境军政文书》，记载了当年宋军在永宁山下安营扎寨的情形。白纸黑字说明，永宁山上宋朝就有军队驻扎了。

当地县志传颂，北宋将军刘怀忠与西夏王李元昊曾在此对峙，后来将军战死沙场。其妻黄赏怡继承夫君遗志，与大将狄青用洛河战鼓指挥军阵，鼓声奔腾，变幻无穷，青龙偃月阵、鱼鳞阵、长蛇阵、八卦阵……直把西夏人搅得晕头转向，丢盔卸甲落荒逃奔。胜利的捷报通过驿站传到开封，忧心忡忡的皇上闻之大喜，特奖全体将士“十三花席”，亦即十三道菜肴，以犒劳浴血奋战的中原将士，激励宋军再接再厉。似乎皇恩浩荡传入民间了，至今当地百姓每逢婚丧大事，仍以能摆“十三花席”视为隆重。那香醇厚朴的陕北味道，当然也让北京知青痴迷兴奋，每遇酒酣便会拍着桌子呼喊，“十三花上来”！

然而，最为吸引北京知青的是，永宁山还承载着一段辉煌的红色记忆。

那是20世纪的20年代了，当时由于流民袭扰，县衙被迫搬进了永宁山的石窟里，先后有两届政府在此执政。那老县城与这里区区数里，流民们胆敢踢翻了太师椅，是绝不甘心官吏盘踞山寨作威的。但是这里一夫当关万夫莫开，可怜县衙居然能猫进山崖苟延残喘，也算是一道别样的景致了。有位贺姓县令居然还不忘斯文，竟将墨写的“洛上奇峰”，刻到了陡峭的崖壁上。试想那堂堂一县之长，龟缩到一面环水一面靠山的石窟里，一边落实上峰指令，一边处理百姓事务，不论政令是否畅通，其状其态也难潇洒，这可能称得上是我国最为奇特的县衙了。

终于，从关中平原走来一位黄埔军校毕业的年轻人。这位名叫刘志丹的陕北后生，因了渭华起义的失败，辗转跑进了永宁山石窟。然而，这个似乎神鬼不觉的事情，却注定要载入中国的史册。年轻的共产党人站在山头上，居然搅起了一道又一道红色巨浪。首先，他在石窟里成立了保安县第一个中共支部，成功启动的第一个行动便是智取当地武装的领导权。当时刘志丹鼓动民选团总，机智地调来石窟里的学生助选，很多握枪兵勇不识字，请托学生捉刀代笔，刘志丹便顺利当选为团总了。这支队伍便成了当地红色武装的雏形，从此陕北红军在沟壑纵横的黄土地上，演绎了一场波澜壮阔的大剧，开辟出了一个横跨陕甘两省的革命根据地。

永宁山当时目睹了陕北红军一路的豪迈，最激动人心的是1935年9月初，苏维埃主席习仲勋赶到永宁山下，迎接了第一批长途跋涉抵达陕北的红军将士。半个月后毛泽东率领中央红军进入陕北，三个月后毛泽东迎着漫天雪花发表了慷慨激昂的长征讲话，十五个月后便雄赳赳挺进了延安城，一段人类历史上可歌可泣的不朽史诗，在黄土高原上画出了一个胜利的句号。

也许想吸纳古战场的浓烈气息，也许想搜寻红色气脉扩散的奥妙，传说毛泽东也登上了永宁山。当领袖看到悬崖峭壁上的石窟，遍布我军的兵工厂、被服厂、造纸厂和粮仓，一定会欣慰地笑出声来；当领袖手扶粗粝栏杆，凝视静静流淌的洛河，眺望波澜起伏的古战场，一定会抒发不朽的豪情，恢宏的蓝图便在胸中酝酿了。所以，挚爱领袖的陕北人目睹伟人风采激动不已，一首陕北民歌便脱口而出了：

万丈高楼平地起，
盘龙卧虎高山顶，
边区太阳红又红，
咱们领袖毛泽东。

是啊，这永宁山究其历史，应是一座国宝之山了。而为挖掘永宁山的辉煌，那位执着的北京知青已经在永宁山下，整整生活了五十多个年头了，显然他是要为此奉献终身了，他甚至还把对永宁山的热爱传给了儿子，父子俩毅然将收集了半个世纪的一千多件陶器、石器、青铜器捐赠给了国家。如今，这位已经满头白发的北京人只有一个愿望，就是要把永宁山的前世今生展示出来，让子孙后代能够接受历史风云的洗礼。后来，人们在志丹县博物馆的纪念册上，看到了这位北京知青的名字：宿玉成。

显然，这个名字将会与那一代代的英雄一样，成为这座奇绝山崖的守护神！

2020年8月19日草就

金银滩之秀

走进这片蓝天白云覆盖下的金银滩，耳边会不由得响起遥远的旋律，浑身细胞便会沉浸在由音符营造的氛围里，眼眸会不由得去搜寻草地上游走的美丽，企图看清那金边的衣裳和红红的脸庞，渴望能从那黑黝黝的眼眸里发现野性的渴望。

这片草原实在绿得可人啊，犹如一块浑然的绿毯厚厚实实地铺在起伏的土地上，青嫩油油，浩渺荡荡，使人直要被那绿醉去了呢。更有一群群散布在草地上的羊群，犹如撒落的珍珠在悠闲地享受着阳光，这使得人们极羡慕穿着锦袍的牧羊姑娘，似乎她手上那只细细的羊鞭落到小羊身上，就会溅起一串情意缠绵的歌唱，那情绪比金银滩酿造的白酒还要浓烈呢。我想那位执着于草原恋曲的音乐家把这片美丽的草地渲染得悠扬而又浪漫，以至于今天的人们在任何一个场合唱起“在那遥远的地方”，就会幻想有位美丽的姑娘把细细的羊鞭打到自己身上。

然而这片演绎浪漫爱情的绿地在长达半个多世纪的时间里，隐藏着一个天大的秘密！

那是在共和国成立之初，踌躇满志的领袖们做出了一个绝密的决定。一支装备简陋的工程队伍，在解放军战士的严密佑护下，隐姓埋名，风餐露宿，在金银滩里烧开了第一锅热水，打下了第一根木桩，盖起了第一栋小楼，生产出了第一个机械零件，研制出了我国第一颗原子弹。历史居然微笑着揭秘了，从这里悄然爆起的蘑菇云摧毁了罗布泊所有的试验工事，也摧毁了所有想在一个早上颠覆中国的痴心妄想。

所以那时候的金银滩也有阳光，但阳光燃烧的是共和国创业者们赤诚的情怀；那时候的金银滩也有羊群，但羊群追逐的是创业者忙碌的脚步；那时候的金银滩也有姑娘，但姑娘们全身心地投入了绝密的任务。所以，金银滩的草地和羊群可以做证，在这浪漫得足以让任何人陶醉的地方，创业先驱们把浪漫砸进了石桩，把爱情藏进了简陋的屋檐。所以，这一片依旧发散着神秘光环的建筑群，如今已经人去楼空，已经变成了海北州政府所在地，但这儿的空气里依然弥漫着刚毅而又执着的主题曲，犹如黄钟大吕在空气中久久激荡，使得这片绿油油的金银滩充满了不朽的音符与联想。

那座刚刚开放的中国原子武器展览馆，必然会把游人吸引进去，一块块图版，一件件实物，模模糊糊记录了20世纪这片草地上发生的“传奇”。阅读珍藏在图片里点点滴滴的文字，让我这个曾经为国防事业倾注了三十年心血的军工战士激动不已。我惊愕地看到玻璃展柜里几张红色塑料皮的工作证，标注的工作单位居然是北京市某个信箱，其实他们离繁华的长安街何其远啊。我看到一张基地的小报，劳动竞赛、质量第一、读书活动、支部生活，字里行间都是那个时代纯洁而又火热的字眼，让我这个曾经的厂报编辑突然找到了为军工生产摇旗呐喊的感觉。我看到展厅里一张机械加工的蓝图，一条条实线与虚线勾起我学习车铣刨磨的片段，不由得想摸摸左手掌上钢凿留下的疤痕。我还看到藏族同胞因为建设基地而迁徙他乡的照片，一对年轻夫妻抱着孩子带着牛羊离开金银滩时恋恋不舍地微笑，他们绝对没想到再想踏上这片草地要等待半个世纪，不由得使人泪眼蒙眬了，不由得想对藏胞们昔日的壮举鞠躬敬礼。

这座迷你小镇今天似乎依然笼罩着深邃的氛围，似乎昔日创业者留下的痕迹太浓重了，看不到在其他城镇熙熙攘攘的人群和商贩，清静得感觉不到匆忙与悠闲。然而，走在这洁净而空旷的街道上，却能听到阳光照射的嗞嗞声响，可以依稀分辨出当年的办公楼、俱乐部和宿舍整洁有序地排列在街道两旁。

我对这样的环境熟悉极了，从童年到青年我就生活在这样的氛围里的，栋栋小楼的窗棂更勾起我曾经去过的“三线”企业的印象，那里还藏有我青春期留下的滴滴甜蜜和顽皮。是的，尽管眼前这些建筑已经被今天的主人涂上了鲜艳的色彩，但我知道那是昔日创业者用双手砌成的不朽丰碑，承载着已经淡漠却永远不会被忘记的过去。尽管眼前这些建筑没有标注任何彪炳史册的信息，无法知晓那些已名震寰宇的科学巨匠们当年在哪里工作和居住，也无法查阅没有解密的资料文档，但我知道这里的一砖一瓦都凝聚着共和国原子武器缔造者的心血，这里的一街一楼都留下了邓稼先、王淦昌们的足迹，这里的一草一木都挟带着军工人沉沉的呼吸。我徜徉在英雄们营造的氛围里似乎恍惚起来，似乎期待着在这里能够与哪位科学家邂逅，一倾今天的人们对祖国对国防的认识和思虑。

天哪，我真的见到了共和国的第一伟人，那是一尊汉白玉的毛泽东塑像，就屹立在当年俱乐部的门口，身披大衣挥手前方，直视着一条从基地深入金银滩的大道，真可谓威风自信气宇轩昂。啊，这尊塑像一定见证了昔日创业者每一个前进的步伐，也鼓舞着创业者不屈不挠勇往直前。尽管当年这里一切的一切，都是在绝密状态下进行的，尽管为抹去可能暴露的蛛丝马迹，先辈们一定煞费苦心，但我久久凝望着伟人的雕像，眼前居然浮现出当年创业者忙碌的草绿色，浮现出青春额头上的条条皱纹，以及在暮色掩护下驶出厂区的全副武装的军列……

所以，金银滩尽管只是一片山峦环绕的绿草地，但它却是共和国钢铁般的脊梁，正是他们托起了从罗布泊升腾起的那朵让全世界的朋友和敌人都感到震惊的蘑菇云。所以，这片小镇这片楼宇应该都是文物了，都是中国科研登上世界巅峰的见证，绝对是一笔厚重的文化遗产啊。是的，这片基地受到的保护无以挑剔，楼盘街道不但原汁原味，新建的机构都摆在了基地的外面，使得神秘的原子基地能够完整地呈现在世人面前。但我想斗胆建议，还应该把每条街道每个楼宇承载的历史挖掘出来，在最为显要的地方加以标注，营造出一个凝重的历史氛围。让人一走进“基地”就能被扑面而来的信息笼罩，在“基地”转上一圈就能受到圣洁的洗礼，也可以让那些对中国的崛起疑虑重重的西方政客到这里来寻找“秘籍”，看看中华民族的脊梁有多厚有多硬！

美丽的金银滩啊，用绿色记录了曾经的艰辛，用洁白书写了心底的浪漫，用空间承载了不朽的瞬间，值得人们永远去追忆：在那遥远的地方，有过一群最最美丽的小伙和姑娘！

发表于2011年12月12日《人民日报》

三秦之歌

三秦沃野是一个盛产民歌的迷人地方。

——作者题记

一

我每每去陕南，总觉得是去青山绿水的地方休闲，尤其是划船来到某个湖心，你会远远听到从水里从林间飘来的歌声，像鸟儿，像银铃，婉啭清纯，细腻悠长。稍不小心男人的春心便被撩动起来，你激我逗，打情骂俏，平时说不出口的荤句就荡漾在悠悠的湖面上了。如果有姑娘蓝衣花裤，或站船头，或藏树下，回眸一笑，嘴里便飞出甜蜜蜜的歌来，刹那间就把人的思绪带入田园般境界了。我于是想闭目养神放松身心，却总有好事者询问我对陕南民歌的看法。

我说，陕南民歌最大的特点是歌唱生活！

的确，陕南民歌大多是对生活的赞美，是人们从心底流淌出来的生活赞歌，不仅表达爱情真挚幽默，表达生活尤其自然淳朴，听来惬意自然。正说着就有人唱起了劳动歌谣《过汉川》，“上河那个涨水下河浑，河里那个站的是打鱼人，打下那个大鱼长街卖，打下那个小鱼下酒喝，站在河边打鱼哇，我们众位唱起歌。”有人尚觉不过瘾，高喊来段带色的嘛，于是一段情歌飘起来。“郎在对门唱山歌，姐在房中织绫罗，那个短命死的、发瘟死的、挨刀死的唱的个好哇，唱的奴家脚帊手软、手软脚帊踩不得云板丢不得梭，绫罗不织听山歌呃。”那歌声贴切幽默，惟妙惟肖地刻画了坠入情网的姑娘对意中人的思念。似乎在陕南民歌中，几乎听不到人们的惆怅和叹息，更多的是人们对生活的憧憬，是劳动情感的流露，所以那一支支曲调，要么委婉细腻，要么轻盈活泼，听来如坠梦里呢。

上得岸来，我们又听有女子在山间唱歌，但远远望去，歌儿却激起水波涟漪，只听音韵不见倩影。此情此景仿佛就概括了陕南民歌的魅力，陕南秦川，绿水青山，每条涧都是绿水潺潺，每座山都被绿色覆盖。是的，在漫长的农耕时期，大山里的人们生活困顿惆怅，但人们流连于山间，绝没有生命的威胁。当有自然灾害来临，人们可以轻易捕捉到赖以生存的飞禽走兽，可以随意采集到山果野菜；尽管缺少美酒佳肴，简单的生活照样可以在山里延续。所以，置身在这般惬意的环境里，叫人怎能不歌唱？男女怎能不唱歌？人们歌唱这里的山，歌唱这里的水，歌唱这里的风情万物，直把所有听歌人醉倒才歇息呢。这种田园牧歌式的生活，一不小心就会软软陷进去，歌声就会从喉咙里流淌出来，融入青翠的山山水水，将人带入温柔之乡，也就会忘却了所有的忧愁和烦恼，忘却了生活的艰辛和苦涩。

呵呵，想休闲，去陕南。

二

走进苍茫的陕北，我们听到的信天游就少了轻松婉啭的韵味了，那高亢悠长的曲调，总是带着一种苍凉和悲悯。跋涉在陕北的沟壑，人们常常渴望裹着白羊肚手巾的后生，腰系粗粗的麻绳，甩起清脆的叭叭羊鞭，信天游脱口而出耳畔激荡，那才叫一个享受呢。是的，长久以来人们喜爱陕北民歌，往往会被那悠扬而自由的信天游传达出的情绪感染，尤其是那一曲响彻寰宇的《东方红》，更将陕北民歌的旋律带到大江南北的各个角落。而今人们的文化生活丰富起来，经过三十多年各种文艺风潮的洗礼，很多流行的旋律都抛到人们的视线后了，但陕北民歌却以其独有的魅力越来越受到群众的喜爱，这实在是陕北民歌的魅力所在啊！曾有人与我探讨陕北民歌的特点。

我说，陕北民歌最突出的特点是歌唱生命！

君不见置身黄土畔，站在黄河边，或是呼朋唤友酒桌旁，只要那信天游一出口，人们的情绪便立时被带向悠远，带向苦难，带向生离死别。似乎陕北人天生就执着投入，即使谈情说爱，也要爱得死去活来，使人感觉到强烈的灵肉震撼和魂魄鞭笞；即使是贩粮运货走西口，也要雄赳赳提升到生命的高度。你听那动人魂魄的《走西口》，不管拉扯哪个版本，都突出了一个共同的特质，就是纠结于生命的磨难，有今没明的那种沉在心底的忧虑，会折磨得你呼吸急促荡气回肠。“哥哥你走西口，小妹妹我有句话儿留，走路走在大路口，人马多来解忧愁。哥哥你走西口，小妹妹我苦在心里头，这一走要走多少时候，盼你也要盼白了头。”听到这段信天游心里只有一个苦了。又比如那脍炙人口的《兰花花》，尽管演绎的是司空见惯的乡间爱情，却爱得你死我活。“三班子吹来两班子打，撇下我情哥哥抬进了周家。前晌你死来后晌我走，拼上性命我往哥哥家里跑。见到哥哥我有说不完的话，咱们俩死活在一搭。”如此坦荡的情怀，常常令人唏嘘不已。而且令人感慨的是，即使是流传在街头巷尾的那些俚语酸曲，也都洋溢着敢爱敢恨的奋不顾身精神，昂扬的生命力量在歌声里得到刻意的彰扬。

我情不自禁哼起了“天上有个神神，地上有个人人……”

沉浸在方言里的陕北人，以为我写了一部陕北秧歌剧便对陕北民歌加以推崇。其实这陕北民歌所以会有这般特征，实在是因为陕北长期以来是一块承载着民族苦难的黄土地。君不见土崖荒坡，戈壁沙漠，一眼苍凉，一旦狂风沙暴，人们被封在家里许久出不了门，吃饭喝水都是困难；一旦旱魃肆虐，干燥的空气都能擦着火，人们连啃树皮的奢望也会被无情剥夺；倘若冬日严寒降袭，蜷缩的躯体在风中颤抖，生命在无奈的痛苦中慢慢流逝。所以人们要走西口，要祈天雨，要唱信天游。如此恶劣的自然环境，人们对生命的渴望在这里演绎得格外精辟，谁都担心上苍的惩罚哪天会降临到自己头顶。所以人们在沙蒿里，在窑洞口，在贩运路上，在热火的灶台旁，喜欢用民歌来排遣时光，用信天游来抗争命运的残酷。所以，那一曲曲爱的旋律，那一声声狂飙般的呼唤，都蕴含着深深的忧虑和惶惑，都饱含着对生命的眷念和珍惜。

是啊，想释怀，去陕北！

三

那天我问一位音乐家：关中民歌的特点是不是咏叹命运？

他略加思索点了点头。

谁说不是呢？我们走在关中的土地上，常常会感觉进了一片浓重的撕扯不开的迷雾地带，压迫得你想喊又不敢。有位刚从北京来陕挂职的朋友与我述说，关中这地方太神奇了，浓浓的尘埃，厚厚的封土，永远弥漫着古风雅韵，几乎每一脚下去都能踩到历史，碰到沉睡多年的皇亲国戚。你走进关中，可以轻易见到秦国威武的战车，看到汉朝长安的瓦当，捡到大唐东市的三彩，踢到有明一朝的铜钱，人们说一场大雨就能冲出一个博物馆来，绝对不算夸张的。但是，我告诉他，这样的氛围却不适宜原生态的生长，不论是郊外沃野，还是城间街口，若想采风民歌竟是个困难的奢望。好像关中人的演唱功夫一夜间被褫夺了，你难以在城墙根下听到居民们纵情的宣泄，也难以在田间麦场听到老农们自由的歌唱。只是偶尔在远离城镇的乡间小路上，身背褡裢的老农脚夫会迎着暖洋洋的夕阳，一板一眼地喊上几句秦腔，其音也哑，其调也凉啊。所以，生活在关中这片皇天后土上的人们，似乎一辈辈走来变得越发循规蹈矩，失去了张扬而放肆的天赋。

音乐家惊讶了：你怎么还研究起音乐了？

什么研究呀！我驱车乡里，东寻西觅，听到的都是不很地道的关中民歌，比如老腔，比如关中道情。然而听得多了，就有了一种感觉，这些貌似原生态的歌儿，不管曲调多么诙谐，也不管歌词多么豪放，其实都在努力抒发一种哲理，都想用民间最质朴的语言倾倒出一个真谛，骨子里隐含着那么一股参透世界的情绪。你听那流传在关中城镇的《卖饺子》《卖面条》《卖针线》《卖饸饹》等走街串巷的吆喝声，几乎都隐隐想阐释什么。那首耳熟能详的关中歌谣《大舅二舅歌》，让人在憨笑中清醒："他大舅他二舅都是他舅，高桌子低板凳都是木头。"这话看似平庸，却是在告诫，不论富贵还是贫穷，不论腾达还是没落，本质上都是人。还有那首《远看钟鼓楼》更有一股玄味，让人听着如坠雾里："远看钟鼓楼，近看是木头。木头用了千千万，没用锛子和斧头。"这些词句都隐含着云聚云散的韵味，字里行间体现的都是浓浓的宗教般的参透意识，告诫的是人世间简单而又深奥的哲理。

音乐家听着笑了：有点意思。

其实，这样为关中民歌煽情绝不是我的本意，是因为关中地区是我国周秦汉唐四大朝代的京畿之地，也是历代文人墨客极为重视的治学重镇，商品流通又使得关中历史上繁华昌盛。

因此，当年这里的百姓受到的繁文缛节的熏陶更为细致，必须合乎礼数地生活，生怕突然亮嗓破坏了礼俗规矩，也怕哪句唱词引来厌恶和麻烦。所以，久居关中的人们很少会恣意率性地抒发自己的情感，只会拿腔捏调地在街头巷尾哼上几句小曲，即使行走在偏僻的乡间小路上，也只能借助那些刻板的程式来抒发自己的情绪。

所以，历史蹀躞着走来了，那关中民歌在市井文化的熏染下，便越发衰落和萎靡了，当然也就丧失了原生态的鲜活魅力，也就很少有人去传承了。如今，我想附庸风雅去找几首地道的关中民歌，竟然也变得十分奢侈，人们能够听到的都是些经过文人墨客斟酌提炼的词曲，一字一句，显得那么沉稳那么精致。

所以，想修身，到关中！

2015年1月26日 于新城

发表于2015年第3期《剧本》

第四辑·春风拂之

饺子啊饺子

我爱吃母亲包的饺子。

几乎每个周末，妻子都要问我什么时候去东郊。那古城东郊的韩森寨住着我的高堂父母，我会不经意地问一句知道老妈做啥饭了，妻子便睨我淡然一笑："饺子呗。"那一声"呗"把我们一家人对饺子的感情表达得淋漓尽致。

母亲爱包饺子，我从懂事起就喜欢吃母亲包的饺子了，那时候吃饺子还是一家人过年时的奢望。记得每到大年三十，太阳刚刚偏西，渭北高原上那个被土围子包裹着的村落就陷入了浓浓的节庆之中，似乎所有在外忙碌的人都赶回来了。家境宽裕的孩子换了新衣裳招摇过巷，家境清贫的孩子也都把头剃得油光，远远见面都会乐呵呵地打个招呼，彼此也不说什么就神神秘秘地跑回家去了，即使兜里有几枚铜钱，想要个输赢也不敢远离村郭大墙，其实就是在等待一个时刻的到来，那就是年夜吃饺子啊！

有趣的是村里人把饺子称为“疙瘩”，我至今也不知道里面隐含有什么典故。人们拜年见面会乐呵呵地问起：“吃啥疙瘩了？”“肉疙瘩嘛。”其实我们家并没有多少“肉疙瘩”的，但母亲会想办法，割一条红白相间的肋条肉剁成馅，掺进大葱韭菜，或是白菜萝卜，还有碾得细细的五香作料。

也不知从何时兴起的习俗，每锅饺子会有二三个包上硬币，谁能吃到嘴里，谁就是当年最幸运的人了。母亲那天会悄悄把我拉到厨房，用竹笊篱捞几个肉疙瘩倒进我碗里，我便端着碗在院里哪个角落狼吞虎咽起来。一不小心被几位小叔看见，也会引来不公的埋怨，因为他们碗里多是豆腐疙瘩。其实那豆腐疙瘩是很好吃的，馅里拌有油渣、粉条、生姜和萝卜，咬一口豆香满嘴，似乎到了下顿饭舌顶还残有那种绵绵香香的味道。于是我们便达成了“协议”，我拨他们三个豆腐疙瘩，他们从我碗里夹两个肉疙瘩。时常有人会从那肉疙瘩里咬出硬币来，只听“嘎嘣”一声，便兴奋地高叫起来，我便懊悔得直淌眼泪，母亲知道了直戳我额头，真是个傻娃啊！可能就是因了这个缘故，我在那品类繁多的饺子里，对那豆腐馅的饺子情有独钟，有时出差在外，就打电话预约，回到城里端起母亲包的豆腐饺子头也不抬，话也顾不得多说，只是香滋滋地大嚼一通。

当然，平时家里是很难吃到肉馅饺子的，但母亲礼拜天会想方设法给我们做饺子吃。实在买不到肉了，母亲想办法也要给饺子馅里放点油水，常常是把猪油渣与白菜芹菜等掺和了，作为饺子馅。那种饺子扔进嘴里香口四溢，嚼得满嘴生津，我们一喊“香、香！”，母亲就拍拍围裙的面末眯着眼笑了。

我已想不起从什么时候起饺子对我们的吸引力大大减弱了，平日里宾朋往来，觥筹交错，应酬繁多，人们早已不把那饺子视为饮食中的精品了。好像在我们所吃的餐宴中，饺子已快从人们的视线里消失了，如果有谁宴请亲朋纯是一碗碗的饺子，一定会引来令人难堪的嘲笑，吃饺子几乎演变成了一种吝啬的代名词。

但是母亲依然固守着对饺子的嗜好，依然每周都要包饺子吃，每逢周末老人家就会打来电话，告诉我提前回来包饺子。而我们回家去吃那饺子，已经不是因为一碗饺子有多大诱惑，而是对年迈父母的孝道了。况且吃饺子要调馅，要擀皮，还要包，工序多复杂啊。我一半是怜悯，一半想换个口味，一进家门就给母亲提建议，换个味道吧，吃米饭，蒸馒头，炒点菜。

母亲略一沉吟皱皱眉看着我说："我现在就想不起来做啥好了，你看面都和好了，下礼拜吃米饭吧。"但是下一个周末又是饺子，只是饺子馅会有些变化，我们也只好作罢。但儿子不愿意了，时常噘嘴嘟囔说"又是饺子"。我们小声哄儿子，奶奶包的饺子绝对不能说不好吃。为了取悦母亲，我对儿子约法三章，不允许在奶奶面前说饺子不好吃，不允许把碗里的饺子剩下，不允许在吃饺子时要别的食物。

然而，我的约束对儿子不起作用，几乎每次回家，儿子都要闹些让家人不愉快的事。常常是一迈出家门，我就和儿子在楼外高高低低地争执起来，到了深夜心情也舒缓不过来。可是儿子对付我们的办法层出不穷，干脆每次回家吃饭，碗还没端就说吃过了，引得一屋人怏怏不快。于是我一边低声哄儿子，说那饺子悠久的历史，丰厚的营养；一边劝母亲不要老包饺子了，换个花样让儿孙们有个期盼。然而，母亲听了黯然一笑便不吭声了，我再要劝说，老人家便嘟囔一句，你们想吃啥就自己回来做嘛。于是我告诉妻子下次回家我们来做米饭炒菜，妻子隐而不语似信非信。我又转而电话告诉母亲，老人家也没反对，我以为下次周末肯定是顿丰盛的菜肴，便提前告诉儿子不准到时"逃吃"。

可是，当我满怀信心提了一大兜超市的蔬菜，携妻带儿迈进家门，想不到母亲像什么事也没发生，厨房内外又充盈着饺子馅的香气。老人家已做好了包饺子的所有准备，不但把包饺子的面和好了，还把饺子馅拌好了。而且，客厅茶几上支起一张面案，上边放着一碗面粉，周边还摆了五只小板凳，显然正等待我们三口回来包饺子呢。

我与妻子面面相觑，儿子朝我斜睨一眼满含嘲意，我也不好再说什么，佯装笑颜坐到母亲旁边，又示意儿子赶快坐下帮奶奶干活。一家人擀皮的擀皮，包馅的包馅，忙忙碌碌的，却没多少说笑。妻子当然知道我的尴尬，故意与父亲唠起家常，聊着聊着又聊到母亲买菜包饺子上。母亲淡淡地说这饺子要好吃，不但要把菜选好，还要把肉与菜的比例调好，调馅过程还特别讲究，必须一边剁肉，一边往里掺鸡汤，这样的饺子才香呢。

母亲忽然问我是不是，我正专心擀面皮，眼睛一直盯在手上，闻声抬头，见母亲的眼睛盯着我。噢，母亲的脸松弛了，脖子也松弛了，已经挤满了深深浅浅的皱纹，脸颊还冒出了许多星星点点的黑斑，特别是母亲那原本清澈的眼睛也变得混浊了。我心里一阵酸楚想说什么，却不知说什么好，手下的面皮便擀得有的长，有的短，有的厚，有的薄，一圈人都叫起来：看你擀的面皮！

母亲这时显然看出了我的情绪波动，说了句让我一辈子都无法忘记的话，她一边包一边自言自语地说："你爸你妈老了，也不想吃啥了，饺子香不香，关键是心情。一家人围在一块儿包饺子多好啊，一边包一边聊，非要做啥米饭，准备了一两天，你们吃完嘴一抹走了，连句多的话都没有。"我和妻子闻声都愣住了，母亲轻叹一口气："你们也会有这一天呢。"

我抬头又看母亲，混浊的眼睛似乎明亮了许多，眼眸里含着格外的爱怜和依恋，吃饺子吃的是心情！天哪，我怎么就没想到呢？母亲心灵手巧什么菜不会做，何曾不想变个花样来款待她溺爱的儿孙，但母亲太珍惜这个阖家团圆的周末了，她渴望用这种方式营造一个其乐融融的气氛，来品味生活的乐趣和疼爱，虽然仅仅是一顿饭，可对母亲对父亲已经像节日一样了。

那天的饺子皮我擀得很慢很慢，一家人也包得很慢很慢，一个个饺子犹如一个个工艺品，围着那笼屉一圈一圈螺旋着，看那精细劲儿我都不忍心下锅了。我没想到这小小的饺子居然承载了这么多的味道，融融亲情更把这味道发挥到极致。那天的饺子妻儿都说香，我却吃不出味道来。儿子问我："爸你咋了？"我抬头看见镜子里自己的眸子涌满了泪花，便掩饰地说把辣子揉进眼睛了。

我已不记得那天的饺子是什么馅的了，但我清晰地记得母亲吃得很香，父亲也吃得很香。

2004年9月1日于西安南郊

发表于2005年第8期《美文》

获第五届冰心散文奖

老爸之书法

我从小就知道老爸是个爱写字的笔杆子。

记得那时候天气闷热，人们进出都穿着裤衩光着膀子，但老爸总穿着背心，坐个高板凳伏在裂缝纵横的方桌前，一手摇着蒲扇一手握笔，桌上铺一叠稿纸一块布巾，脸颊淌下汗来，便用布巾擦擦，再摇扇取风，但这些动作并不妨碍另一只手不停地疾书。我不知道老爸在写些什么，有人夸老爸的字可以归为钢笔书法。可我侧头小觑，那字也太“潦草”了，我就认不得几个，只知道那些蝇头草字可以寄给报社，换得些许稿费来，然后便领我在城里吃碗泡馍，买一本小人书，到后来那几乎成了规定的程式，哪一周忙忘了，我就会小嘴噘起来。

后来我在家里储物间寻找什么，发现老爸藏在一堆棉絮里的一份资料，便时常钻进去拽出来看，材料很长很厚，我钻在两米见方的杂物堆里，知道了老爸好多的“秘密”。老爸竟然早年在富平立诚中学开展过学运，又在马兰干训班受过训，新中国成立后一直在军工厂搞宣传。好像老爸就是从那时开始练起了毛笔字，即使外面斗争他的喇叭震天响，他也会用小毛刷蘸水在粗糙的方桌上画上几笔，写的内容都是风靡一时的“语录”。

上小学的时候，一周一节描红课，放学以后也得练习交作业，老爸一看见我握笔描红，就说要悬肘提腕攥紧笔杆，时不时冷不丁抓住笔杆用劲一提，弄得我满手的黑墨汁。可老爸从不睬我呜啦抗议，只管教导毛笔写字必须平心静气，心正笔正，这也是做人的道理。偶尔老爸也会示范几个字，但会被老师轻易发现。老师一边将作业挑出来在班上讥讽有人偷懒，一边表扬老爸那几个字笔笔到位，我便羞得头也抬不起来了。

之后老爸调到兵器局工作，下班回家又开始操起笔墨来。这次他下了工夫，找到几本字帖依样临摹，记得先临柳公权的《玄秘塔碑》，又临颜真卿的《多宝塔碑》，后来还临过魏碑石经。我跟老爸说还是魏体好看，敦敦实实，藏锋内敛，怎么看都舒服。他教训我，临帖要一步一步来，只有临到位才能悟出门道。好像他把看过的报纸都收集来练字了，全堆在屋角摞起来，足足有一二米高。不过，我发现老爸最爱临于右任的字帖，买过好多于右任的帖本，有楚图南编的，有舒同编的，每本字帖他都会临上几十遍上百遍，直到自己满意了才换新的。如今那些字帖还摞在家里书架上，已卷了角毛了边，每一页都有他用钢笔写的注释。老爸离休后跟人交流临帖心得，透露他之所以酷爱“于体”，是因为于右任长寿，练字可以平衡阴阳增强体质，完全就是气功的要领。

也不知是哪年的腊月，老爸写了两副春联，一副贴到楼门单元上，一副贴到自家门口。那时候贴春联还有点新鲜，可那些字似乎太潦草了，张牙舞爪的，楼里的大人小孩横竖看不懂，须老爸一字一字地解释，可大多听了涨红着脸，不敢问什么就低头溜了。但是也有街坊慕字而来讨要春联，老爸心中窃喜，来者不拒。后来老爸见来讨春联的人太多，就在楼下支了个案子，牵着刚会走路的侄儿一写一天，挂得满街坊都是龙飞凤舞的春联。

我几次提醒老爸把字写得规范些，老爸讽我不懂瞎说。后来单位组织迎春书画展，老爸接到通知提笔写了两副对联，让办展人挑一副展出，没承想两副对联都在展会上裱挂出来，那是老爸的书法第一次郑重示人。很多看过展览的人给老爸打电话，说那两副对子笔势流畅，颇有书法家的风度。后来展会给老爸颁了个奖状，大大提高了老爸练字的热情，上午写柳体，下午写颜体，晚上写于体，屋里啥时候都是浓浓的墨汁味。老爸还用杂志贴了几本剪报，汇集了见诸报端的书法刊头。老爸对这些刊头似乎情有独钟，不管什么体都要仿上几遍，仿到最后常常以假乱真，他自己便得意地摸摸下巴笑了，笑得眼睛都眯成了缝。后来我试探着把他写的刊头投给几家报社，竟然陆陆续续都用了，老爸便故意把那几份报纸摊到桌上，谁来都要翻开来炫耀几句。

但是，从此常有不知哪里的人，编了形形色色的理由来家里求字。老爸依然乐此不疲有求必应，连老妈都觉得有些人太频繁，就过去含混嘟哝了几句，老爸居然跟老妈红脸了。尽管一家人都站到老妈一边，可老爸依旧我行我素，把他的书法散得楼里家家都有。那天，老爸又写了几张格言嘱我去装裱，声言要送给儿孙们。我把那些字拿到书画店，装裱师傅一看竟然一个劲儿问，这华原俊杰是哪方地界的书家，字潇洒，见功夫，比市面上许多书法家强多了，最后竟提出送他一幅可免去全部装裱费。老爸的书法真的有价值了？我将信将疑将墨迹拿给两位书法家看，没想到他们同声称赞老人家的字绝对的童子功，笔墨行云流水，以后应该多参加些书法活动，那其中的意味是不言而喻的。我于是喜滋滋地把书法家的评价告诉老爸，可他放下毛笔淡淡问我，人家怕是看你面子才这样说的吧？

后来，喜欢跟在老爸屁股后面的侄儿长大了，时常要爷爷给他的朋友写字。老爸对侄儿的爱都倾注在笔端了，侄儿眉飞色舞拿去送人了。后来他居然孝敬爷爷出了本书法作品集，扉页是一张老爸坐在藤椅上的照片和一段评价老爸书法的文字。老爸特别信任他的孙子，俨然以书法家自居了，若有人跟他切磋书法，他便摇头晃脑指指点点，甚至时不时对报上的作品评个一二。有一天，侄儿回家掏出一本拍卖公司的画册，老爸的一副对联也赫然其中，居然估价五千元，想不到老爸的字上了拍卖会，以后传扬开可就闲不住了。可老爸细细翻了翻，脸上的笑容很快从皱纹深处爬上颜面，还跟老妈开了句久违的玩笑。这润笔之说古已有之，我们纷纷撺掇以后能写多少写多少，既是个锻炼，又可给家里贴补。但是谁也没注意到，老爸的笑容倏然不见了，眼盯着书案上的笔架，一根一根揪着下巴的短胡茬，许久没有吭声。

没多久我那侄儿抱怨起来，爷爷变得啬皮了，张一回口才给一张，总是骗人手没劲写不动了。后来侄儿发现爷爷练字的旧稿在抽屉里塞得满满当当，就挑出能用的盖上爷爷的钤章拿走了。可是没多久，侄儿的这个“阴谋”被老爸发现了，他居然把练习的旧稿给藏了起来，侄儿把家翻了个遍不见踪影，老妈终于心疼了便把藏匿点透露了。哪承想，老爸知道后大发雷霆，脖上青筋直暴，脸上黑斑红透，他把书案上的毛笔一把掷到地上，咬着牙说那些字没有章法，拿出去丢人现眼呢！从此，老爸总是嘟囔记忆力差了，几乎写的每幅书法都有别字，即使没有错误他也要像老师批改作业那样，用红笔给几个字画上圆圈，这样的作品当然就无法送人了。

后来，侄儿噘嘴吊脸让我去劝老爸，他为出爷爷的作品集花了六千多块，这下连本都赔进去了。可谁劝老爸也不理会，侄儿只好直接跟老爸摊牌了，写一幅字他付一百块现钱。这条件挺诱惑的，常言道，人老爱钱没瞌睡。但老爸怎么蛊惑都坚如磐石，逼急了就搪塞耳背听不清，他质疑拍卖会上那副对联能拍到五千块，是不是有人想败坏他名声呢？我急忙告诉老爸，那幅字不知是谁送去拍卖的，拍多少钱已与我们无关了。但老爸定定地盯住我问：“你侄儿一个劲缠着要字，是不是都拿去拍卖了？”一屋人七嘴八舌纷纷解释，现在是市场经济，写字也是个劳动，那书画家哪个一年不收入百八十万。但老爸脸色少见地阴郁下来，连皱纹都凝结成疙瘩了，不知那发亮的额头又在想什么。

令人想不到的是，从那以后老爸竟然把纸墨统统束之高阁了，逢人就讲手臂颤得握不住毛笔了。可我们都感觉老爸是伪装的，他出门散步依然腰板笔直，腿下步子轻盈，横过马路还能一溜小跑。九十大寿那天，他居然当众把《阿房宫赋》背得一字不漏。我都觉得老爸已到这般年纪，出门活动难免不测，安安静静在家写写字多好啊，可老爸听了不抬头不瞅人不吭声，弄得全家人奈何不得只有叹息了。为打消他的顾虑，我郑重表态，以后写一张老妈收一张，绝对不会交给任何人。可能是大家劝得多了，他洗笔蘸墨颤颤巍巍划拉两张，果然字体歪斜得没了章法。

去年春节前，老爸忽然肺部大面积感染，吸着氧气，戴上了监视器，经过几番抢救才渐渐舒缓过来。似乎老爸病后耳聋得更听不见了，我那天故意逗他说："我有个朋友来电话要买你的字呢。"这话，老爸居然听得真真切切，猛然醍醐灌顶怼了我一句："你能保证那买字的人里头，就没有想求你办事的？"我不由得一怔，再怎么解释老爸似乎又听不见了，后来老爸又充满爱怜地一字一顿地说："古人为啥说富贵不能淫，你啥时候都要想着有人盯着呢！”

我脑海猛地闪出了那个似已淡漠的惨笑，眼泪顿时汹汹地涌上来，冲得脑海泛起一波又一波浪头，看来老爸之所以要放弃一生挚爱的书法，是担心他的墨迹会成为龌龊的筹码。

老爸啊老爸，用心良苦啊！

2014年3月19日于中央党校

发表于2016年第6期《芳草》

睡觉 睡觉

不知从什么时候开始睡觉成了一个困扰我的问题了。

好像小时候我就没有睡觉的感觉，即使搜尽曾经的记忆，就没有母亲斜靠在身边哼着《小白菜》的旋律坠入梦乡的镜头。朦胧里母亲总是天稍黑就催我脱衣睡觉，而小时候我特别懒不爱洗脚，母亲每每会不间断地嚷叫我脱鞋洗脚，为躲开监控我常常瞅见母亲去端盆打水，便嗖一下甩掉鞋袜脱掉裤子，把一双湿漉漉的臭脚伸进了藏着暖壶的被窝，合上眼皮佯装已经睡着了。母亲端着暖暖的脸盆盯着我的脸叹口气，这娃也不知洗脚。待母亲把厨房零碎忙完躺下后，把一根从房顶灯泡座里引出的灯绳一拉，屋里便沉进一片漆黑的世界了，人便像中了魔似的睡过去了，再一睁眼天便亮了。我曾经想等我长大了，要把灯绳拴到我的床头，由我来掌控关灯的权力。

我好像就没有睡不着的时候，总感觉有瞌睡虫在眼皮上趴着。记得20世纪70年代的一天夜里，我不知为什么在睡梦中莫名地醒了，发现父亲和母亲蹲在床头的煤炉边，苦楚地盯着我不知在商量什么。我问怎么还不睡啊？父亲沉默着，母亲淡淡地说，眼睛闭上睡觉。我只好把眼睛闭上了，隐隐约约听见父亲在说明天要集会，让母亲带我和弟弟到兴庆公园去躲一躲，别让孩子瞅见吓坏了。我一听顿时害怕起来，在被窝里直直挺着一动不敢动。母亲大概看见我的眼皮在眨巴就坐到我床边，手掌在我身上轻轻拍打，不紧不慢的，嘴里也没有声音，这时屋里静极了，可以听到父亲抽烟的呼吸，还可以听到炉膛里火炭的燃烧声，很快我就坠入梦乡什么都不知道了。

后来我中学毕业上班了，每天都是忙忙碌碌的。回到家吃罢饭就钻进被窝香香地睡了，待到早晨母亲喊我起床还觉得睡不醒眼皮睁不开。由于父亲的遭遇，我曾发誓这辈子不去涉猎文化，但是我被一位青年作家的风采吸引，喜欢上了舞文弄墨。有一天我爬了整夜的格子，却一点不知道困倦，天一亮就骑上自行车去给杂志社送稿子。编辑见我就说："看你蓬头垢面的，怕是牙都没刷，快回去睡一会儿吧。"可我回到家拉上窗帘，钻进暖烘烘的被窝，却翻来覆去地想那情节那意境，那是我记忆中的第一次失眠。

但那种失眠是幸福的，满脑子都在体验方块字的奥妙，所以每当有人痛苦地述说失眠的烦恼时，我会不经意地问一句有那么难受吗？然而我自从戴上了芝麻官的帽子，失眠就悄悄地追踪上来了，只要忙碌打破了生物钟的节奏，眼睛就是再怎么困顿睁不开，脑子也休息不下来，似乎睡觉成了奢侈的享受，于是乎躺倒即睡的状态就渐行渐远了。

开始有同事告诉我个方法，放松身体放开想象的翅膀，去回味最美好的时刻，洞房花烛夜，金榜题名时，很快就与梦境联结上了。于是我平躺在床上，四肢伸开手心向上，真的感觉我的身体飘起来了，飘到一片静谧的草原上，远处是线条柔和的绿地，身下是娇嫩盛开的野花，身旁还有轻盈的小鸟陪伴着飞翔；还想象我爬过的一摞摞格子旋转着变成了铅字，厂区喇叭流淌着我的美文，树荫下姑娘们的爱慕在我面前晃荡……但是我明明眼睛是闭上的，却感觉睁得很大，隐约透过窗棂瞥见一两颗忽闪的星星，反倒连一点点困倦也挤不进来了。

没办法我就深更半夜躲到客厅看电视，连那声嘶力竭的卖货广告也看得津津有味，但这类广告声音怪异会突然提高好几个分贝，吵得家人敢怒不敢言，也吵得楼上楼下咚咚地敲楼板。父亲告诉我找那艰涩难懂的书翻上几页，想不睡着都不行呢，这可能是他的经验之谈。于是我感觉入睡困难，便躺到塞满书架的客厅沙发上，拉上一床厚棉被，打开地灯捧着书，有滋有味地读起来，书架上很多没有空暇阅读的著作，就这样被我作为催眠工具翻阅了，几乎可以做到读书睡觉两不误了。

可是这种好心情没能维持多久，伴随着我走进一个新的岗位，繁忙剥夺了我几乎所有的休息时间。周边人议论我是工作狂，喜欢加班熬夜，其实我那是在逃避睡觉的诱惑。不知从何时起，我开始恐惧夜幕的降临了，好像黑漆漆的夜色是为惩罚我等苦恼人而设的，往往是忙碌了一天推开家门，就开始盘算今天晚上怎么度过。而且我的脾气也因此糟糕起来，家里所有的什物都可能成为我发泄的对象，失眠成了我生命中必须面对的恶魔般的挑战了。

终于安眠药成了我睡觉的辅助品，那白色的小药片，头几回咽下去还真得睡个沉沉，早晨起床还要迷怔一阵儿。但是用久了，一片不管用了，要一片半了，后来一片半也不行了，要两片了。有位热心的大夫传授经验，你就放开胆吃上四五粒，一觉睡到第二天中午，就把失眠的毛病纠正了。但是我知道小药片的厉害，万一吃下去醒不过来找谁去啊？

本来我每周都要回家和父母吃上一顿饭的，可是渐渐地回家成了我的一个负担，因为父亲见我一脸的倦容，总要问这问那，我怕老人家操心要不断编出一些谎话来。母亲倒不多说什么，总是凑到面前端详着她的儿子，永远含着微笑。那次母亲听到我睡眠不好，眼眸里竟闪出了点点泪花，说你这是累坏了，就在家里老实躺上一会儿吧。于是她看着我懒懒地躺下，便去厨房忙碌了，她是一定要给儿子包一顿芹菜饺子的，其实我都忘了哪次吃芹菜饺子说了声香，母亲见我回家就要买芹菜包饺子了。

但这次母亲刚过一会儿，就从厨房回来坐到我身边不走了，嘴里喃喃说我儿别想啥，好好睡一会儿。我故意把眼睛闭得紧紧的，嘴里还装模作样打起呼噜。我想让母亲知道她的儿子一切都好，不用她老人家操心的。母亲蹑手蹑脚地拉过一块毛毯轻轻盖到我身上，虽然我一直闭着眼睛，但我感觉母亲的目光在我的脸上停住了，爱怜地抚摸着儿子每个疲倦的毛孔……

终于，我感觉母亲的饺子包好了，一碗碗端到饭桌上了，父亲让母亲喊我起来吃饭，母亲似乎不愿意，儿子回来一趟不容易，让儿子多睡一会儿嘛。但我感觉我必须起来了，晚上还约定了一个难辞的应酬呢。然而，我却怎么也睁不开眼皮，沉沉得像压了两块砖，身上更酥软得像抽去了骨头。后来我使劲睁开眼帘发现屋里黑黑的，厚厚的窗帘不知什么时候拉上了，看不到天上一星光亮，再看枕边整天吵闹的手机也不知什么时候关上了。我翻身下床才发现天已经大亮了，我恍恍惚惚觉得自己是晚上回的家呀，怎么天就亮了呢？

天哪，我昨天在母亲身边睡了将近十个小时呢！

而且睡得那么单纯，那么平静，甚至没有一丝的梦境。这好像是我这些年从没有过的记录，没有吃安定，没有喝中药，也没有做深呼吸，更没有去想象昔日的恋情。

我心里喜悦得像有人透风有好事了，兴冲冲地跑进厨房去端饺子。母亲说昨天的芹菜老了，包的是西葫芦馅的，水分多，昨晚都下到锅里煮熟了，现在要油煎一下再吃。我站在母亲身后说："我怎么就睡了一夜？"母亲也没回头说："我儿就没病，以后想睡觉就回家。"

我咀嚼着母亲的话，久久没有说话，感觉有眼泪流过心头流进肚里了。母亲已经老了，走路已经颤颤巍巍了，但母亲依然像母鸡似的伸开已经松弛的翅膀，去呵护已经成人的儿子，抵御着世间纷纷扰扰的烦恼。从此，我一有失眠便不顾一切地往母亲身边跑，在母亲身边我会睡得很沉很香很踏实的。

2010年11月1日于井冈山

发表于2012年5月21日《中国艺术报》

入选《2012中国散文排行榜》

羊肉泡馍

我爱吃羊肉泡馍是很小的时候就养成的嗜好。

那是我刚刚上小学的时候，似乎一季中最为隆重的一天，就是父亲带上我和爷爷进城去吃羊肉泡馍。那时候，吃泡馍是一件很奢侈的事，全西安城卖泡馍的饭馆也就城墙里区区两三家。每每我随父亲进城，只要走进繁闹的东大街，远远就能闻到款款飘来的羊肉香。不过走到饭馆前只能眼馋地朝里边望一眼，绝不敢进去掏钱解馋。似乎不完全是兜里钱少的缘故，最为纠结的是没有“羊肉泡馍票”。也就是说，那时候吃泡馍是要凭票的，有钱还要有票才能享受泡馍的口福。听父亲讲，他们工厂待遇好，每月会给领导发一张泡馍票，有些领导不习惯羊肉的膻味，就把票送给对泡馍情有独钟的父亲了。等父亲把票攒够了，全家人就可以进城去吃一碗令人垂涎的羊肉泡馍了。

这一天也就成了我最为期待的“节日”。我记得清楚，爷爷天不亮就要进城到老孙家泡馍馆排队去了。等天亮以后，父亲会拉上我乘公交进入和平门，再紧走慢走。赶到挤在人堆里的爷爷身边。也是巧了，每当我和父亲赶到泡馍馆，就有服务员叫号到我们。那时候没有包间的概念，偌大的饭厅里二三十张圆桌全都围着满满的人，一个个吃得满头大汗，更有甚者喜欢在嘴里发出啧啧的声来，让人感觉他那一碗香得醉人。我们进去找到一个凳子就不敢撒手，常常三个人挤三张桌子掰馍吃馍，直吃得汗水从脸上淌到碗里才扬起头来，馋嘴的形象也就全写在脸上了。

后来吃泡馍不要票了，全家人会在父亲去报社领稿费的时候聚到城里吃顿泡馍。渐渐地我发现这羊肉泡馍似乎已经渗透到三秦儿女的血液里了，没有哪个陕西人会对泡馍表示拒绝，时间长没吃就会到处打听哪里可以尝一碗货真价实的泡馍。身边也常有外地人慕名来吃泡馍，似嚼不到一半就放下筷子不想吃了。但是神妙的是，几个回合以后他们对泡馍的赞叹竟不绝于口，比陕西人还要张扬呢。似乎父亲对泡馍更有研究，他信誓旦旦地告诉我，最早在西周就有“羊肉羹”之说，那就是后来羊肉泡馍的雏形，而“对烹饪学做出杰出贡献”的苏东坡，也有过“秦烹惟羊羹，陇馔有熊腊”的赞叹。所以，这羊肉泡馍就是王室考究的羊肉羹工艺，流入民间后又简化提炼成大众菜肴了。我以为父亲这些说法，都是那些泡馍痴迷者的牵强附会，今天的羊肉泡馍，就是马背民族进城后风俗演化的结果，连那泡馍专用的“饦饦馍”，都是阿拉伯馕饼“饦儿木”在关中方言中转化来的。那时候，可能就是路边街头支一口大锅，扔进一只整羊，一边吃一边煮，路人掏一星碎银盛上一碗，再把褡裢里的饦饦馍掰碎放进去，直嚼得香气四溢，便会嚷叫大家都来品尝。更有人喜欢在锅里放些茴香干姜之类调味，再配以辣酱糖蒜之类的佐菜，那味道就更加醇香迷醉了，引得城中王公贵族也期望能得到味觉的满足，使西域牵马人吃到了比草原上更为精致的羊肉，于是这道小吃就变成这座城池的招牌了。

但是父亲有些说法我是同意的，他到今天还坚持羊肉泡馍之所以香腻，首先归功于那一锅老汤。传说有的汤煮过十几年浓香醉人，炉头们往往要按季节轮换兑进党参当归杜仲等二三十种中药和桂皮八角花椒等十多种香料。而那煮馍的肉，必须是用玉米面搓洗过的一年龄的羊羔肉，所以父亲只要走进泡馍馆，一闻汤味就知道这家泡馍的水平。而且父亲常常“教导”我，这泡馍的优劣还与掰馍有关，会吃的老食客会把“虎背菊心”的饦饦馍从中间分开，再一点一点地往下掐，每一块都是三角状，都有一面烤黄的硬皮。当一碗掰得满满了，用手掌压住轻轻一抹，火烤的硬面居然都朝上了，整个碗面呈现出黄黄的焦面来，只是这般的功夫似乎父亲自己也难做到。但是我体会这掰馍的过程就是培养食欲的过程呢，一边掰馍一边会有馋涎在嘴里漫延，要不停地吞咽下去的，等那热腾腾的泡馍端上来香气扑鼻，直恨不得几口就吞下肚去。其实吃馍更为讲究，绝对急不得，父亲常常会用筷子敲敲桌面，示意不要急，要慢慢蚕食到嘴里，再慢慢嚼烂咽下去。这泡馍端碗吃的时候只感觉醇香耐嚼，待把碗里最后一口汤倒进嘴里，直起腰来便会感觉饱得一天都不用再吃什么了。

从此那羊肉泡馍的精髓就渗透到食客的骨头里了，几天不吃就像犯了烟瘾一般难受。我在大学上课的时候，常常书包里藏进一只铝饭盒，眼睛盯着老师和黑板，手却在书包里一刻不停地掰着馍，一节课下来两块馍就掰得差不多了。而且那掌勺的师傅大都看馍下菜：见那馍掰得精粹如黄豆，就肉多汤浓香醇绵厚；见那馍掰得大如杏仁，就像担心坏了他手艺似的，撂在锅台好久不予端上来。我等中午下课铃响，便拿到校外的泡馍馆往窗口一塞，扭头的工夫一碗香喷喷的泡馍就摆到面前了，同学们都以为我跟那炉头有交情，其实那秘密都在书包里呢。

如今羊肉泡馍的名气越来越大，行旅三秦不吃上两口泡馍好像就白来了似的。听说还有些在陕北插过队的北京知青，回到京城业务做得大了，忘掉了乡村里迷恋过的“小芳”，却忘不下羊肉泡馍的味道，时常上午飞回西安大嚼一碗泡馍，下午再飞回京城去睡觉。羊肉泡馍的魅力还影响到一位在陕北窑洞住过的老将军，他那年到阎良视察海军装备，提议用羊肉泡馍来宴请会议代表。我参与接待把话传出去，老孙家泡馍馆便把老汤调料和烤馍全拎到阎良摆开了场子，直把那些将军吃得肚子鼓起来，一个劲儿嚷叫怎样才能在家里做出这般味道。等那老将军也放下碗，决定把厨师带回京城时，有一张书案端端地抬了进来，有请将军题词留下墨宝，老将军不假思索提笔挥毫“天下第一碗”。从此老孙家的泡馍便火大了，顾客盈门生意通达三江，倒让城里其他的泡馍馆忌妒得咬牙切齿了。

现在，羊肉泡馍已成了最为普通的陕西小吃，泡馍馆也遍布大街小巷，但应了食不厌精的古训，羊肉泡馍已经从寻常百姓家的饭桌走进了豪华饭店。只是如今饭店里的泡馍，已经精细到小小的瓷碗里了，只一口就能全拨到肚里去。但那价格却是不菲，张口就是一碗五十元，只是怎么咀嚼也嚼不出原来的感觉了。而且还有人变换花样，将鱼翅鲍鱼等昂贵的食料汇到泡馍碗里，价格更是高得离奇，但这些极为功利的做法几乎没有市场，似乎老陕们都在顽强捍卫着泡馍的传统。那天我把九旬的父亲哄到饭店，想他年纪大了要了一小碗海鲜泡馍，父亲只尝了一筷子就坚决推开了，怒斥饭店是糟蹋行当起身要回家，我连哄带骗亲手掰了一碗普通的羊肉泡馍端上来，才平熄了他熊熊的怒火。

其实失却了吃泡馍的那个闹哄哄的氛围，似乎就感觉哪里不对劲，似乎就难以吃到过去那个浓厚的醇香了。

所以我一到星期天，就喜欢跑到郊外找间简陋透风的泡馍馆，躲在吵吵嚷嚷的角落里，要上两个馍自己掰一碗，直嚼得满口生津满头大汗，然后直起腰嘴角一抹感叹一声，这才叫真正的羊肉泡馍呢！

2011年4月20日于宁静书屋

发表于2012年第3期《芳草》

中秋之夜

人们对中秋节的印象大都是花好月圆，而我却深埋着一个苦涩的记忆。

那年我上小学四年级，史无前例的运动最早“光顾”了我那原本温馨的家。那个家在古城东郊，有两间房子一个厨房，可有一天全家五个窗户突然被贴满了标语，若想推开窗棂就得把标语全撕破，从此屋里便笼罩在一种憋闷近于窒息的气氛里了。那日子是怎么也过不下去了，父亲就在旁边街坊找了一间宿舍搬了进去，塞进了全部家当，一张方桌两只箱子和四张床，只剩两三米见方的空地，一家人的起居便在这拥挤的房间展开了。

没有多久，那年的中秋节悄悄地来了，悄悄得让我都没有感觉。只是那天晚饭时，全家人在方桌前坐下，母亲才说今天是中秋，一盘炒白菜，一盘炒辣子，还炒了两个鸡蛋。这的确是够奢侈的，平时家里只给父亲炒一个鸡蛋，我和五岁的弟弟早就馋得想“造反”了，这下高兴得摩拳擦掌，争先恐后将筷子伸进放了很多葱花的炒蛋里。这本应该是一次愉快的晚餐，一家人围桌而坐，吃着香醇的菜肴，想着缓缓升起的月亮，那心境该是多么超脱啊。

但街上的高音喇叭突然撕裂了夜幕，且一声高似一声。开始我并未在意，自顾自地嚼着刚蒸出笼的白面馍馍，并不时将鸡蛋夹进面前碗里，但父母却陡然严肃起来，手握的筷子停在了半空，显然是在捕捉从空里砸进来的每一个音符。蓦地，一个声音犹如滚雷般疾冲进来，惊得我两眼发怔，四肢下意识地抖动起来。没想到父亲的名字出现在了咆哮的口号里，不过父亲怎么又成了“历史反革命”了？父亲母亲面面相觑，不约而同放下碗筷沉默起来。我十分疑惑地盯着父亲惊诧的眼睛，只见他的腮帮在不停地颤动，什么话也没说端起稀饭蹲到床角，大口大口地吞吸下去。母亲当然也吃不下去了，挑了两筷子咸菜端碗去了厨房，只有弟弟似乎不知形势的严峻，依然专心致志地吞食着那碟炒鸡蛋。我心里烦乱极了，不知道是想哭还是想喊，手上那个馍都不知是怎么咽进肚里的，似乎牙齿在不停地咀嚼，一点味儿也感觉不到。

可怜父亲一定是想借中秋来驱驱这间小屋的晦气，想提提家人对生活的热情，不但让母亲炒了鸡蛋，还破天荒地买了半斤白皮点心。然而，待母亲将点心端出来，却没有引起应有的惊喜，碟子伸到父亲面前，父亲示意我和弟弟先吃，碟子便伸到我面前，弟弟先伸手抓了一把。显然是那高音喇叭的缘故，我产生了一种近乎绝望的焦躁，居然跟弟弟为点心皮争闹起来。现在想起来我那完全是故意发泄，父母怎么劝解也听不进去，声音还越来越高，好像有意要让街坊们听见。父亲气恼地训斥我没有当哥的样儿，我一赌气歪倒到床上，任怎么喊叫也不肯起来了。

当时我的脸冲着墙躺着，故意拉过枕边的《欧阳海之歌》看起来。父亲本来怕我近视加深不让躺着看书的，而我如此状态显然是一种公然的对抗。母亲见状一个劲儿劝我起来，今晚是中秋节，快把点心吃了，别再惹父亲生气了。而我理都不理，眼睛呆呆地盯着手上的铅字。那是一本红色封面的书，大概是1966年出版的，当时电台正在连播，书店摆上柜台还要排队，我那是缠了父亲好久才如愿以偿的。且不管这部小说以后的是是非非，有几章的确写得精彩，尤其“打锤”那一节，每每阅及，如临其境，常常不能自已拍案叫绝。但我那天却越发的执拗，有意把书翻得哗啦啦乱响，没有意识到父亲对我这样不谙世故的行为已经不能容忍了。

猛然，那书从我手上被父亲一把抢去了。我扭头一看，父亲怒发冲冠，双手抓住书用力一撕，一部厚书就从中间裂开了，又拦腰一撕成了两半。我急了起身去夺，父亲啪地一下将书摔到我脸上，破碎的书页散了一地，没想到我的鼻子顿时流出血来，手一抹满掌见红，便不由得委屈呜咽起来。父亲三十得子，爱子如命，记忆里从没敲过我一指头，此时此刻他也不由得愣怔了，慌忙让我捏住鼻子到厨房洗了，似乎水龙头下冲了好一阵儿鼻血才止住。母亲心疼地责备我太不懂事，去年以来家里就没有过节的滋味了，如今父亲买几块点心想让家人高兴点的，可我却这样……我的手在水龙头下搓洗着，不由得停住了，恍然明白这些日子父亲的情绪为什么那么低落，父亲在遭难啊！也许在哗哗凉水的冲刷下，我的思维才能渐渐清醒过来，真恨不得冲出房门宣泄一番，但我没有喊叫，任凭眼泪一串串跌下来，跌进嘴里，跌到了地下。

那天夜里，我们家没有谁对月亮感兴趣，我和弟弟早早就蒙上被子睡了。可我睡得不踏实，夜半时分隐约感觉到屋里电灯还亮着，不时听到掀动纸页的声响，我睁开惺忪的双眼，发觉父亲趴在桌上忙碌什么。只见屋里灯泡被用细绳拉到了桌子上方，父亲担心影响家人睡觉，用半张报纸把灯光遮住。灰暗的灯光映出父亲有些谢顶的头和弯得贴到桌面上的脊背，只能从他的背影感觉到手在动作，能察觉到他在刻意避免声响，但夜深人静那声响还是挺清晰的。我想父亲又在写什么交代材料吧？我不知道父亲究竟有没有“问题”。我不由得想到母亲傍晚的话，便怎么也睡不着了，睁开眼睛闭上眼睛，总有一个明亮的埋头忙碌的轮廓，一会儿清晰一会儿朦胧……

也不知什么时候我睡着了，天亮醒来我准备上学去，可当我拿起书包却蓦然发觉，那本撕烂的《欧阳海之歌》竟然平齐齐搁在书包旁，我急忙拿起来，书厚了许多，边角也不甚整齐。原来昨晚撕烂的小说，居然被一种半透明的薄纸粘好了，我的心忽地一下热了，马上想到昨夜那个忙碌的轮廓。原来父亲夜半不眠是在为我粘书呢，一定粘了整整一夜。整整二百多个页码，要一张一张去粘，该要有多大的耐心，该费多大的工夫啊！我愧疚地向父亲看去，似有满腹的话想说，却语塞得一个字也吐不出来，而父亲像什么事也没发生似的，默默地吃了几口剩饭掩门上班去了。

我迟疑一下，抓起书包和那本书追了出去，父亲已经走到楼角了。许是夜里下了些雨，父亲穿着已洗得发白的蓝布衫，戴着那顶蓝帽子，缩着头弓着背，深一脚浅一脚地摇晃着，也不管脚下是泥还是水……我倚着大门摩挲着粘好的书，终于什么也没能喊出来。

从此，我把那本书放在了书架最显著的地方，每每翻开就会涌起一种特殊的感情。然而，有一天我想把这本书承载的故事讲给初谙事理的儿子却是怎么也找不到了，家里所有的角落都找了，仍然不见红色封面的踪影。没有了那本给我带来欢欣和苦涩的《欧阳海之歌》，我总觉得宽宽的书架像少了什么，于是想到街上再买一本，可是跑遍城里书店也没能寻到，送给我的总是一个落空的梦。

后来有朋友听闻了我的纠结，见到那本书便买下送过来，从此我的书架便有了好多版本的《欧阳海之歌》，使得我的目光常常会情不自禁地在那堆红的黄的书脊上停驻，我真想为那个夜那本书大哭一场啊！

1995年7月20日于虚静斋

2016年7月21日修改于新城

发表于2016年第12期《天津文学》

粽子啊粽子

母亲不知道屈原，也不知道祭江，但母亲知道每年的端午节要包粽子。

今年的端午节前夕，年近九旬的母亲忽然病了，病得很重，但母亲自己并不知道，她还在张罗着包粽子。全家人心里乱乱的，都劝她不用忙乎了，现在谁家还包粽子呀，街上什么样的粽子都能买到的。大概母亲也感觉到精力不济，便依了儿孙们不再张罗买粽叶买糯米了。

以往每年端午节之前好久，母亲就开始张罗包粽子了。先要上街买些糯米来，要挑那米粒晶亮的，透着温润的光泽，这种米煮出的粽子很黏很香，嚼在嘴里甜腻会久久粘在牙上，刷牙漱口都去不掉。所以，母亲会上街一个米摊一个米摊转悠，一定要找到可人的糯米，才肯掏钱拎回来，然后单独放在米柜最深处，生怕哪天谁不知道蒸了饭吃掉。

待端午节临近了，市场上会有卖粽叶的小贩沿街叫卖，其实也就是芦苇叶。母亲一听见吆喝，就噔噔噔迈着“解放脚”去买粽叶了。那粽叶绿绿的，鲜鲜的，一片一片摞起来，一把半寸高。母亲拣得很仔细，但她并不拣最宽的叶子，而喜欢挑四指宽的叶儿。接着母亲会要一大把马莲草，这种韭菜一样的草叶长长细细，与那粽叶摆到一起了，才开始讨价还价。待那绿油的草叶买回来，就挂到厨房的阴面，等着慢慢退掉了水分，我就知道端午节快到了。

当端午节还有几天的时候，母亲把阴干的草叶丢进锅里用水煮了。母亲这才说了“秘密”，用芦苇叶马莲草包裹才有粽香味，而且这些草叶只有煮过才有韧劲，怎么折都不开裂。这草叶煮过是更绿了，绿得像那些年流行的军装，连那锅里的水都泛出莹莹的绿色，就等着拿来用了。

然后，母亲把那糯米倒进米盆，一遍遍淘净了，净得那米在水里像一窝小珍珠，晶亮亮的。待把米淘净了，用笊篱捞到案板上晾干，又放进盆里。再把亲戚从陕北捎来的红枣洗净了，选些中等个的，圆圆红红的，像一颗颗红玛瑙；那些红豆，母亲会放到簸箕里挑拣半天，再放到铁锅里去煮，待煮得很软了，用一把铁勺在铁锅里来回研磨，一会儿工夫，一盆红豆就成了一碗豆沙。

这时，母亲招呼家人围坐到一张方桌旁，把糯米、豆沙、红枣、芦苇叶、马莲草整整齐齐摆到桌面上。母亲年年都要先做个示范，抽出两片新叶，又抽一片旧叶夹在新叶中间，再从中间窝成一个锥形三角状。她一手攥着“三角”，一手抓把糯米放在角窝里，再拣三粒红枣放进去，把米压实了，才把粽叶折过来，包成四角粽子，然后抽一根马莲草捆扎好。这时母亲像欣赏一件工艺品，左右端详，捏捏四角，就扔进了钢精锅里。为吃的时候便于分辨，母亲将马莲草或扎成交叉的，或扎成平行的，来区别红枣馅和豆沙馅。整整一下午，全家人都围着母亲忙碌。母亲包得很快，那粽叶在手上一搭，米、豆、枣就装实了，那马莲草在粽叶上一转，一个粽子就包成了，很快那钢精锅便铺了一层。

等到要煮粽子了，母亲要在铁锅底扣一只搪瓷碗。这可是门学问呢，如果中间不放个碗，锅底的粽子会烧煳，染得一锅粽子都会有煳味不好吃了。然后母亲把粽子一个一个围着瓷碗摆好，铺好一层，再铺一层，总是尖尖朝上，宛如锅里冒出一窝密茬茬的青笋。最后，母亲把锅盖扣上，再压上两块砖。小时候我不知道为什么会压砖，母亲说里边压了一只小鬼，没有砖会自己跑出来。我太想看看小鬼的模样了，可刚把砖头移开，锅盖就扑通动了一下，吓得我后退一步，一家人笑个不停，以后这便成了我家端午节的话题了。

那时家里的灶台是带风匣的，人坐灶台边要不停地拉风匣，还要不时地看火势朝灶里送块煤。现在想想，这个活儿应该是端午节最累最枯燥的，但每次都是母亲操劳。每每等我睡着了，母亲还在厨房里呼啦呼啦地拉着风匣，一直要拉到半夜。等半夜那粽子熟了，母亲会小心地煨好火，等我们早晨睁开眼穿上衣，才招呼一家人聚到厨房，一人碗里已放上一个粽子了。我吃得很甜很香，嘴角满是米粒顾不得擦，便又伸碗要吃第二个了。

但我发现母亲很少吃粽子，她清晨会提一篮粽子出门，去敲邻居的家门，只听见走廊里一片道谢声。等她转上一圈回来，那锅里的粽子有一小半不见了。所以我背上书包一出楼门，便听见楼道有同学夸赞母亲给的粽子好吃。

后来我上班了，街面上啥时候都能看见卖粽子的了。但每年临近端午节，母亲还是会像往年一样张罗着买粽叶、买糯米。我看到母亲脸上的皱纹，便劝她不用忙碌了，上街买几斤粽子有个过节的意思就可以了。但母亲听不进去，说买的粽子不好吃，里边的馅也不放心。所以我家还是年年要自己包粽子的，包好了母亲就叫我去送，我用碗端着几个粽子，站在走廊里直感觉不自在，这年月谁家稀罕这几个粽子啊。但邻居们却都很热心，一个劲儿谢谢母亲的好心，夸赞母亲心善手巧，他们都吃了好多年，到了端午节就等着尝这一口呢。

后来母亲出门上街，怎么也买不到粽叶了，就张罗到乡下去买些来。但今年母亲不再提买粽叶的事了，我悄悄松了一口气，以为母亲老了，手脚也不利索了，也该过个清闲的端午节了。所以端午节那天，我把一个礼盒粽子打开蒸热了，切了一片端给母亲，还故意讨巧地说："这粽子没有老妈包的好吃。"但母亲却皱着眉头说："我可不是病了不包粽子了，是这几年别人送的吃不了，都放坏喂猫了，我看着心疼啊。"

我听了，怔怔地愣在那里，喉咙里一阵哽咽不知道说什么好了。

2015年7月23日于新城

发表于2016年第12期《安徽文学》

解放之脚

我的母亲有一对缠过的“解放脚”，小小的脚掌，弓弓的脚背，但从没影响过她的出行。老人家每天都会迈动“解放脚”，出门去买菜，去看望街坊，去院里摆动广场舞。

很多人都惊讶母亲那双小小的“解放脚”，怎会蕴藏那么顽强的劲头。我也纳闷的，母亲出生的时候清王朝已经谢幕十五年了，但共和的春风依然没能吹进耀州区方巷口的张家小院。母亲小小年纪双脚就被缠上了，直到快解放了，才扔掉了长长的裹脚布，还给这样的脚起了个名字——“解放脚”。从此母亲就迈着这双“解放脚”，从下高念乡进了西安城，再也没有停歇过，为丈夫忙碌，为儿孙忙碌，为公家忙碌，也把自己的家打理得妥妥帖帖。我常开玩笑，母亲这双脚就是中国百年历史的见证。

母亲从乡下出来的时候是个文盲，进了城也没赶上解放初的扫盲运动，但母亲好学，走到街上问牌匾，回到家里问报纸，见谁问谁，久而久之竟能猜读出报纸大意了。由于母亲能认识半箩筐的字，便当上了华山毛刷厂的厂长，真不知那双“解放脚”怎能承受那么大的辛劳。隐约记得那个小厂，是在街坊一处楼房的地下室里，女工们将棕毛塞进竹板，用麻绳用劲勒紧，用利刃将乱棕切齐。母亲要不停歇地来回转悠，见谁的棕毛少了就递过一卷去，最后要把所有人的毛刷收齐了，才噔噔噔往家走。

当然母亲最值得炫耀的，是她担任秦川废油再生厂的厂长，那真是见过一个大世面。她参加了省上的节约利用经验会，住在和平门外的胜利饭店里，老人家居然迈着小小“解放脚”登上了主席台，广播电台还播出了一段母亲发言的录音。我后来曾经好奇地问：“你不识多少字，是怎么念的啊？”母亲说那稿子是别人写的，上面的字有一多半不认识，就让人念一句自己背一句，愣把稿子背了下来，在台上是念了一半背了一半。

母亲对我们的爱是渗透到心底的，虽不挂在嘴上，却一点一滴凝结在她的目光里了。那时候，父亲经常被人带到街上受人指指点点。母亲怕我和弟弟看见难受，每次都让我带弟弟到东关去打酱油，现在开车十分钟就能到，可那时候走去走回要三个小时呢。回来街坊人看我的眼神有点异样，母亲远远望见，便顾不上小脚磕绊匆匆跑过来，一手牵我，一手牵弟，谁也不瞅大步往家走。后来，我听说母亲挺勇敢的，常常会冲进集会队伍去跟他们“讲理”，今天想想那不是“螳臂当车”吗？

尽管母亲是“解放脚”，可她根本闲不住。在家没事干，就拉扯几位街坊姐妹到了单身宿舍去揽针线活儿。谁的衣服破了，谁买了几尺布，在母亲手上都能缝补得周周正正。时间一久名气就出去了，家里常常会堆上一摞旧衣服，母亲便一一缝补好送回去，虽说挣的是毛毛钱，但母亲却整天挪着“解放脚”乐乐呵呵的。街坊邻居都说母亲手巧，什么样的活儿到她手上都处理得熨帖。记得有位姑娘衬衣被烟头烫了个洞，母亲就左右对称贴上几星小花布，惹得满街坊的姑娘都来模仿母亲补花朵。

后来母亲退休了，腿脚也不怎么利索了，但手上的针线活儿却越发地精神了，居然还重操色线绣起花来。她整理家里的碎布，做了好些个钥匙包，或是绣着荷叶莲枝，或是绣个小猫小狗，谁见了都想要，母亲就大方地送给人家了。有那婴儿鞋做得可爱，犹如一件件工艺品，摆在那儿都舍不得用，好多媳妇快坐月子就找母亲讨鞋来，母亲却从不嫌弃乐此不疲。后来街道举办手工艺展览把母亲的绣活儿展出了，没承想电视台的记者发现老人家浑身的故事，就给母亲做了一期《耄耋老人的幸福生活》。从此来家里要绣活儿的人多起来，有人也不熟进门就说我给钱买一双，可母亲总是摇头，总是说只要你喜欢，你就来拿吧。

我知道母亲平时很怕麻烦别人，总怕别人不高兴，待人接物总是小心翼翼的，有时感觉别人不舒服了，就想方设法要弥补回来。这次母亲病了，我怎么也没想到病情会发展得那么快，住进医院才十天时间，大夫就含蓄地告诉我们要做最坏的准备，这种肺炎会发展很快的。我一听头就蒙了，到处寻找治疗良方，但母亲等不及新方案实施就不行了。那天医院召集各科主任正在会诊，我还抱着极大的希望，可会诊刚刚开始，病房护士就跑进来说老人家心跳停了，大夫们呼啦一下都跑去抢救，终于心跳恢复了，但母亲却昏迷了。我想起母亲在弥留之际曾喘着气跟我说“我这一辈子最怕麻烦人了，这次要麻烦你们了”，心里就痛得不知该说什么好了。

母亲走了，走得那么急，那天傍晚我刚刚离开医院便接到电话，等我火急火燎赶过去，母亲身上那些乱七八糟的管子都摘掉了，已经穿好了自己做的寿衣，自己做的绣鞋，静静地躺在病床上了。我的头在地板上磕得咚咚响，但母亲再也听不见儿子的呼唤了。我平生第一次给母亲整理了一缕头发，泪水流过我脸颊，也流进我嘴里，我从没想过母亲会离我而去，而且永远地离她心爱的儿孙们去了……这真是一个残酷的结局，当那悼念的人潮退去，苦痛像大山一样压下来，我哭啊喊啊，却依然不能排遣纠结在心头的悔恨。

老妈啊，您一路走好啊，天堂里没有细菌病菌，再也不用担心感染什么病菌了；天堂的路很平很平，再也不用担心“解放脚”磕磕碰碰了……我知道母亲没有离开我们，她是化作了天上的星星，依旧迈着不知疲倦的“解放脚”，在关照着她的儿孙们，也在观望着她的街坊邻居们……

2015年10月12日于新城

发表于2016年第6期《芳草》

小路之美

我偶然发现报纸上别出心裁要选拔“最美的路”，一时百无聊赖，便懒懒地坐在书桌前，搜寻起存储在脑海里的路了。

后来，我的思绪便飞到了过去，渐渐定格在那条路上。那是一条斜在西安东郊幸福林带上的小路，有二三千米长，一头连到我家街坊边上，一头在父亲工作的厂门口。这条小路是人们有意抄近道踩出来的，在纵横的阡陌间斜斜地插过去，使得上班的人们能省却几分钟时间。我记得周边的村民并不想要这条路，每每被犁成了庄稼地撒上了种子，然而过不了多久，就被走捷径的人踩成了单人走的小道，硬硬实实，略略曲折，任是什么庄稼也长不出来了。而且到了夏天，那细细的小道就成了可以拉架子车的小路了，连那横在小路上的条条垄埂也似被铲去了，变得平坦起来。

但这条路，上下班以外的时间行人寥寥，我也很少去光顾。但那年父亲被戴上了恐怖的白袖章，母亲每天叫我去送午饭，用最短的时间把热饭送到父亲手上是我难以辞去的责任。我提着盛满干面的搪瓷碗，盖上菜碟，系紧毛巾，就提上出门去了。这时候我才发现这条小路的重要，可以省去七八分钟的时间，当我一边擦着满脖子热汗，一边把热乎乎的面条送到父亲手上，蹲在厂房外吃饭的工人都在朝我打量，使得我如芒在背，不等父亲吃完便匆匆返回去了。

回去我还是要走那条小路，似乎一踏进那条细细的小路，父亲埋头吃饭的可怜样我瞬间就忘了，眼里满是柔柔的温馨。麦田已长到齐腰深，黄腾腾地铺向远方，远方是一排整齐的梧桐树，像一道屏障围护着麦田。我走着唱着跳着，时常会发现有蜻蜓盘旋过来，好像有意要挑逗我的定力。我把拴钥匙的线绳解下来，一剥为三连成长线，然后系上一节麦穗，诱惑蜻蜓缓缓转起。一旦有蜻蜓在空中踩住麦穗，便轻轻落到地上，我猛地上前一把将它捏住，然后夹到手指间，进了街坊更把手挓起来，故意向伙伴们炫耀着“战利品”。

等那秋天地里长出了玉米，那条小路就隐在了绿绿的青纱帐里，成了孩子们藏匿秘密的地方。有时候我钻进闷闷的玉米地，想捉几只好斗的蟋蟀，就悄悄蹲在里边东瞅西瞅，即使热得汗流浃背也不敢响动，一旦发现蟋蟀露头，就手掌弓着猛扣下去。如果没能扣住，第二下第三下就手忙脚乱了，等到终于有了收获，就小心地塞到旧信封，回到路边装进一只罐头瓶里。有趣的是小动物进了“牢笼”却不失灵性，很快便熟悉了新环境，昂起了乌亮的头颅，头上两只长须威风凛凛地抖动着，遇到对手便是一阵殊死搏杀。其实，那个时刻父亲依旧在牛棚里受着煎熬，而我却在小路上忘乎所以了。

这条没有名字的小路从此便成了我时时怀念的地方，以至于我住到南郊后，每每路过幸福林带，常常会隔着车窗朝那已经竖起一片楼宇的地方望去。尽管那条小路已经被压在坚硬的钢筋水泥下了，悠远的童趣却常常在我心田播云撒雨，让我获得了片刻的轻松。如今，那宽阔的幸福林带已在重新修葺，将来一定会有小路蜿蜒其中，可以想象那些小路会更精致，它仍会压住我永远的乡愁。

是啊，最美童年的路啊！

我的思绪终于从荒唐的童年拉回来，眼前浮现出一条苍茫沉郁的路。那条路横卧在陕北起起伏伏的荒野上，和煦的阳光下柏油路面波光粼粼，似有层水雾飘浮在上面，如巨蟒般在黄沙绿蔓中向前游动，想藏进浓浓淡淡的藤草里爬向遥远。临近傍晚，那蓝蓝的天际便像被烧红了，连风吹到身上也感觉火辣辣的。我开着一辆墨绿色的越野车，一会儿轻踩油门，一会儿轻踩刹车，悠悠荡荡地向着太阳低悬的地方缓缓滑去，耳畔便荡起了悠远的歌儿。

那是去榆林古城的一条公路，好像与之平行的是两千多年前那条威震西域的秦直道，至今还隐约可见昔日大致轮廓，随风飘拂的尘埃更掺杂着浓重的历史味道。驾车行驶在古人奔波的大道旁很容易想到，大秦帝国的勇士们冰河铁马般的冲锋之后，刀光剑影隐去了，号角声呐喊声马蹄声平息了，将军与士兵终于休憩在水草丰茂的海边了。四周便静下来了，静得只听见风吹旌旗的哗哗声，大家遥望大道的尽头，唱起思乡的歌，悠情满怀，长泪沾甲，混沌的歌儿便掺和到一呼一吸的气息里了。

那条路如今与天相接非常安静，静得像罩在瓦蓝瓦蓝的玻璃里，静得不时有闲云野鹤悠然飞过，静得像天底下只有这一条路，也只有我这一辆车在漫无目的前进着。经年久月的风沙在磨砺记忆，我驾车每走一阵儿便会在一处残迹旁停下，下车朝那古道痕迹走上几步，时常会捡到刻有纹饰的瓦砾和残损的箭镞，神秘的历史便顽强地表现出来，似乎还裹挟着倾诉不尽的故事。尤其那遥远的地平线会拉着东边的胡杨和西边的土丘，紧紧地攫住我的目光，咬住我的神经，指挥我放慢车速，再放慢车速……

猛然间，我便完全跌进了厚厚的历史，感受到时光在飞速倒流，驾车人会像一位将军在亘古的大道上检阅兵阵。那千军万马整装束发，密密麻麻的刀矛覆盖了大道两旁，我驾着车慢慢往前走着，锋刃便哗哗地分开来，分开一条礼仪车道。这时尽管是坐在车里，依然可以听到兵器碰撞的铛铛声，内心当然会一下下鼓胀起来，所有的虚荣在这里都得到了满足。终于，榆林城冒出了地平线，耳畔便有野性的信天游奔涌起来，任谁也会陶醉地闭上眼睛。

也许，最美是古道哟！

我的目光又从一条条日新月异的道路上掠过，最后久久停留在那条回家的路上了。那是一条从西安东二环出来伸入密集楼宇的双行道，街坊的人习惯称其为剪子路，一头在秦襄公陵下，一头便融进繁忙的干道了。那可是我回家的必经之路，有两车道宽，两公里长，两边是浓密的枫树，树下是熙熙攘攘的小摊贩，卖水果的、卖蔬菜的、卖点心的、卖杂货的、卖衣服的，把个道路挤占得“蔚为壮观”。若到星期天在路的北头还会出现鸟市，雀儿在跳，鸽子在飞，鹦鹉在学舌，还有那叫不上名的花花鸟儿在简陋的竹笼里扑腾着，谁走到这儿都会忍不住多待一会儿，即使不买也会忘掉烦恼寻找一点乐趣。

平日里那些摊贩一家紧挨一家，连插脚的地方也没有，各种声调的叫卖声此起彼伏，人们摩肩接踵，挤到东挤到西，好像这儿的东西便宜得不要钱似的。我回家开车走到这里，须在路头下来混入人流慢慢往家走，迎面会有叫叔叫姨的长辈们热情地打招呼，于是那矜持的回应和夸张的吆喝就笼罩了小路，即使走出很远都能听到乱乱的喧嚣。

然而，走进小路尽管繁闹嘈杂，心情反而会轻松很多。我常常在途中停下来，要给父母买点时令蔬果。且与小贩们讨价还价充满了艺术，常常会为一二角钱争论不休，扭扭捏捏互不谦让，又常常为买到便宜愉悦好一阵儿。有时我在拥挤的人群里见到年迈的母亲东挑西拣，便急忙殷殷地挤上去，接过菜篮子陪老人家采买什么。只要母亲眼光在哪堆菜摊前停住，我会毫不犹豫地上去砍价，你来我往几个回合就掏出钱来，母亲耳背也听不清楚，只是皱着眉头盯着秤怕我上当了。每次买的菜篮子盛不下了，才扶着母亲颤巍巍往家走， 迎面好多邻居过来问候，母亲脸上的笑就渗到骨子里了，连密密的皱纹都透出神采来。

回到家我故意把菜价报得很低，一大家人便喜滋滋地围上来，家长里短地从东扯到西，最后把几十年前的菜价都扯出来，扯得人耳膜都快磨出茧了，连九旬多的父亲也要凑上来撂几句蹩脚的玩笑，一家人便似懂非懂地啃着西红柿笑开了。

所以，最美回家的路啊！

2014年7月30日于新城

发表于2015年3月4日《中国文化报》

入选《2015中国散文排行榜》

无法寄出的信

老爸，你在哪里？你在哪里啊？是在那个伴你度过了一个个春夏秋冬的家吗？是在那条你每天都要去晨练的石子路上吗？是在那间你坐了多年的破陋办公室里吗？还是在松柏环绕的烈士陵园里，那面洁白的框架上，你微微笑着盯着去看望你的人。

你好像就在那间简朴而又暖和的房间里，墙角有你九十大寿时书法家送的寿联，墙上有全家人簇拥欢笑的彩色照片，中间是铺得棉棉厚厚的木床。你喜欢端端地倚靠在墙边的竹椅上，鼻子上总挂着一根细细的氧气管，却不影响你偶尔发脾气；你的面颊尽管爬上来许多棕黑的斑块，但你脸上常常泛着点点潮红，表现出顽强的生命活力，我们常常就此赞叹，老爸的气色多好啊；你喜欢沐浴着暖暖日光，默默坐在轮椅上沿着老街坊转悠，遇上老相识你就点头打招呼，可你已经一年多没有下楼晒太阳了；你喜欢在客厅书案上研墨挥毫，早已塞满了书柜的宣纸展现着你的书法功力，可你已经有四五年没有展纸写字了。尤其懊恼的是，你到晚年耳朵听不见了，即使趴在你耳边大声喊叫也听得似是而非，只好用块小画板跟你交谈，常常是我写上半天你淡淡一句就回应了。

好像你对过去的苦难和欢愉都失去了感觉，你以前说起年轻时去边区贩粮赚的银元堆满土炕，毫无掩饰的得意涌满嘴角；你以前说起在庄里中学闹学潮的壮举，欣慰的感慨滔滔不绝。但是，后来这些曾经让你引以为傲的往事都激不起你的兴趣了，谁若不识趣提起来，你就淡淡一句“记不得了”。可你每天到下午六点会操起遥控器，把电视频道调整到陕西卫视，你要看中央和陕西的新闻。别人笑你是想从屏幕上看到熟悉的身影，其实我知道你是想知悉这间灰楼外边正在发生的变化，这台电视是你与大千世界联系的唯一渠道。

你可能觉得自己的人生快到终点了，对什么都失去了兴趣，吃喝玩乐统统不屑一顾。你总是自嘲自语，人活到这岁数也是苦恼呢，多好的食物吃到嘴里也没味道。你只对伴随了一生的粗茶淡饭稍感合口，其实你每天吃得很少，但吃得很有规律，早晨你要喝杯牛奶嚼两颗红枣，中午是一两米饭或一两面条，下午你要用些零食干果，晚上你只端稀饭，坚持不多夹一口饭菜。

而且你坚决反对外出酒店聚餐，一家人策划了许多理由，生日、过节、踏青，每次提起来你都会断然拒绝：“我不去，不去嘛！”连在你面前娇嗔的孙子们劝你，你也一点不口软。这两年全家人就是围坐在小屋那张小方桌边，过了春节，过了生日，也过了之后一个个节日。你常常会在家人聚餐时，忽然当当用筷子敲两下碗碟，呵斥孙儿少吃两口，整得一圈人噘嘴变脸。但你还会调节氛围，自己随口编上两句谜语叫孙儿快猜，猜出来你就呵呵笑两声，爱怜地骂上一句，“这家伙还行”。

当然不出门，不等于你就停止了思维，停止了对儿孙的关爱，你其实想得很远很深。平时只要我坐在你身旁，想东拉西扯地与你乱聊，你就要重复那句磨出了耳茧的话。你说世事都是有两面性的，你这一辈子就是证明，厂里一些中干很多调到三线企业当领导去了，却唯独没有抽到你，后来才知道人家是嫌疑你有历史问题。你不断感叹：现在看没去还好了，在那荒山沟里缺医少药的，肯定活不到九十多，儿孙们也不会有出息。最后你总是反复告诫：“人这一辈子遇上啥事都要会想，人生就是这样，一会儿明了，一会儿黑了，一会儿又明了。”

我开始听到这些话总是不以为然，书本里的传世名言数不胜数，哪句话拽出来都能让人琢磨好久。后来，我咀嚼着思忖着，忽然醒悟这是你对自己坎坷经历的总结，是留给儿孙们最大的财富啊！我们可以卖掉你留下的陋屋，花掉你存折里的那点积蓄，但这句你念叨了几十遍的人生体验，真真是那样的珍贵啊！

你的睿智和宽厚也时常感动得我们热泪长流。母亲是患了重病离开人世的，为怕你受到刺激，我们想着你们老两口相依为命七十多年，实在担心你生活的支撑突然坍塌会加速你衰亡，所以我们绞尽脑汁把我妈的灵堂设在家外，又操心有人来敲门询问，还拆掉了大门的按铃。可是，事后你见亲戚们来看望你的多了，家人也齐围在你身边献殷勤，一定让你产生了疑窦，几乎每天你都要问：“你妈病咋样了？”我故作平淡编了蹩脚的谎话，你便又操心谁给我妈送饭去，每每这时，我心里便酸痛得不能自已，要起身出屋抹掉溢出的泪水，缓上一阵儿才敢再坐到你面前，可你马上又问：“你妈体温降了？尿糖控制了？”我便胡乱在画板上写着，心里是无穷无尽的苦楚。

后来，你一定发现了我眼角闪烁的泪花，便郑重地把我叫到面前说："儿啊，你就不要再瞒我了，你们心里本来难受，还要回来装笑脸哄我，心里就更难受了。"我一听泪水夺眶而出，想擦都擦不及。你盯着我眼睛反而安慰："你妈今年都八十九了，在农村就是九十了，人能活到九十也满足了，这也是我俩的福，人都得走这条路，不管帝王将相财东富汉，谁都躲不过去，这是大自然的规律。"我听着任由眼泪哗哗往下淌，淌到了衣服上，前襟很快就洇湿了。

我想告诉你母亲的后事办得体面，也很规矩。但你好像不怎么关心，说那都是因了我们的缘故。目光里的慈祥从你浑浊的眼睛里流出来，让儿子直想跪在你面前，呼喊一声:爸爸！在儿子眼里，你是最伟大的爸爸!

但是，我没有喊，也没有跪下，这也成了我永远的遗憾。那天我回家吃饭，见你平静地斜靠在竹椅上，平时关注的肺氧量也没有异常。但我见你脸上胡茬长了，似乎显得有些苍老，便拿剃须刀给你细细刮了，一边刮你还一边叨叨，"好了，差不多就行了"。这对儿子是举手之劳，可你却怕给儿子添麻烦。我见你脸颊干净了，还泛起隐隐的红润，没有任何不舒服的症候，便在画板上写道：我今天有点感冒就不陪你了。你点点头，眼里满含爱怜，一个劲儿催促我快走吧。我像往常一样闭门走了，走得没有一点点犹豫，也没有一点点迟疑。多少年了，我无论多忙每周都是要回这个家的，即使在外出差，一踏上古城的土地，我就要直奔家里请安。现在想来，那天你送我的眼神也许是存着一丝渴望的！

可第二天家里忽然打来电话，感觉你情况不好，好像呼吸没有了。我慌忙让车子掉头往家里跑，一边跑一边给急救中心打电话，期盼能争取到时间拽住你衰弱的生命。但我跑到家门口，大门虚开，灯光通明，我一步推开门冲进房间，只见你仰着头，闭着眼，张着嘴，像平时睡着了一般。我急忙上去摸摸你的额头，又摸摸你的脖子，却已经找不到脉搏了，直感觉你的身体在一点点凉去。等到紧跟着进来的医生做过心电图，只见一条恐怖的直线横在那里，像留在人世间的一缕牵挂……

我陡然明白，你已经悄悄地走了，走得那么安详，那么沉静，没有一点点痛苦。来吊唁的人都说这就是寿终正寝，是与不久前仙逝的妈妈团聚去了，这是你用一生修来的福分呢！我听了怎么也是这样认为的，昏天黑地地接待着来悼念的亲朋好友，车轱辘话也不知说了多少遍，痛苦好像也跟随着宣泄了。

后来，当我们把你和我妈的相片摆在一起，摆上你不知喜欢不喜欢的祭品，默默地跪在你面前，我才哇地一声哭出来……老爸啊，时间过得真快，你离开我们已经一百天了，儿子好想好想你啊！我想推你坐轮椅到老街坊去散步，想看你提笔写字的扬扬得意，想听你高声背诵长篇汉赋，更想听你叨叨一生凝结的珍贵感悟……

2016年3月4日于新城

发表于2016年4月1日《陕西日报》

第五辑·少年浪之

回味种地

我也不知为什么，这些年特别怀念爷爷那年开垦的那块地。

记得在我家楼前曾经有过一大块空地，处于两楼中间，似有五六亩大小，上面乱糟糟地堆着建筑这片楼宇时遗留下来的瓦砾，坑坑洼洼的，四周还不规则地栽了两圈小白杨，树长得不粗不高也不密，但却成了我们孩子们追逐嬉闹的场所。大伙常常分成两派，你扔来一块石头，我撂去一角瓦块，常常没轻没重惹得有人哭喊了才偃旗息鼓。后来爷爷居然对这块地方产生了兴趣，似乎每天我放学后就看见爷爷在瓦砾堆里抡着锄头，刨开脚下的杂土，将翻起的瓦砾铲到竹筐里。有时是爷爷，有时是母亲，会将那沉甸甸的竹筐背到街坊外的垃圾堆里。时至今日我想起来还感到沉重，一只胳膊挎着满满的竹筐，几乎全卡在腰上，勒得衣服坠到一边， 又为平衡竭力偏向另一边，几乎与地面成了四十五度角，走几步便要靠到树上歇息。我问爷爷挖这些垃圾干啥呀？爷爷告诉我要开一块地种庄稼。我本想去帮爷爷干些什么的，但爷爷和母亲都不同意，只有念书在他们眼里才是神圣的。

终于用了好长时间，才清理出三四分田地，街坊邻居挺羡慕的，提什么建议的都有，种菜、种棉花、种粮食，甚至还有的说种桑养蚕。后来爷爷在一个晴朗的日子给地里下了麦种。过了冬日，那地里的麦苗就泛青了。为了给地里浇水，家人找来一根长长的黑胶管，一头接在家里水龙头上，另一头从窗口爬出伸到地里，那水便顺着管子流进了田畔。麦苗见水便长得旺了，几乎一天一个样，真似种了一片馋人的韭菜，从楼上望去，极似一块绿茸茸的地毯。这时，爷爷喜欢围着麦地转悠，嘴里含着一支长长的烟袋锅，走两步吐口白烟，像个神仙似的。有时他又蹲在地头，一动不动，蹲上个时辰，待喊叫吃饭了，才磨磨蹭蹭站起来。到了晚饭时分，全家人各自端碗面条，或站或蹲在麦田边，一边吸着麦穗散出的清香，一边东长西短地扯些麦田的学问，回味起来真是一种田园般的享受。

有一回我吃过晚饭跟家人淘气，钻进麦地趴下来，我以为小麦已过膝盖，不会被家人发现的。却不知谁在二楼窗口望见了，爷爷跑进地里狠踢我屁股一脚，我跳起来撒腿就跑，身下的麦子还是压倒一片。爷爷心疼地将倒伏的麦子一把一把扶起来，还是有些麦子折了秸秆扶不起来了，爷爷直朝我瞪眼睛，从此我再也不敢进麦地折腾了。

麦穗灌浆以后，麦秆也就长高了，这时我喜欢择穗大粒饱的摘下来，搓掉麦壳，集上十几粒，倒进嘴里嚼一会儿，又软又韧，满口香浓。有时母亲也会摘几穗，放在锅台上诱我拉风箱，一边烧饭，一边将那麦穗烤熟了，似乎那味道比今天的山珍海味香多了。但爷爷脸上却添了愁色，原来常常有人夜里钻进地里拔麦穗，眼瞅着没穗的麦秆越来越多。甚至有一天傍晚，街坊几个顽童钻进麦田，塞了几兜麦穗溜出来，被爷爷抓个正着。然未等动手，人便呜咽起来，爷爷似乎动了恻隐之心松了手，小人却一猫腰兔子般溜了。爷爷气得扯着嗓子一通乱骂，但你骂你的，麦穗照旧天天见少。于是，爷爷索性将家里朝向麦地的房间整夜开着灯，爷爷就倚着窗台似睡非睡，那些想谋麦穗的人以为有人守夜，便再不敢过来骚扰了。

芒种过后，家里收获了好多麦子，爷爷很是高兴，把麦捆扎好都塞到他住的房间里，塞得满满当当的，我一淘气钻进去，往往被芒刺扎得一脸一脖的红道子。后来爷爷把麦子扛到旁边村子的麦场，脱了粒，打成粉，一家人吃着新面擀的面条，别提那个香腻了。

后来，爷爷又把那块宝地翻挖了，也不知从哪儿买了些红薯秧，浇了水栽到地里。红薯秧是贴着地皮生长的，地里就是钻进个猫狗也会看得清楚。只是地秧怕干旱，爷爷过几天就要拉管子浇透，那红薯秧也挺顺人意，长得油绿油绿的，几乎成了我家窗外一景了。有趣的是居然有好些人不认识，时常在田边猜个没完，有人说是甜瓜，有的说是南瓜，甚至打起赌来，直争得昏天黑地的。

不过，红薯地里的活儿还是挺多的，总见爷爷在地里锄草松土。后来我才发现爷爷不是松土，而是怕隆起的红薯拱破地皮露出来，是在添土“隐蔽”呢。可那红薯刚刚覆土几天又会拱裂，透出了诱人的色泽。到了快收获的时节，爷爷怕人发现这些红薯，便每天都要进去整理一番，后来索性顺着秧根垄起了一道土棱，将红薯们严严实实地覆盖起来。

我馋得想吃红薯了，母亲等爷爷去拾粪了，进地里挖了几块红薯上笼蒸了，真是甜腻可口，像拌了砂糖一样。我捧着烫手的红薯，吃得满头是汗，脸上身上沾了不少薯渣，那吃相一定十分狼狈。但爷爷回来看见便吊下脸，等到吃过晚饭才不紧不慢说，红薯还没挂霜，急什么吃呀，等挂了霜才甜呢。

似乎就是那天夜里下了大雨，噼噼啪啪拍打着窗玻璃，也把外边的白杨打得哗啦啦乱响，时常会听到树枝折断的脆响。母亲跟我讲，等红薯收成以后，要蒸上一大锅，请楼里的小伙伴都来尝个新鲜。

可是，我永远也忘不了那个淅淅沥沥的早晨，我还在被窝里发懒，忽然被一阵紧似一阵的喊叫吵醒了，似乎是爷爷沙哑的嗓音。我慌忙套上衣服跑出去，果然看见爷爷一副拼命的样子，人站在薯地里，浑身上下满是泥水，一会儿蹲下，一会儿站起，双手不停地拍打着双腿，声嘶力竭地骂着乡间的土话。那声音把整个街坊都震醒了，许多人家打开窗户“欣赏”着爷爷的“愤怒”。我很快明白了，昨夜有人乘着大雨钻进地里，把长成的红薯偷挖了。我看到那地里的薯秧都被拔了起来，扔得乱七八糟，又与泥水混着一塌糊涂。我不顾泥水跑进地里，发现那一道道的土棱没了，全成了深深浅浅的泥坑，而且人家挖得好从容，竟然没留下一棵秧子！

后来，爷爷发现了地上的脚印，跟上泥脚印追到街坊一户人家门口。我想今天肯定要大吵一场，这家人也着实过分，想吃红薯挖几个算了，怎么给全偷挖了呢，那可是我们一家人数月劳作的收获啊！可父亲硬把爷爷拉回了家，说什么也不让爷爷去闹了，都是一个院的街坊邻居，家里要是宽展，怎么会去挖人家的红薯，一吵一闹让人家在街坊怎么做人？爷爷被父亲劝得没办法了，只好强咽下这口气，顾自蹲在屋角叼着烟袋锅不吭声了。

然而，很快有人向上反映了我家种地的事，家里只好将收获的麦子和没能收回家的红薯折算成钱给上交了，反倒好像我家成了盗贼。从此我也再不想种植什么了，可如今我经历了成长的艰难，也经历了岁月的风雨，反而越发怀念小时候种地的纯朴了，总想到乡下租一块农田，种一点庄稼和蔬菜，去过一种农家般简朴的生活……

1995年7月10日于虚静斋

2016年8月7日修改于新城

发表于2017年第4期《延河》

拾粪记

我是在城里长大的，本没有种地的机缘，而我却有过一段拾粪的“秘史”。

小时候，家里的口粮还是挺紧张的，爷爷就在住宅楼前空地上开辟了一小块农田，也就三十多平方米，种着小麦、谷子、红薯，还在地畔种了豆角、辣椒。那时爷爷几乎每天都会蹲在地里拔草、松土、撒肥，好像有干不完的活儿，父亲下班后也会帮着爷爷侍弄。所以，小小田园何时望去都显得生机勃勃的，似乎藏着莫名的诱惑。但爷爷总埋怨城里缺少粪肥，地里庄稼长不旺盛。可那时街坊里已经用了抽水马桶，根本见不到想要的牲粪。爷爷为此愁得在外边到处转悠，期盼能有什么“发现”，却也不知为何弄得浑身臭烘烘的，依然没有“实质”收获。爷爷愤愤地说眼下这块地如果这样下去，这一季长不出个模样，再有两三季，就瘦得长不出庄稼了，想吃点新粮更是不可能了。我听见爷爷整天叨叨，忽想起前些日子在街坊外马路上玩耍，踩过一脚马粪，那马粪能不能做肥料呀？爷爷一听跟我来到马路上，果然发现有牲口拉下的痕迹，于是爷爷就带我拿上簸箕和煤铲沿路搜寻起来。

而我却在拾粪的过程中找到了苦涩的乐趣。

那时候马路上汽车、马车、人力车混杂，每每遇上汽车驶过，我们一帮孩子喜欢跟在后面吸那汽油味，觉得那味道香醇醇的，一边追跑着，一边贪婪地吸着，跑在前面的回望跟不上的小伙伴，常有骄傲溢出来，像占了多大便宜似的。现在想起来，那汽车吐出的是有害气体，孩子们完全是自我摧残，但我们跑着吸着快乐着，从没有人阻拦过。而且，我们还喜欢跟着马车跑，紧跑几步就追上了，趁那车夫不注意，悄悄趴到马车后帮上，双腿空悬，吱悠吱悠，自然不敢出声，生怕赶车人回头甩上一鞭梢。如果赶车人始终没有察觉，我们就能“吱悠”好一会儿，实在见那路途远了，才跳下车挑衅地怪叫几声。但有时马车是空载的，我们趴上去前辕就翘了，赶车人回头见有小孩趴车就吼叫起来，大家慌忙跳车撒腿就跑，也有动作慢的鞭梢会挂到脊背上，痛得吱哩哇啦乱叫。当然跟车跑时若踩到马拉的粪便，又常常会滑倒在路上，引得伙伴们路边嘻哈起来。

不过，若真要专心拾粪，还是需要耐心的。那时的马路是碎石铺就的，路面中间石子细如米粒，两边石子粗糙如核。路上的畜车比汽车多，常有马儿边走边把粪便拉下来，待我赶过去牲粪又不见了，原来是赶车人也舍不得，已经顺手收拾了。所以，我往往要走很长的路才会把簸箕装满。想想那时，我对马粪几乎着迷了，看见一堆马粪就像见到了宝物，疾跑过去将铁铲抵着粪堆，猛地一铲便把粪抛进了簸箕，动作快捷得像演戏。而且时间久了，我还能分辨出什么样的粪是马拉的，什么样的粪是牛拉的驴拉的。当然牛车很少，牛粪自然少，但只要遇到就是一大堆，铲到簸箕里往往会淤出来，喜滋滋地往回端，很是有些成就感的。

如果遇上几辆头尾相跟的马车队，我会紧随其后，等到有马儿拉下粪便才停住。的确，跟着马车慢步走，听着马儿铃铛响，赶车人会吼上几句秦腔，尽管也听不懂唱什么，却会感觉惬意自在呢。当然，如果跟随许久没有捡到马粪，我会恶作剧地捡颗石子朝辕马扔过去，会引来赶车人的叫骂，甚至会跳下车冲我怒吼。我紧跑几步回头扮个鬼脸，知道赶车人绝不敢撇下马车追过来，但爷爷发现了会训我欺侮可怜人。后来我才发现有的马车配带了粪袋，就在马屁股上兜着，牲口随拉随收，想那赶车人也是想收集粪便给自留地用的。

我和爷爷最后把路上拾来的牲粪堆到地头，等到积有一小堆了，爷爷就用细土掺和了，又浇些水砌成更大的堆，周围再用铁锨拍实发酵，待过些日子，才会把粪土撒到地里去。尽管那地里庄稼并没长出新鲜来，而我却像功臣似的，抱膝蹲地，眼瞅新绿，感觉那庄稼在突突地生长，如果爷爷再夸上一句，我便乐得屁颠屁颠的了。

不过，后来也许是长大了的缘故，我开始讨厌牲口的排泄物了，远远看见路上有牲粪便想躲过去，如果不小心踩上了，便会使劲在细土里蹭上好一阵儿，直到一点异味没有了，才肯迈步走开。后来我上班工作了，似乎再也没看见过牲粪，即使去田野踏青，看见有牲口在田间耕作，在地里吃草，却怎么也感觉不到牲粪稀罕了，反而会捂住鼻子匆匆绕过去。

若有人提起小时候拾粪的往事，我甚至会矢口否认，这究竟是为什么呢？

2016年7月29日于新城

发表于2016年第12期《安徽文学》

木匠琐记

我在刚上中学的时候迷恋过木匠，看着师傅们把那乱糟糟的木柴，经过锯、刨、凿，成就了一件像样的家具时，我便对那双手产生了好奇，每天都会蹲在老木匠身旁，瞅着怎样使墨斗、怎样用锯、怎样推刨。去的久了，老木匠见我父母不在旁边，便“煽动”我当个下手，与他徒弟一块拉锯。别看着两人一上一下拉锯解木，似乎挺简单的，可没想到自己扶住锯把，锯出的缝曲曲弯弯，木匠直说这么费料，让主家看见会让咱赔的。

于是，我回家找了把钢锯，拉过一只跛腿的木凳锯起来。钢锯齿细小，费很大劲才把四个凳腿锯齐了，可横断面依然不平整。老木匠见我这样执着，便告诫学木匠要用木锯，还随手给我做了个锯架，我到五金店买了把木锯条扣到锯架上，再用块竹棍把锯绳绷紧了。有了这把木锯，我对木匠活儿兴趣大增，一放学就找块木板踩住方凳，一上一下锯起来，直把一块木板锯成一根溜溜弯弯的木条，才放下锯子端起母亲递来的面碗。

学会了锯木头，我自然想有把属于自己的刨子，可那五金店只卖刀片，不卖刨身。那刨身都是硬木做的，据说枣木的最好，红红光光，像件工艺品。可家里的木头多是松木椴木，我到处寻找硬木，等我费尽心机寻回两块木头时，木匠看了却说有裂缝不能用。后来，还是父亲从老家带回一根尺把长的梨木，在厂里用机器刨光，凿挖了刀口，做成了一只小木刨，随后我又跑上街买了一把钢錾。

手上有了这三样工具，似乎什么木活儿都可以琢磨了。

那时木头很稀缺，家里不允许我为学手艺，把整块木头锯成碎条，我就去木匠摊踅摸些下脚料，做一只木匣子，做一个方盒子。老木匠告诉我要真想学木匠，就找些边角料，学做几只四条腿的小板凳，别看小板凳块头小，必须卯榫对接，几乎把木匠的功夫都能用上。我细细品味那小方凳，的确与大方桌的结构一致，能做小板凳，也就能做大桌子。于是，我找了块木板，锯好刨平，倒了棱角。再找了八根方木，四根做腿，两边凿卯，四根做掌，对准卯眼砸进去，就成了四方架子。然后把木板放上，铁钉钉好，一个方方的小板凳就成了。

我兴致勃勃拿给母亲炫耀，让她烧火做饭时坐上，母亲一坐上便微微笑了；又拿给父亲炫耀，却被黑下脸推开了，我后来才知道，那时父亲正面临痛苦的煎熬。但父亲的“冷漠”没浇灭我学木匠的热情，待我做好几个小板凳后，母亲说咱家就四口人，一人一个就够了。其实，我心里已有打算，想给自己做一个书架，把家里东一摊西一摊的图书集中起来，平时想看想找也就方便了。

于是，我领上弟弟到街坊的角角落落转悠，去搜寻可以用于做书架的木料，找到一块木板，锯好刨平，用作层板。最难找的是两侧的立板，因为要承重，还要打贯通卯，需要一定的厚度。后来母亲瞒着父亲从床底抽出一块厚木板，我如获至宝，一截两段，又锯又刨又凿，很快就把书架立起来了。母亲说书架后边最好能钉几排木条，以防摇晃书从后边掉下来。

可那木条从哪儿找呢？我发现楼梯扶手是石灰泥的，破损处露出了根根木条，似乎可以做书架横条。可我怕被邻居发现挨骂，就让弟弟上楼去揭那木条，我躲在下边“放哨”。可弟弟刚揭起一根就大喊：“哥啊，我掀不动了！”天哪，这么“秘密”的事还敢喊叫？气得我三步并两步上楼捂住他的嘴，连蹦带跳下楼溜了。不过几天后，弟弟也不知从哪儿拖回几根沾满石灰的木条，我高兴地跑到楼下买了根冰棍“奖励”了他。

那个小书架终于做好了，通体抹了白灰腻子，再用砂纸抛光，刷上枣红油漆，摆在墙角有模有样的。呵呵，四层隔板，所有书籍都摆进去了。下面三个小抽屉，还可以摆放小人书，以及我“收藏”的小“秘密”。从此那个小书架，伴随我走过了懵懂的少年时代，我上班以后，每每回家看见那个小书架，总要忍不住上下摩挲，似乎寄托着我太多的情愫呢。

然而，那个书架却是我的“封刀”之作，以后我再也没有动过木匠工具。但这个经历还是给了我可贵的积累，家里装修，我一眼就能发现哪条线斜了，哪个面不平整，工匠们惊讶我的眼力，我说这还是“童子功”呢。的确，小时候不论做过什么“功课”，都会在以后的生活里顽强地表现出来。

2016年8月23日于新城

发表于2017年第4期《延河》

难忘阅读

时常有人问起我少年的阅历，回想起来似乎有点茫然。

只记得小时候就知道玩耍，掏过鸟，踢过毽，打过架，藏过猫，似乎父母也没刻意在我小小年纪去启蒙什么，能记起的少儿读物就是小学语文课本，尽管那时的语文书是什么模样已没有了印象。但我细细回味，似乎自己阅读的嗜好，与那年在乡下的劳作有关呢。

那年，我正上小学四年级，可学校停课了，父母就将我送回了耀州区老家。我对独自踏上那片陌生的黄土地充满好奇，有机会真正接触了麦田和收割，还到地里掂过西瓜的生熟，当然最难忘的是跟着爷爷去打扫旱厕。

那是家乡中学的一个厕所，也就是校园里一个土墙围子，里边平地挖了一排蹲坑。原来，那是生产队给爷爷派的活儿，必须每天打扫一遍，可我嫌味道熏人不愿进去，躲在墙外抄锨往里撂土。爷爷说等我闻不到味臭，就是个农民了。我那时还是想刻意打扮成农民模样的，常常穿着小叔的黑棉袄，腰间扎一根粗麻绳，似乎与村里孩子没什么两样。可学生们还是从我的补丁裤上看出了城里娃的端倪，农村娃都是土布的黑衣黑裤，而我的裤子是蓝色的机织布。那天，爷爷身体忽然不舒服，催我自己去打扫厕所，我只好闷闷地去了，却草草盖了几锨土，就扭身离开了。

刚出校门，看见墙外竖起一排木栏，铺着一层黄草席，上面贴满了大字报。说实话，我在城里就不爱看这些玩意，其实也看不太懂，可那天我怕回去太早，爷爷说我干活儿不认真，就心不在焉地读起来，全是揭批“走资派”的内容。我回到家，爷爷问我怎么用了这么长时间，我添油加醋地把大字报给他讲了，谁知爷爷听得起劲了，不断追问最后提到了县上的谁，好像想把所有疑问都要搞清楚。想不到爷爷尽管是个纯粹的文盲，心底的思考还挺上“档次”的，当然他想的问题，有的我能说清楚，有的我也不明白。但爷爷好像发现了一个重要的渠道，隔三岔五必要带我到学校去打扫旱厕，只是还没清理完就催我去校门口，去看看有没有新贴的大字报。

我常常孤零零地一个人读着大字报，一目三行，随心所欲，回家路上边走边给爷爷讲，回到家还要给爷爷重复“重点”。现在想那些大字报多是抄来的，都是从揭露国家级的人物开始，最后一级一级落到县里。我不知道爷爷对什么感兴趣，他端端坐在热炕上，让我也端端坐上去，让我一五一十把看到的内容讲清楚。似乎爷爷感兴趣的是县里什么人，有什么“罪行”，定了什么“罪名”，每每问得很细，如果我云里雾里讲，他就让我第二天再去看一遍。记得有位县长在村里搞过社教，大字报一阵阵狂轰滥炸，爷爷就让我一遍遍看了讲给他听，直到厘清了才肯放我出去玩耍。

后来我渐渐形成了习惯，见有新贴的大字报就过去阅读，一边读一边默记。常常有人见我一个小孩读得津津有味，会感到很奇怪，上下打量我这个“早熟”的少年。有的干脆靠近了打问，你这么小能看得懂吗？我有时点头，有时摇头，有时不理，回到家我把这个过程告诉爷爷。爷爷竟然显得很紧张，一定要打破砂锅问我那人长的啥模样，穿的啥衣服，最后往哪条路走了。随后几天，爷爷坚决不让我去学校门口读大字报了。

但是，爷爷很快便会催促我再去的，因为他发现那儿又贴出新的大字报了。我去读了跑回来，爷爷又像小学生般专注地听我讲解，时常忘了吸吮嘴边的烟袋，等到想起来火已灭了。不过，我渐渐发现自己也喜欢上阅读大字报了，几天不看就会感觉缺少什么。那时候，家里也没几页有文字的读物，我已经把贴在墙上糊在屋顶的报纸读了一遍，连过时的新闻报道都要从头读到尾。阅读时仰着脖子盯着字，而且一片文字与另一片文字还连不上，即使我去撕开来，也只能猜个大概，没多久就把纸糊的土墙搞得七零八落，惹得家人一阵阵埋怨。而阅读大字报的乐趣就多了去了，不但可以知晓国家大事，还可以了解哪个人有什么污点；不但可以知晓这一派组织矛头所向，还能了解另一派组织炮轰目标。而且，那些毛笔字也令人感慨，有的工整，有的潦草，也许我就是那时启蒙了对书法艺术的好奇。

后来，我一直住到夏季又回城了，城里大字报满街都是，父亲却对这些一点兴趣也没有，而我似乎对阅读大字报产生了“偏爱”。抽屉里压了一叠油印的小字报，我偶尔拿给父亲看看，但父亲总是极不耐烦地把我推开，直让我感觉自己没有了用武之地。再后来，我回乡下过年，又跑到中学门口去，那一排木栏上的草席已经满目疮痍。昔日的大字报斑斑驳驳，似被风刮成了条状，好一幅凋零的模样，只有一张通知醒目地昭示校园的人都放假了。

过了几年，爷爷忽然悄悄地走了，我急火火赶回去奔丧，又鬼使神差地去了学校门口，那里已经没有了大字报，连木栏也杳无痕迹了，我回到家凝望着爷爷的遗像不知该说些什么了……

2016年7月28日于新城

发表于2016年第12期《天津文学》

回老家

如今回老家已经成为最简单的事了，可是多年前回老家还挺“艰难”呢。

好像从我记事起，春节前好长时间父母亲就会为回老家的事絮絮叨叨，时常会为操办什么年货争执起来。于是，我便知道回老家将是一趟令人极为期待的经历，里面装载着我的鞭炮、我的点心、我的新衣裳，以及那个圈着羊羔、垒着鸡窝的小院。所以，每次寒假的“号角”一吹，我便匆匆忙忙把作业突击完，也不管是错是对，塞进书包就束之高阁了。然后掏出一年的“积蓄”，买上一兜花花绿绿的玻璃弹球，只待那个回老家的时刻款款走来。

其实不光是我期待，父母亲对回老家也极为重视呢。头天晚上，母亲会用粮票换回一篮鸡蛋，拣七八个在半夜煮熟泡在茶水里，再蒸一笼白面花卷或豆腐包子，似犒劳我们即将开始的“远征”。当窗户还是黑漆漆的，我就被母亲摇醒起床了，待我端起平时奢望的荷包蛋，三口两口吸进肚里，似乎感受不到蛋的醇香，只感觉壮行般的沉重。父母亲出门时，双手必然拎着两兜筹备许久的年货，连肩上也会背上褡裢，其实里边就是些旧衣服，也会有几盒点心、几瓶白酒、几包糖果。

终于走出位于古城东郊的家门，头上还是满天星辰，忽忽闪闪地追问着梦中走出的赶路人。而我对萧瑟的繁星已失却任何童话般的幻想，只记得几盏稀稀疏疏的路灯，撕开了夜幕的笼罩，朦朦胧胧地将我们引到马路边一个公交车站旁，这是开往城里的始发站。当第一班车轰轰摇晃到车站，已等候多时的赶路人会一拥而上，等行驶到火车站，天便蒙蒙地泛出鱼肚白了。

然而，偌大的车站广场已经人潮汹涌了，我们急慌慌找到前往铜川的站牌，居然已经排成长蛇了。哪知道在广场上排得整齐的队伍，进入车站大厅就没有排队的概念了，人一个贴着一个，满腾腾地拥满了，焦灼的喊声和疯狂的谩骂搅在一起，像要把屋顶掀翻了似的。我使劲揪着父亲的后襟，什么也不看，什么也看不见，实在挤得憋气了，就用屁股使劲去撅后边的人。有时候人群忽然骚动起来，挤得人有种快要窒息的感觉，母亲便用手臂顶住父亲，拼命给我撑开一个喘气的空间。

伴随着恐怖的拥挤和嘈杂，我们终于通过了检票口，里面竟忽然开阔起来。人们像放出牢笼的野马疯狂地朝站台跑，常常看见有人跌倒，手上行李撒在地上，又把后面人绊倒了，但人们居然也不计较了，抓起行李又撒腿跑起来。有时运气好，进入车厢还能抢到座位，多数时候只能站在车厢走廊，待到列车启动了，呼吸平顺了，便瞅哪个座位的人面善，就厚脸皮挤半个屁股上去。打探周围谁在前面下车，然后便盯住下车人的举动，只要人家往起一站，便会神经质地靠上去卡住位。等人家拎起行李往外走，便奋不顾身地抢先坐下，好像享受到贵族的待遇了，骄傲地看一眼还挤在走道上的人，一直紧绷的神经才缓缓松弛下来。

有时候，那春节前回老家的火车，就是一列闷罐列车，等我们急慌慌跑到火车旁，爬进空荡荡的车厢时，人们只能席地而坐。列车启动时，车门“哗啦”一声拉上，车厢里黑蒙蒙的，几孔亮幽幽的日光从气孔射进来，映得人们都像是逃荒的难民。而我会想起苏联什么电影的镜头，顿时有种悲壮的情绪涌上来，好像我们不是春节回老家，而是要奔赴前线战场。

以至好多年以后，我只要看到新入伍的战士坐在客车里朝外招手，就感觉缺少热情缺少豪迈，没有挤在货车门挥手那么潇洒。当然坐在货车厢里也没那么自在，最尴尬的是尿憋了很难解决。想想吧，车厢里男男女女犹如拦进厩里的动物，谁放个屁都会招来前前后后的骂声。实在憋得要炸了，男的就挤到低处的透气孔旁，放纵地朝外发泄。而女的可就难受了，常常一堆女的围在角落轮换解决。所以，每次回老家前的晚上，母亲都会告诫我不要喝水，火车上撒尿可是折磨人呢。

其实，我期待春节乘车回老家，还藏着个小小的秘密，那就是在行驶途中，可以凭火车票买到一包铁路饼干。这种方块饼干，二十片一包，白色包装纸印着列车标志。好像谁都不愿放过这个便宜，有钱没钱都会摸遍全身，递上一毛钱把饼干抢到手，塞进嘴里，满口麦香，直到把口腔里饼干末咽进肚里，才夸张地用舌头把嘴角舔了。但我只吃两三片就塞进书包了，想藏到开学以后，好在同学面前炫耀。所以，直到今天我还喜欢吃粗糙的饼干，没事捏几片嚼嚼，以回味已经淡薄的麦香。

只是我到现在也没搞明白，从西安到耀州区短短百十公里，火车走走停停要开六七个小时，直到下午三点多才能抵达那个绿门绿窗绿梁的耀州区车站。待验过票从火车站出来，就看见叔叔们已站在站台外边等候多时了。我现在想想，他们也不容易呢，大概年前三四天就开始估摸我们哪天回来，天天要走十多里路，到火车站来接我们，接上了就兴冲冲接过父母身上的行李往回走，若接不上就失望地走回去，第二天再赶到县城来等候。我曾问父亲怎么不打个电报给老家，让人家一趟一趟地跑来接站多烦啊？可叔叔们笑了，如果打电报，人到家喝上茶，电报还到不了呢。

叔叔们往往会借一辆自行车来接站，把大部分行李放上去，还会让我骑在后座上，推着往耀州区西塬上的白家堡走。出县城北门往西，要过一条清清的漆水河，虽然水也不深，满河床的石头争先恐后露出了头。问题是河上没有桥，听说是每年乡上会搭一座便桥，但到秋天就会被大水冲垮，只好等过完年再搭新的。所以，我每次回老家河上都没桥，只能踩在凸出水面的石头跳过去。母亲是缠过的解放脚，踩石头过河就难了，叔叔便挽起裤腿背起母亲从冰凉的河里蹚过去，然后再返回来扛起自行车，如此往返几趟，才能在河对岸重新“集结”起来。

然后，一道很陡很长的坡在等待着我们，估摸有二三里长，足足要走半个多小时，中间要喘着粗气歇几次，才能看到塬畔上的田野，以及远处孤零零的柿树和村里的缕缕炊烟。记得有一年回老家刚刚下过雪，我们踩着脚印和车辙，一步一喘，里面的衬衣都湿透了，等爬到塬上天已经蒙蒙黑了，看到的景物便朦胧了。其实，白天的景色还有些田园诗意，麦垄柿树炊烟村舍，我知道脚下小路的尽头，一定有位老人佝偻的身影，孤零零地站在田畔上，与身后的炊烟和村落，构成了一幅极为动人的“盼归图”。

他就是我的爷爷，老人家会在年前一周的时候，每天会冒着凛冽的寒风，站在村外高高的田畔上，注视着爬上塬畔的人影，他知道他的儿孙们注定会在哪一天的哪一刻出现。但是，等我们走近了，爷爷听到父亲叫似乎也不搭话，背过身就大步往回走，我常常喘着粗气喊叫慢点，爷爷停住步等我一会儿，见我跟上来便又昂扬起来。待进到村巷里了，爷爷的脚步似乎才慢下来，遇到有村人问候，你儿回来了，他便眼里透出笑点点头，那笑可是滋润呢。

直到坐到老家的小院里了，家人便把锅里热了许久的小菜端上来，当然还会热一小壶烧酒。爷爷会先抿一口，很响地啧一声，这才打开话匣，给父亲讲起村里去年发生过的家长里短。这时天已经黑尽了，夜空里的星星跟早晨一样清亮，庭堂里便点起一盏煤油灯，忽忽闪闪地把人的脸也映得跳跃起来。我不等吃完，就揣着弹球和鞭炮溜到院门外，找那些比我辈高辈低的伙伴们较量去了。

如今，回老家的路已有高速公路通达，一个小时就悠悠地到了，但是在回老家的路上，却怎么也体会不到昔日浓浓的乡愁了……

2011年5月27日于宁静书屋

发表于2011年第12期《中国作家》

又读情札

我怎么也没想到妻会把那一摞信札藏到现在。

且时不时要堂而皇之地搬出来，随意地抽出一封，声情并茂念起来，常常念着念着便会被甜言蜜语陶醉地笑出泪来。孩儿问笑什么呢，妻却故作严肃，实在拗不过了，便扬扬得意地说，这是你爸的“罪证”。如今孩儿长大了，遇此情形便也似懂非懂，不再刨根问底了。然而，要是孩儿不在家，妻会将那信中最煽情的句子款款地从嘴里变为音节吐出来，我听上一会儿，便感到脸上发烫，只好停住手中的活计，盯住妻那因激动而泛起红晕的脸颊，心绪便也年轻起来，缠绕在身边的什么烦恼会顷刻间烟消云散了。

不过，如遇那让我至今感到汗颜的海誓山盟，妻有时会故意忘情地喊出来，我当然要过去抢了，装作要撕掉的样子，妻便一定拼命地护着。我便威胁总有一天我会把这些信札，一股脑翻出来，扔进火炉烧掉，妻却说家里这些是复印件，原件早拿到办公室锁到保险柜了。其实，我知道妻在骗我，那摞信用一块粉红色的绸子整整齐齐包裹着，就放在卧室衣柜的角落里。

那几年，妻在太行山麓的一处山坳里工作，我在古城的东墙下忙碌，那感情的脉系就靠三寸信笺来维持了。每每接到她的来信，时常并不急着拆开，而是悄悄找一个僻静处，将那信封撕个小口，仔细抽出内文，默默读上几遍，幸福便涌满了浑身细胞。随后，嘴里便哼着不成调的曲子，或帮家里，或帮同事，做点也许多余的事情。当晚，夜深人静时，我会铺开空白的信纸，把甜蜜注入笔端，留下一行行形容心迹的字符。

我们那时曾经约定，双方接信后必须两日内回信。而信在邮路上晃荡的时间，我已计算得十分精确，哪天来信八九不离十。但有一回，陇海铁路被洪水冲了，几日不见有信来，我急得惶惶不可终日，什么事也不想干，想打电话问问，又怕被谁发现了。于是，便每天执笔写字，表述衷肠，其言辞之热烈，今日看来直羞得大汗淋漓了。当那迟到的信札，终于几封叠在一起，落到我的办公桌上，那喜悦真是按捺不住的。记得杜甫曾云：烽火连三月，家书抵万金。其间虽无烽火，那书信却实实珍贵。我于是便按邮戳上的日期，拆一封读一封，有时还有意将信放在办公桌里，一天读上一封，真有今日看电视连续剧的感觉，期盼之心，撩人心肺，那幸福是唯有坠入情网之人才能体会到的。

不过即使到今日，我与妻最喜欢的信札，还是那份《青春报》。其实，那张小报诞生得偶然，因我白天编辑着工厂一份小报，夜来铺纸抒情，忽发奇想，何不也办一份我们自己的小报？这大概算是职业习惯了，一份特色小报便诞生了，报纸十六开大小，办得很原始，先在白纸上用铅笔打好花格，再将内容分门别类填进“专栏”。有评论，有消息，有通讯，有散文，还有刊头题图插花，俨然一副齐整的框架，打眼一瞅真有些行家的味道。

那份小报还真有些味道，即使今天读来，也可称妙趣盎然。我不知道这种集采稿、编辑、主审与发行为一人，读者也是一人的报纸，是否可以申请吉尼斯纪录。然而，妻直到今天也不否认，当初她收到这份报纸时，那喜形于色的情绪，居然激动得将小报拿给同事们瞧了，是想将幸福与大家分享的。我说，这也可以算是一种共产主义吧，为妻便开心地笑了，许久才能从那纯纯的笑声里解脱出来。

然而，那些信到了今日，居然又有了特殊的效能，我每每遇上烦恼，妻都会拿出信来佯装自娱念上几段，我那挥之不去的沉闷便烟消云散了。每每我对别人的顺达富贵表示了一点羡慕，妻便告诫咱有咱的活法，那语言已朴实得没了一点点浪漫，而我嘴嚼再三，心境便如水般平顺了。有时遇上突如其来的麻烦，我会鬼迷心窍转嫁到家里，或暴跳如雷，或摔摔打打，妻便冷静地甩出几句：“怎么？原来那些信都是假的呀？”一连几声，我那沸沸扬扬便降下来了。而我一旦遇到高兴得意忘形了，格外投入地唱起来，妻便微笑着说，“别忘了你在小报上写的慎独”，当然妻的眼里，也会有温柔有喜悦缓缓流出来，流向小屋的角角落落。

于是我便陶醉了，推开宽宽的窗棂，面对着满天扑扑闪闪的星斗，动情地诵出一首小诗，一首《青春报》第一期上的小诗：你是港湾，我是远航的小船；你是树林，我是飞翔的小鸟……

1995年8月28日于宁静书屋

夜扒火车

想起小时候历险的故事，总会激励起莫名的情绪不能自已。

那还是在上小学的时候，大概是正月初五吧，我们街坊几个孩子嚷嚷着，要去古城的西安东站扒火车玩。有个孩子信誓旦旦地说，扒火车很有趣呢，火车候在那儿挂车厢，一会儿悠过来挂一节，一会儿悠过去挂一节，只要抓住车厢外的梯子“自悠”得很呢。“自悠”这个词好像现在没人说了，小时候总会挂在嘴边，也就是身体借力悠荡获得的快感。毫无疑问，这个去车站“自悠”的创意把伙伴们的胃口吊起来了，似乎也没人招呼，我便懵懵懂懂地跟着大伙儿来到东站。后来我知道那是个列车编组站，来自四面的车厢要在这儿重新组合发往八方。

可是，我们来到这个铺满钢轨的地方，还真有些发晕，不知该扒哪列车厢。似乎有个孩子有点经验，呼我们去扒一列敞篷货车，也就是人站在车厢外边，脚踏着铁踏板，手抓住铁环梯子。只听有人呼哨一声，火车头探出个身子，拿着小绿旗上下摇晃，火车便吱吱悠悠动了，脚下的碎石便向后缓缓滑去，身体也好像飘荡起来，那股兴奋劲儿立刻渗进骨头里了。当然那车速也不快，刚驶一会儿就“咣当”一声停了。我看见轨道边又有人在摇晃绿旗，火车便又顺着来路返回去了，就这样来来回回，直感觉一种优哉游哉的刺激。那手拿绿旗的人开始还喊叫我们快下来，也许是孩童的顽皮给乏味的车辆调度带来了快乐，后来他索性喊我们千万手抓紧了。

就这样“自悠”了几个回合后，大家又翻进一个废弃的空车厢，把从家里带的馒头掏出来分着吃了。我带了油炸馃子揣在兜里，掏出来已经揉成末末了，但那些脏兮兮的小手伸过来，一抓一把，一撮一撮放进嘴巴，一个劲儿叫唤好香啊。我也乘机大嚼别人的馒头，感觉格外甜腻，只是才吃几口便面面相觑，伙伴们都感觉该回家填肚子了，但身下的货车却忽然“咣当咣当”地动了，大家急忙翻到车厢外边想跳下去。

可火车越来越快，“咣当”声越来越密，丝毫没有停住的意思，居然驶出东站一路向西，很快就看到了西安站的标牌。但车速反而更快了，我扭头看见站台上很多人在冲着我们指指点点，这才明白火车在西安站就不停，不知道要把我们拉到哪儿去了。我扭头看到身后的树木电杆快速向后移动，脚下的道轨一闪而过，心忖总这样抓着铁梯没劲了怎么办呀，又想翻回到敞篷车厢去。可再爬上去，却发现车厢变得很深，心里都有些怯了，只好把手臂套在铁梯上，身子拼命贴紧铁环。想想那样子多危险啊，然而就在我犹豫要不要遇弯道跳车时，火车突然“咣”的一声停下了，伙伴们不约而同从车上跳下来，飞也似的跑出了车站。

当时也不知道那是什么车站，只知道铁轨密密麻麻，事后想想估计是到了西安西站。后来我们一路小跑赶回韩森寨时天已黑尽了，母亲见我脏兮兮的正想盘问，正巧乡下来了亲戚就冲淡了。

然而，有了这次刻骨铭心的经历，我好像勇敢了很多，以前特别怕在班上发言的，从此却变得格外爱举手了，说错了也是一脸的无所谓。后来别人刚开口吹牛，我就喜欢翻出那天的惊险吹嘘。所以，当我穿上了工作服，又萌生了攀登华山的念想，可是坐火车去华山又感觉太奢侈。正巧有个铁路子弟吹嘘扒火车神妙，顿时调动了我的情绪，于是我便率领车间十多个青年，乘着浓浓夜色悄悄潜入了东站。现在想来那真像是“铁道游击队”，鬼鬼祟祟蹲在一堆杂乱的枕木后边，先派“探子”确定了要扒的货车，大家蹑手蹑脚地溜到敞篷货车边。几个女的一看要扒这样的火车，嘟嘟囔囔地想打退堂鼓了，我半是安慰半是威胁，今天一帮一都要去的。于是一男抓住一女连推带拽，翻进了敞篷车厢。那车厢盛着满满的细沙，我催促大家平躺在沙上小声说话，千万不能让车站发现了。待大家都安顿下来，我仰望着幽深的夜空，一遍一遍地数着忽忽闪闪的星星，似乎从没有这样仔细琢磨过星空，没想到那天的夜幕居然是深蓝的，没想到那北斗星藏在天幕角上并不好找。

火车终于动起来驶出了东站，大家全部感受到松弛，想着一会儿就能抵达华山脚下，连夜登上挺拔的北峰，目睹喷薄的日出，一个个便激情荡漾得大喊大叫起来。而且，我们感觉自己就是铁道游击队员了，耳边是呼呼的风声和铁轮的咣当声，身后是不断向后移动的万家灯火，一种胜利者的情愫在胸间弥漫开来。大家躺在沙堆上唱起“游击队员之歌”，亢奋的歌声给飞驶的火车增添了些许浪漫。

然而，大家很快都坐了起来，没有人再张口唱歌了。一个个蹲在沙堆上不敢站起来，怕被风刮倒摔下去，也不愿躺在沙堆上，怕风卷起沙子把人埋了。尤其是那些本就对扒火车犹豫的女伴抱怨起来，五官头发沾满细沙，天亮可怎么见人照相啊。我喊大家不要慌张，却被风吹得七零八落，喉咙竟吸进一股干涩沙土，连咳带吐仍难清爽。渐渐地大家发现随着火车的晃动，蹲在沙堆上双脚很快就会陷进去，似乎会越陷越深，令人恐怖地想到会把人整个陷进去。

很快，有人发现后边车厢相距半米，满盛了原木，前边有空间可以容纳人歇息。于是铁路子弟率先在那飞驶的火车上演出了惊险一幕，一手抓住后车厢的铁环，一手抓住前车厢的铁环，一只脚侧身钩住后车沿，身子重心一移就跳进了后车厢。这个过程紧张得没人说话，尤其是仅仅凭着月光来完成这一惊险动作，稍有闪失就可能酿成祸事。但那时我们年轻也不知道害怕，一多半人很快就翻到盛木头的车厢里，剩下几个女的探头看看哗哗闪过的道轨直觉发怵，我也就不敢勉强了。大伙歇在这个狭长的空间里，没有了沙土的袭扰，感觉到提升了满足的档次，一个个夸张地抖擞着身子，想把衣服里的沙土抖干净。

车厢里那些原木似乎是从遥远的森林运来的，直径大致有小半米，茬口摸着还有潮湿锯末的感觉。有人想借着月光数数年轮，却朦胧得一塌糊涂；有人琢磨可以做成捷克式大衣柜，梦想哪天买上两根；还有人顽皮地想翻到木堆上去方便，却发觉原木晃动被劝住了。

然而，这种轻松仅仅过去一会儿，突然火车减速木头后移了一下。这一移，陡然给我一个警觉，如果火车来个急刹车，这堆木头定会拥过来顶住前厢板，而我们正在前边啊！我不寒而栗地把担心说出来，气氛顿时紧张起来，大家连呼吸也急促了，纷纷嚷叫着快快离开这里。

于是，我们只好又翻回到沙尘弥漫的车厢，只见女伴们都将上衣脱下紧紧包住头，一个个蜷曲在沙堆上，忍受着沙土放纵的肆虐。呵呵，我想小时候扒在货车外的梯子上“自悠”，是绝没有这般难受的，如今纯粹是自找罪受啊。

终于火车慢慢停了，我们东张西望迅速跳下车，懵懵懂懂在站台下集合起来。我们清点过人数就摸黑上山了，只见夜色里的山涧朦朦胧胧的， 上山的人居然很多，大家闷闷地鱼贯而行，只听见溪水的哗哗声和同伴的喘息。我们终于走到了“回心石”，却发现这里竟然拥满了等待攀登“千尺幢”的爬山人。原来，人们夜里集聚在此，对那陡峭的攀登有些胆怯。那实际上就是一条狭隘的石缝，中间有两条铁链从上面垂下来，两侧有一个个错落的铁扣可以踩踏。的确，如此惊险的路径，谁看了都会胆战心惊的，万一踩空掉下后果可想而知。可我望望大家复杂的表情，毫不犹豫地说：我们把火车都扒了，还怕这千尺幢吗！

我们刚刚爬上去，就看到东边天际泛出了粉白色，一会儿天便透亮了。红彤彤的太阳像神托举着，从地平线上一耸一耸冒起来，霎时间浩浩天幕像撒满了水彩，由浓而淡沿着天际弥漫开来，可谓云蒸霞蔚，精彩得无法用笔墨来描述了。那些天亮爬上来的登山人，听到那已被我们装进相机的精彩，只能是一脸的遗憾了……

2011年4月10日于宁静书屋

发表于2011年第10期《人民文学》

兴庆湖畔

谁说过唱歌起源于人类早期求偶的欢叫，这当然是件美好得一塌糊涂的事情了。

然而，我在上学的时候就没敢独自站在人前唱过歌。似乎那时候的小学，每周也安排有唱歌的课程，但同学们谁也不把这门课当回事，每每音乐课便把藏在书包里的小人书掏出来，一看见音乐老师弹起吱吱呀呀的风琴，便低眉阅上几页。倘若看得陶醉，头忘了抬，嘴忘了张，便会被老师死死盯住，引得同学们都把目光投过来。这样，一堂课下来，我只能似是而非地哼几句主旋律，好在最后总是全班大合唱，我混在里面有一声没一声地瞎溜，老师就合上风琴下课了。而且，即便这般漫不经心，我每学期的音乐课很容易就“优良”了，这让我常常想起在齐宣王面前装模作样演奏的吹竽者。

当然有的音乐老师也是很认真的，记得我中学快毕业那年，教五线谱的老师终于被我和同学们的漠视给激怒了，她把一首歌弹过几遍，便要求每个同学站起独唱，然后全班大合唱。这可把我等同学急出一头汗来，老师又把那台漆皮斑驳的破风琴摆在教室门口，杜绝了任何想溜出去的念头。好在那首歌大家并不陌生，循着呼呼漏风的琴声同学们一个个连滚带爬都顺过来了。然而，轮到我了，我的心里紧张得咚咚直跳，手指和嘴唇在微微颤抖。可老师毫无表情地重复着前奏，我被逼无奈张开喉咙，刚一出声便引来哄堂大笑，连老师都有些歉意地笑笑鼓励："注意跟着琴声走"，但我却哆哆嗦嗦再也张不开嘴巴了。于是，从那时起我对"滥竽充数"这个成语有了最为"深刻"的理解，时常想起在齐王府上尴尬溜走的独奏者，羞愧得直想抽自己的嘴巴。

参加工作后，单位常常组织大合唱，我却并没感觉自己比别人笨，这大大提振了我对唱歌的信心。在厂房空荡无人时，我时常会"豪迈"地放开嗓子拉几句高腔，偶尔当我停止信马由缰般的"放纵"，又会从哪台机床后边传出异声："吼得好，接着吼"。但我知趣地闪身躲了起来，生怕有人发现是我在那儿"吼"。后来，我发觉最陶醉的地方是澡堂，一边酣畅淋漓地享受着热水的沐浴，一边情绪荡漾地哼起歌，待哼到得意忘形时，还会放声吼一段没头没尾的旋律。那音符拔得高，共鸣特别好，浑浑厚厚，热热腾腾，激荡着狭小的浴室，感觉自己就是个歌唱家的坯子呢。有时候同浴人听着顺耳，也会附和着哼哼，有时候同浴人听着心烦，就会讥讽驴吊嗓子，于是我便不情愿地把音调降下来了。而且，这种“打击”还是刻骨铭心的，以后很长时间都会羞于放声，遇到可能唱歌的场合更会退避三舍。尽管后来我在大庭广众面前讲话的机会多了，但独唱的心理障碍似乎就是挥之不去的魔咒，我始终没有勇气站在场地中央高歌一曲。

终于，突破心理障碍的机会来了。那年西安举办三千人的中日青年大联欢，地点就在风景宜人的兴庆公园。大大小小三十多个活动项目，我负责花萼相辉楼前的联欢会，多少年后我才知晓那幢外貌古朴的小楼还是皇家遗迹。当时，小楼旁边的草坪上搭了简易舞台，台下摆了几十张小圆桌和几百把折叠椅。我带领一百多名工厂青年与日本青年围桌而坐，双方准备的小节目轮番登场。那时候和“老外”打交道还是很新鲜的，尽管我们的人极少会日语，但很多日本青年认识汉字，可以聋哑般用笔纸交流，倒也忙忙碌碌其乐融融呢。

待联欢活动落下帷幕，日本青年依依离去，场地上剩下我们这些依然热情澎湃的青年人，大家蠢蠢欲动不忍就此离去。那些表演过的演员们又轮番上台，一舒舞袖，一展歌喉，兴庆湖畔顿时成了欢乐的海洋。然而，正当我陶醉在纵情的氛围里时，主持人忽然拿麦克风呼我上来。我一听头就大了，舞台追光也唰地一下聚焦到我身上，我马上就被人连推带搡“裹挟”到台上。主持人恭维我几句，鼓动我唱一支歌，以感谢大家的辛劳。天哪，我望着台下黑压压的人群，根根毛发都竖起来了，连说话都感觉结结巴巴了。这时主持人又对着麦克风煽情地喊:“不唱，行不行？”台下应声齐吼：“不行！”我显然成了众矢之的，若舞台开条缝我也是会钻下去的，但我恐慌地看不到一点点可能“逃离”的机会。

那一阵高过一阵的催促声激得人情绪癫狂，我突然鬼使神差地接过麦克风对着台下说:“我给大家唱支毛里求斯之歌吧。”观众顿感错愕，掌声叫声响成一片。我吞吞吐吐说:“歌词的大意是，一位姑娘在岸边等待着远航的恋人，终于她看到了归来的船帆，想扑上前去却被海水打湿了衣裳。”这段像煞有介事的“大意”使得台下居然安静下来，而且那种安静是一种期待和惊讶的混合体，宛如偌大的厂房机停人去，反倒把我给震慑住了。而我已经没有了退路，似上千双眼睛注视着，于是我猛吸口气仰起麦克风，一阵忽快忽慢的狂呼乱叫，就似一种原生态的痴语，又似疯狂的呐喊，最后还以一段悠长的音符作为结束。当那悠悠的声调停歇，我想台下所有的人都没听懂我唱的是什么，但所有的人都在为我鼓掌，似乎那天所有的节目，都没有我的“演唱”掌声热烈呢。当我懵懵懂懂回到台下，如释重负地瘫坐到座位上，还不时有人过来夸我唱得好，问我什么时候学的这首歌，关键时刻派上用场了。我于是沉浸在空虚的喜悦里，头也随那仍在脑际萦绕的“莫须有”旋律悠荡着，嘴里却呜噜着不知道该怎么回答了。

然而，我“唱歌”的魅力就此出去了，被我“创造”的“毛里求斯之歌”好像成了品牌时常被人提起，每年青年工作会议，主持人为活跃气氛总会点名要我演唱。我斗胆上去又装模作样地乱喊一通，似乎这次大家的掌声矜持了许多，但谁见了都说我嗓子条件好。然而，我的心理却由此发生了些微变化，感觉这玩笑开过头了，似有“欺世盗名”之嫌。于是在以后的岁月里，尽管常常有热闹者点名要听那首“外国歌曲”，我再也没敢张口，只是偶尔酒喝得多了，会在朋友面前揭揭“老底”，炫耀一下自己光辉的“经历”。

不过，世间的许多“潜质”都是被逼出来的。有了那次花萼相辉楼的“勇敢”，我唱歌的心理障碍后来消除了，不管是简陋的自娱自乐，还是颇具规模的联欢活动，只要有人点名起哄，我就会毫不犹疑地走上台，张口就是一段悠扬的信天游。而且，即使再多人集聚到台下，我心里也不再慌张了，手抓麦克风明星般来回踱步，尽情享受着“众星捧月”的感觉。我的浑身都迷醉在自己喉咙流淌出的旋律里，甚至那被酒精浸泡得迷迷糊糊的头颅也会随着昂扬的音符清晰起来，那郁结于胸的烦恼也会随着歌声烟消云散了。

我终于明白，倾情歌唱实际上是自己献给心灵的圣果……

2011年9月27日于古城南门外

发表于2012年第4期《中国作家》

绿地的回忆

我家楼后，有条普普通通的小路，双行道，三四百米长，南头缓缓地融进了古老的环城路，北头则分成两岔，款款地上了始皇令尊的陵丘。小路原来挺幽静的，两边和中间的黄土默默地喂养着一片绿绿的青纱帐和一溜连着一溜的枫树。那树也有二三十年了，不高，却很繁茂，簇拥成一团团硕大的浓绿，有风吹来，叶儿扑扑闪闪，竟会发出鳞样的光来；近了，还能听到沙沙的水声，似乎正从小路上款款流过。记得小时候，我与一般大的孩子站在高高的土坡上眺望，见这路极似一把巨大的“剪刀”，我家便在那“剪刀”把下，于是我们便称它为“剪子路”了。后来我家搬了，搬到了“剪子”的尖上。不知怎的，这儿的人们给这条小路起了个充满憧憬的名字“小树林”。何以为林呢？数数不过二三百棵，久了，我便悟了，这一称谓蕴含着居住在工业区的人们对故土、对田园的拳拳恋情。

每天清晨，不管有风有雨，还是有月亮有太阳，竟会有那样多的男人、女人、老人、小孩，不约而同地拥进这块方寸之地，打拳的、舞剑的、跑步的，弥散在树林之间。林荫深处还不时传来一阵阵悦耳的鸟鸣，循声望去，竟有数十个宫殿般精巧的鸟笼。我几乎叫不上任何一种鸟的名字，但那不间断的叫声，婉转清亮，似乎引得那相互拥抱着的麦穗也停止了亲吻。

而最为惬意的时候，似乎是青纱帐高过人头的季节。漫步在小路旁边那曲曲折折的田间小径上，请不要抽烟，也不要说话，你会感觉到大自然柔韧的呼吸，你会听到古老的过去和新鲜的明天在喁喁调情。即使你心情格外压抑，也会揽到爱的知音，得到足够的安慰；即使你没有情侣陪伴，也会生出初恋般的情绪。我是最喜欢下小雨的时候途经这里了，当然是不会佩带雨具的，雨点轻轻地落在树上，落在路上，落在脸上，落在睫毛上，凉凉的茸茸的，似乎净化了这儿的空气，也净化了我的灵魂。那些忘记的和没有忘记的童话，会一个接一个以美丽的姿态游过我的脑际，幸福和痛苦都会逃离我的肉体。有人说这是负离子的作用，我却以为这是绿的赠与。

然而，文明的侵入使得那条小路日见精致，也日见荒凉了。小树林增加了新巧的铁栅栏，而那里的树木也被繁闹起来的农贸市场吞掉了一片，小路两边的绿地便更凄惨了，几乎被一幢幢漂亮的大厦占领了，小树林没了绿的陪衬，当然孤独起来了。饭后茶余，每每到这儿消遣，尽管头上还是枫叶，林间还有鸟语，心中却少了宁静，少了诗，也少了憧憬。昂首四望真忧心，那一幢幢巍峨的高楼会挤走所有的生存，挤得真够残酷的了，连一块可供今人凭吊的绿也没有了。这路已经跟城里所有的路没有区别了。可是，渐渐的我居然也习惯了，而且，人们似乎也不理睬那生命之绿的丧失，跑步的依旧，舞剑的依旧，打拳的依旧，遛鸟的依旧，何故呢？

我徜徉在枫树下，小路边，树儿依然那样挺括，叶儿依旧那样妩媚，摘一片含在嘴里隐隐有一丝丝绿的甜意沁入舌根，沁入心肺。行不几步，眼前竟神奇地生出一丝丝昔日的嫩绿来，犹如湖水，犹如青果，犹如女儿。待我摇摇晃晃登上那个大土坡，那小路在绿的护卫下，正从那宏大的建筑丛中游出，似乎游得好艰难，也好顽强。是啊，人们这样眷恋这条小路，且不睬日月在这里的造化。这也许是托了上天的洪福，岁月可以掠去绿地的昔日，却掠不走昔日的绿地。然而，我想我的儿子呢，儿子会跟我一样眷爱这片昔日的绿地吗？

我唯有默默地祈祷了。

1988年2月于西安

文学百年 / 名家散文自选集

第一辑

序号	作者	作品	序号	作者	作品
1	冰　心	一日的春光	17	沈从文	湘行散记
2	从维熙	朝花夕拾	18	铁　凝	会走路的梦
3	褚水敖	我负北大	19	闻一多	复古的空气
4	邓友梅	饮茶闲话	20	王巨才	退忧室漫笔
5	郭沫若	竹阴读画	21	徐志摩	翡冷翠山居闲话
6	葛水平	绣履追尘	22	萧　红	春意挂上了树梢
7	甘铁生	人生浪语	23	徐小斌	生如夏花
8	韩小蕙	新新中国	24	郁达夫	一个人在途上
9	蒋子龙	红豆树下	25	叶圣陶	没有秋虫的地方
10	鲁　迅	秋　夜	26	杨匡满	感恩的翅膀
11	老　舍	抬头见喜	27	袁　鹰	生正逢辰
12	林徽因	你是人间的四月天	28	朱自清	背　影
13	柳　萌	寒风吹哑琴音	29	张抗抗	北　方
14	李美皆	爱你备受摧残的容颜	30	周　明	写意凤凰
15	刘锡诚	芳草萋萋	31	赵　玫	陪伴着你在暮色里闲坐
16	茅　盾	白杨礼赞	32	朱　蕊	蛇发女妖

第二辑

序号	作者	作品	序号	作者	作品
1	陈建功	我和父亲之间	17	束沛德	爱心连着童心
2	陈世旭	天南地北	18	王剑冰	古道秋风
3	陈喜儒	履痕碎影	19	吴泰昌	散文六十篇
4	陈善壎	你这人兽神杂处的地方	20	汪浙成	远　影
5	范小青	坐在山脚下看风景	21	肖复兴	昔日重现
6	黄文山	烟霞满衣	22	徐　迅	响水在溪
7	刘成章	安塞腰鼓	23	肖克凡	一个人的野史

8	梁晓声	我与橘皮的往事	24	徐　风	风生水岸
9	雷　达	黄河远上	25	叶延滨	前世是鸟
10	刘庆邦	野生鱼	26	阎　纲	散文是同亲人谈心
11	陆　梅	时间纷至沓来	27	赵丽宏	亲爱的母亲河
12	罗文华	将谓偷闲学少年	28	周大新	呼唤爱意
13	刘汉俊	刘汉俊评说历史人物	29	卓　然	天下黄河
14	林　希	平常人语	30	朱　鸿	退　出
15	刘兆林	牛化自己	31	查　干	红叶归处
16	秦　岭	眼观六路			

第三辑

序号	作者	作品	序号	作者	作品
1	杜卫东	陶人：远古之神	7	王泉根	往昔皆为序曲
2	高洪波	拔笔四顾	8	王必胜	我写故我在
3	郭保林	孤独者的绝唱	9	徐　刚	八卷·九章
4	韩小蕙	火与剑，还是康乃馨	10	杨晓升	人生的级别
5	简　默	活在尘世中	11	张庆和	漂泊的心灵
6	剑　钧	写给岁月的情书			

第四辑

序号	作者	作品	序号	作者	作品
1	白阿莹	高山之巅	10	邱华栋	地球是圆的
2	陈奕纯	生命，向美的境地漂流	11	素　素	乡　愁
3	淡巴菰	下次你路过	12	孙　郁	在时间深处
4	何向阳	无尽山河	13	王子君	一个人的纸屋
5	李　舫	不安的缪斯	14	许谋清	每次涨潮都换一波海水
6	陆春祥	柏拉图的斧子	15	叶　梅	江河之间
7	刘上洋	山河气象入梦来	16	朱以撒	两片落叶
8	陆建德	看得见风景的书房	17	朱小平	一担山河
9	马　力	江水之南			